W0221512

TOD AM BAUMWIPFELPFAD

Die Schauplätze dieses Romans sind reale Orte. Die Handlung und die Charaktere hingegen sind frei erfunden. Etwaige Ähnlichkeiten mit lebenden und toten Personen wären reiner Zufall und sind nicht beabsichtigt.

DIRK RÜHMANN

TOD AM BAUMWIPFELPFAD

KRIMINALROMAN

Bibliografische Information der Deutschen Nationalbibliothek
Die Deutsche Nationalbibliothek verzeichnet diese Publikation in der Deutschen Nationalbibliografie; detaillierte bibliografische Daten sind im Internet über **http://dnb.d-nb.de** abrufbar.

Tod am Baumwipfelpfad

ISBN 978-3-96901-102-7

1. Aufl. 09/2024

Dieser Titel ist auch als eBook erhältlich.

Abbildungsnachweise:
Umschlag © Atmosfera | #4945684 | depositphotos.com
Umschlag © dontcut | #50023347 | depositphotos.com
Porträt des Autors © Ania Schulz | as-fotografie.com

Lektorat & dtp:
Sascha Exner

Druck:
WIRmachenDRUCK GmbH, 71522 Backnang

Verlag:
EPV Elektronik-Praktiker-Verlagsgesellschaft mbH
Obertorstr. 33 · 37115 Duderstadt · Deutschland
Fon: +49 (0)5527/8405-0 · Fax: +49 (0)5527/8405-21
Web: harzkrimis.de · E-Mail: mail@harzkrimis.de

... Ein paar Worte vorweg ...

Die Geschichte und ihre Personen sind frei erfunden. Allerdings werden zahlreiche Probleme aufgezeigt, die einen gesellschaftlichen Rundumschlag darstellen. Im Fokus steht eine fiktive Gesamtschule, in der, wie in vielen deutschen Schulen, alle Alltagssorgen aufeinanderprallen.

Lehrkräfte arbeiten nicht selten am Limit. Integration ausländischer Schüler, deren Familien ohne deutsche Sprachkenntnisse in Parallelgesellschaften leben. Deutsche Kinder, die in einer Schule ohne Rassismus beschult werden, deren Eltern jedoch ganz offensichtlich rassistische Tendenzen aufweisen und diese brühwarm an ihre Sprösslinge weitergeben. Inklusion beeinträchtigter Schüler, die wegen ihrer Behinderung von den Mitschülern gemobbt oder abgelehnt werden, da nicht jede gewollte auch eine gelungene Inklusion darstellt, weil es oft an entsprechendem Personal fehlt. Unterbringung von Kindern Geflüchteter aus Kriegsgebieten, die schwer traumatisiert sind und ebenfalls über keinerlei deutsche Sprachkenntnisse verfügen, denn die Sprachlernklassen in Niedersachsen wurden mit Beginn des größten Flüchtlingsstroms 2015 abgeschafft. Obendrein so verschiedene Kulturen, die einander mit Unverständnis begegnen und sich eher feindselig gegenüberstehen, was sich in einer immer derberen Umgangssprache in der Schule äußert. Internetkriminalität, Pornographie von Minderjährigen und Drogenhandel auf dem Schulhof. Das volle Programm also, das Menschen schockieren mag, die mit dem System Schule heutzutage nicht mehr vertraut sind, da ihnen der Zugang dazu fehlt. Das Ergebnis der PISA-Studie mag manche Menschen immer wieder aufs Neue schockieren. Doch das lässt sich nicht mit zusätzlichen

Förderstunden ändern, die am Ende von denen, die sie am dringendsten benötigen, überhaupt nicht aufgesucht werden.

In diesem Umfeld muss das Kommissaren-Duo Süß und Sauer ermitteln, da ein 12-jähriges Mädchen auf rätselhafte Weise am Baumwipfelpfad in den Tod gestürzt ist.

Aber auch die Protagonisten haben ihre Probleme mit den eigenen Kindern, die jedoch schon etwas älter sind als das Mordopfer.

Als die Schule dann noch mit einem Amokläufer zu kämpfen hat und nicht jede Lehrkraft den Feueralarm vom Amokalarm unterscheiden kann, wird es selbst den Ermittlern langsam zu viel. Auch sie stoßen, ähnlich wie die Lehrkräfte, allmählich an ihre Grenzen.

Ein Kriminalroman, der im Harz spielt, der Streiflichter auf höchst unerfreuliche Entwicklungen von Schule und Gesellschaft wirft und die Misere der Bildungspolitik deutlich aufzeigt. Fehlende finanzielle Mittel sowie mangelndes Personal an Schulen und das ohnmächtige Gefühl der dort Tätigen, dass sie von den Regierenden viel zu oft mit all ihren Problemen allein gelassen werden.

… Erster Tag …

Mit dem Osterfest zog traditionell ein Hauch von Frühling ins Land, wenngleich der Frost besonders im Harz noch immer flächendeckend die Oberhand zu behalten schien. Die höheren Lagen wurden zumeist von Kaltluft beherrscht, gegen die sich die leichteren und zugleich wärmeren Luftmassen nur schwer behaupten konnten. Aber die zaghaft an den noch kahlen Zweigen mancher Büsche erblühenden Knospen verliehen auch dem deutschen Mittelgebirge den sich langsam entfaltenden Glanz des Frühjahrs.

Die Osterferien waren zu Ende gegangen. Sie hatten viele Besucher in den Harz gelockt, die sich nun auf die Rückreise begeben mussten, da der Alltag sie rief. Dafür kamen jene, die nicht an Schulferien gebunden waren oder bereits den beruflichen Ruhestand erreicht hatten. Der Bettenwechsel vollzog sich wie immer still und fast unmerklich. Auf Straßen und Plätzen sowie in Geschäften und Gaststätten tummelten sich deutlich weniger Menschen als über die Feiertage in der Woche zuvor. Nicht jedes Hotelzimmer schien demnach einen neuen Gast gefunden zu haben, um ihn zu beherbergen.

Für Polizeibedienstete galt diese Regel allerdings nicht, dass außerhalb von Schulferien weniger in der Kurstadt Bad Harzburg los zu sein schien. Unfälle und Verbrechen ereigneten sich unter eigenen Rahmenbedingungen und ließen sich weder vorhersagen noch einplanen.

Schulkinder kehrten am ersten Tag nach den Ferien, einem Mittwoch, an die gewohnten Orte zurück, an denen ihnen das Wissen dieser Welt vermittelt wurde, damit sie nicht orientierungslos durchs Leben gehen mussten.

Aber auch einige Touristen hatten sich vom schönen Wetter locken lassen und besuchten die allseits bekannten Attraktionen. Das Leben begann auf seine ganz eigene Weise zu pulsieren und es stockte für einen Moment, als sich das Unfassbare ereignete.

Der Tod kannte kein Datum und er lauerte hinter jeder Ecke. Manchmal schlug er gnadenlos zu und zeigte dem Menschen, der sich oft für so mächtig hielt, wie klein und unbedeutend er doch in seiner Gegenwart war. Gelegentlich drängte er sich uns mit seiner abscheulichen Distanzlosigkeit auf wie ein wildes Tier, das sich wahllos seine Beute nahm.

Der Baumwipfelpfad am Ortsausgang von Bad Harzburg zählte noch zu den jüngeren Errungenschaften der Kurstadt. So pompös die Stahlkonstruktion auch zuweilen anmutete, hielt sie sich doch auf den ersten Blick ein wenig hinter den Bäumen versteckt, durch deren Wipfel sich ihr Weg bahnte, der Spaziergänger zahlreich anlockte.

In der Frühe des gerade angebrochenen Tages waren erst wenige Besucher auf den Beinen. Die größere Zahl der Touristen schien sich vermutlich in den Hotels noch das Frühstück munden zu lassen und ging den Tag etwas ruhiger an. Für die Frühaufsteher, die gern das Gold der Morgenstunde in sich aufsogen, sollten die nächsten Minuten und Stunden etwas unerwartet Fürchterliches bringen.

Es wurden für sie ein lauter Streit, ein Aufschrei und ein dumpfer Aufprall hörbar, ohne dass die Ohrenzeugen zunächst in der Lage waren, den Ort auszumachen, von dem die schrecklichen Geräusche kamen, die die Stille des Morgens so gellend durchschnitten. Hektisches Stimmengewirr setzte ein und jeder begriff, dass sich etwas wenig Erfreuliches ereignet zu haben schien. Wirklich gesehen hatten die meisten jedoch nichts.

Der Buschfunk sorgte allerdings sehr schnell dafür, dass der Sturz eines Menschen aus großer Höhe bekannt wurde.

Einige jener unfreiwilligen Zeugen, die sich noch im Eingangsbereich des Baumwipfelpfades befanden oder auf dem Weg dorthin, eilten nun zur Unglücksstelle, nachdem sie den Ort ausgemacht hatten, an dem ein menschlicher Körper am Boden aufgeschlagen sein musste. Der Weg durchs Unterholz gestaltete sich als schwer passierbar. Zwei Männer gelangten an das Absturzopfer heran und merkten schnell, dass hier vermutlich jede Hilfe zu spät kam.

Es sollte nicht das einzige schreckliche Unglück an diesem sonnigen, aber kühlen Morgen bleiben. Ein Mann rannte den Weg zur B 4 hinunter und ein anderer folgte ihm auf dem Schritt. Für einige der Besucher stellte sich die Frage, ob die Männer unterschiedlichen Alters zusammen vor irgendetwas davonliefen oder ob der zweite hinter dem ersten her war. Jedenfalls wurden quietschende Bremsen hörbar und wiederum ein Aufprall mit einem Schrei verbunden. Danach kehrte eine beängstigende Stille ein. Niemand schien zu begreifen, was um ihn herum sich gerade ereignet hatte. Doch das Unheilvolle, das hier in den Fokus gerückt war, fesselte alle an diese jetzt so gespenstisch wirkende Örtlichkeit. Niemand traute sich, fortzugehen, bis die Martinshörner in der Ferne hörbar wurden und klar war, dass sich Hilfe im Anmarsch befand.

Obwohl die Rettungskräfte sehr schnell an den Unglücksorten erschienen, vergingen in der Wahrnehmung der hier zufällig anwesenden Menschen gefühlt Stunden, bis die ersehnte Hilfe endlich eintraf. Einige Beamte der Polizei und Feuerwehr sicherten zuerst den Unfallort an der B 4 und kümmerten sich um den Verletzten dort, während andere zu der Stelle eilten, an der das in die Tiefe gestürzte Opfer lag.

Bei Hauptkommissarin Ramona Süß und Hauptkommissar Yannick Sauer handelte es sich um zwei neue Kollegen im Polizeirevier von Bad Harzburg. Beide hatten erst vor wenigen Wochen ihren Dienst in der Kurstadt aufgenommen und wurden nun zu ihrem ersten großen Einsatz geschickt. Eine innere Anspannung befiel die in verschiedenen Städten tätig gewesenen Ermittelnden, als sie sich ihrem Einsatzort näherten und am Fuße des Burgberges die vielen Blaulichter auf den unterschiedlichen Dienstfahrzeugen aufblitzen sahen. Bisher kannten beide den Harz als Ausflugsziel, das seine Besucher mit den vielen Reizen der rauen Natur zu beeindrucken suchte. Nun lernten sie den Alltag fernab jeglicher Idylle kennen. Sie sahen sich tief in die Augen, atmeten noch einmal kräftig durch und stiegen aus ihrem zivilen Dienstfahrzeug aus, nachdem sie es vor dem blauweißen Flatterband abgestellt hatten, das von den Kollegen um den Unglücksort gezogen worden war.

Sanitäter kümmerten sich um einen am Boden liegenden Verletzten, neben dem ein Linienbus mit offenen Türen stand. Unschwer erkannten die neuen Ermittelnden, dass hier ein Mann von einem Bus angefahren worden sein musste.

Doch es gab noch einen zweiten Unglücksort, zu dem sie ein uniformierter Kollege führte, nachdem sie sich ihm gegenüber ausgewiesen hatten. Der Baumwipfelpfad!

Hauptkommissarin Ramona Süß versuchte sich durch das Unterholz vorzuarbeiten, wo sich bereits einige Kollegen unmittelbar zuvor den Weg zu einer Person gebahnt hatten, die dort regungslos im Gebüsch lag. Das Gestrüpp unter der gewaltigen Stahlkonstruktion des Baumwipfelpfades war allerdings sperrig. Doch dort mitten hinein war ein offensichtlich blutjunges Mädchen über das Geländer in die Tiefe hinabgestürzt.

Hauptkommissar Sauer schlug einen anderen Weg ein und begab sich über die Rotunde hinauf auf den Baumwipfelpfad zu jener Stelle, an der das Mädchen über das Geländer in die Tiefe gestürzt oder gestürzt worden war.

Eigentlich versprach die am Morgen hinter den Bergen malerisch aufgegangene Sonne einen schönen Tag. Sie schien vom Himmel und entlockte dem beginnenden Frühling die ersten prächtigen Farben, die sich an Büschen in Form von

Blüten und Knospen unter die noch kahlen Bäume mischten. Das Leben gab sich unverwüstlich und demonstrierte seine ständige Wiederkehr. Alles, was tot schien, hatte in Wahrheit nur geschlafen.

Ostern stand dieses Jahr Mitte April auf dem Kalender. Der Vollmond hatte es so gewollt. Das Bild vom Frühling mochte den Glauben an den Sieg des Lebens über den Tod und die daraus resultierende Auferstehung nähren. Doch das so grausam umgekommene junge Mädchen am Rande der B 4 zu Füßen des Baumwipfelpfades vermittelte einen anderen Eindruck. Hier hatte der Tod gesprochen und behielt unwiderruflich das letzte Wort.

Die Kriminalbeamtin hob das blauweiße Band an, das bereits von Einsatzkräften vor Ort um die Tote herum gespannt worden war und geräuschvoll im Wind flatterte, der am Fuß des Burgbergs mächtig Staub aufwirbelte. Der Boden unter der Stahlkonstruktion bestand aus einer Mischung aufgewühlter Erde und vertrocknetem Laub des Vorjahres.

Der Kopf des toten Mädchens lag eingebettet in die zahllosen verwelkten Blätter am Fuße der Bäume und Sträucher, die längst ein neues jahreszeitlich bedingtes grünes Kleid übergestreift hatten. Ihre Augen waren weit aufgerissen und verrieten dem Betrachter einen Ausdruck von panischem Entsetzen. Sie hatte offensichtlich den letzten Sekunden ihres Lebens bewusst ins Auge geschaut und erkannt, dass sie den tödlichen Aufprall nicht mehr abwenden konnte. Ihr Körper schien ganz und unversehrt geblieben zu sein. Kaum vorstellbar, dass der Sturz aus großer Höhe sie getötet haben sollte. Dann begrüßte die Gerichtsmedizinerin Dr. Siems die Hauptkommissarin, die sich ebenfalls mühevoll den Weg durchs Unterholz gebahnt hatte. Die schlanke Frau mit rötlichen Haaren hob den Kopf der Toten an. Darunter lag ein blutüberströmter Stein und der Hinterkopf des jungen Mädchens war völlig zertrümmert.

Die Ärztin versicherte der Kriminalistin, dass der Aufschlag auf diesen Findling den Tod zwar ausgelöst hätte, aber das Mädchen sich mit großer Wahrscheinlichkeit sehr starke innere Verletzungen zugezogen hatte, die ebenfalls den sofortigen Tod herbeigeführt hätten. Aus beruflicher Erfahrung wusste die Medizinerin, dass Verletzungen oft harmloser waren, als es schien, wenn viel Blut geflossen war. Verhielt es sich anders, fanden sich meistens die wesentlich schlimmeren Verletzungen im Innern, ohne dass Körperflüssigkeiten ausgetreten waren. Doch Genaueres dazu könnte sie natürlich erst nach der Obduktion sagen, wofür Ramona Süß Verständnis zeigte.

Sie ging drei Schritte zurück und legte ihren Kopf in den Nacken, um nach oben schauen zu können, von wo das Mädchen in den sicheren Tod gestürzt war. Ihr Kollege Yannick Sauer schaute von dort über die Brüstung und winkte. Ramona Süß signalisierte ihm mit der Hand, dass er zu ihr nach unten kommen möge, was er durch ein kurzes Nicken bestätigte.

Minuten später standen Süß und Sauer gemeinsam vor der Leiche und betrachteten sie. Die Gerichtsmedizinerin war inzwischen wieder fortgegangen. Das tote Mädchen hatte keine Papiere bei sich und ein Smartphone wurde auch nicht bei ihr gefunden.

»Wie alt schätzt du sie?«, fragte die 42-jährige Ramona Süß, die eine 17-jährige Tochter hatte und alleinerziehend war. Es handelte sich bei der Kriminalbeamtin um eine schlanke Frau mit schulterlangen braunen Haaren, die vom Wind ein wenig zerzaust wurden und im hellen Licht der Sonne eine zartrötliche Färbung annahmen.

Yannick Sauer besah sich die Tote daraufhin noch einmal mit leicht gesenktem Kopf aus dem Augenwinkel. Er war mit seinen fünfzig Jahren, die er zählte, Vater eines 25-jährigen Sohnes und einer 21-jährigen Tochter sowie seit fast dreißig Jahren glücklich verheiratet mit seiner zwei Jahre jüngeren

Frau. Sein Körper war durchtrainiert. Trotz der sportlichen Figur zeichnete sich ein leichter Bauchansatz unter dem weißen Sweatshirt ab, das er unter der schwarzen Lederjacke trug. Auch ihn ließ der Anblick keineswegs kalt.

»Das ist doch noch ein Kind. Die ist mit Sicherheit keine sechzehn. Völlig unschuldig.«

»Unschuldig? Wie meinst du das?«, sah ihn die Kollegin kritisch von der Seite an.

»Unschuldig im Sinne von ... Na ja, die hätte noch alles vor sich gehabt.«

»Und das eine noch nicht hinter sich? Was macht dich so sicher, dass sie noch Jungfrau gewesen ist?«

»Warten wir die Obduktion ab. Was soll diese Spekulation? Wichtiger ist es doch, ihre Identität herauszufinden«, war Sauer sich sicher.

»Natürlich. Und was sagen die Zeugen?«, wollte Hauptkommissarin Süß von ihrem Kollegen wissen, da er auf seinem Weg nach oben und wieder zurück auf einige von ihnen getroffen sein musste.

»Alle haben plötzlich einen lauten Streit gehört und dann einen entsetzlichen Schrei. Aber fast keiner hat gesehen, wie sie abgestürzt ist. Nur ein einziger Passant hat einen Mann am Arm festgehalten, der da oben auf der Plattform zusammen mit dem Mädchen gestanden hat. Doch der hat sich losgerissen und ist fortgelaufen. Der andere ist daraufhin hinter ihm her und hat die Verfolgung aufgenommen. Der Flüchtende ist panisch auf die Straße und mitten in einen Linienbus hineingerannt.«

»Wie? Der Unfall da vorne hat was mit dem Unglücksfall hier zu tun?«, zeigte sich Ramona Süß überrascht. Sie hatte sich schon gewundert, dass gleich zwei schreckliche Ereignisse beinahe zeitgleich in unmittelbarer Nähe zueinander stattgefunden hatten, es jedoch nicht mit ihrem Kollegen thematisiert, dem aber der Zusammenhang von Anfang an klar zu sein schien.

»Die Kollegen verhören da vorn den Verfolger«, ergänzte Sauer seine Ausführungen. »Er ist nach dem Unglück mit dem Bus nicht da unten geblieben, sondern ein Stück weit wieder hier hochgegangen. Angeblich war ihm der Anblick des Angefahrenen unerträglich. Vielleicht plagt ihn auch das schlechte Gewissen.«

»Und? Hat er gesehen, was da oben passiert ist und wie das Mädchen abgestürzt ist?«

»Er sagt ja. Ich habe einiges von seinen Aussagen gehört, bevor ich über die Rotunde nach oben marschiert bin, um mir alles aus der Nähe anzuschauen. Der Zeuge wollte ebenfalls auf diesen schmalen Steg mit gläsernem Boden gehen. Da haben der Mann, der später in den Bus gelaufen ist, und das Mädchen an dem Geländer gestritten. Dann habe der es in die Tiefe gestürzt, nachdem sie auf dieses Geländer geklettert war.«

»Wie? Die ist von selbst da oben drauf geklettert?«, vergewisserte sich Ramona Süß.

»Oder der Mann hat sie da drauf gehoben. Der Zeuge weiß es nicht.«

»Kann jemand bestätigen, dass dieser Zeuge den mutmaßlichen Mörder verfolgt hat?«

»Nur, dass zwei Männer durch die Rotunde hintereinander hergelaufen sind.«

»Das heißt, unser vermeintlicher Zeuge könnte auch der Mörder sein, und der Mann, der panisch in den Bus gelaufen ist, rannte um sein Leben, weil er in Wahrheit dieses abscheuliche Verbrechen beobachtet hat und jetzt vor einem Mörder auf der Flucht gewesen ist«, kombinierte Hauptkommissarin Süß.

»Das könnte natürlich auch sein. Wäre in diesem Falle mehr als abgebrüht und eine eiskalte Lüge dieses Typen. Wir müssen beide Männer durchleuchten und herausfinden, wer das tote Mädchen ist und wo es mögliche Schnittmengen zwischen ihr und einem der beiden geben könnte.«

»Auf jeden Fall haben wir es wohl mit Mord zu tun«, sagte Ramona Süß mit einem Anflug von Verzweiflung im Gesicht.

»So was passiert auch im Harz und es gehört zu unserem Job, den wir uns ausgesucht haben«, versuchte Yannick Süß seine Kollegin etwas aufzumuntern, was im Angesicht eines so grausam zu Tode gekommenen jungen Mädchens eher aussichtslos schien.

»Was ist mit den anderen hier, die was gesehen haben?«

»Wie ich schon sagte. Die haben eine Menge aufgeschnappt. Allerdings jeder was anderes und nichts von dem kannst du wahrscheinlich verwenden«, seufzte Yannick Sauer.

»Wir haben zwei Vermisstenmeldungen von zwölfjährigen Mädchen seit einigen Tagen auf dem Tisch liegen. Könnte das da eine von ihnen sein?«, fragte Ramona Süß ihren Kollegen eher ängstlich.

»Du meinst, das Mädchen dort ist erst zwölf?«, erwiderte er ihre Vermutung zweifelnd, da er die Tote für deutlich älter hielt.

»Sieht eher wie fünfzehn aus. Aber was heißt das schon?«

»Die sollen sie jetzt hier wegholen. Lass uns zu dem Unglücksort unten an der Hauptstraße gehen. Mal sehen, was es dort an Neuigkeiten über den Verunglückten gibt.«

»Und der vermeintliche Zeuge?«, erinnerte Ramona Süß ihren Kollegen.

»Wenn wir seine Personalien haben, müssen wir ihn laufen lassen. Wir haben ja keine Handhabe gegen ihn«, konstatierte Yannick Süß.

***

Wolken zogen inzwischen über den Himmel und verdeckten die Sonne, die sich allmählich vollständig hinter ihnen zurückzog. Das dadurch einsetzende Grau verfinsterte die gespenstische Szene am Fuße des Burgbergs im Schatten des Baumwipfelpfades um ein Beträchtliches. Die Blaulichter von

Polizei- und Rettungswagen durchzuckten das menschliche Auge, wohin es auch blickte.

Der Busfahrer saß hinten in dem von ihm gesteuerten Fahrzeug auf einem der Doppelsitze mit Blick zur Seilbahnstation. Doch der Mann schaute nicht aus dem Fenster, sondern vergrub das Gesicht tief in seinen Händen. Vermutlich wollte er den Anblick loswerden, wie er den Mann erwischt und überfahren hatte. Ziemlich sicher aber würde ihm das grauenvolle Erlebnis ewige Albträume bescheren. Das Entsetzliche grub sich meistens tief in unser Gedächtnis ein, so, als wollte es stets Warnung und Mahnung sein, damit wir nicht dasselbe Schicksal erlitten.

Der Verletzte befand sich noch in einem der Rettungsfahrzeuge, in dem ein Notarzt um sein Leben zu kämpfen schien, bevor er in die Klinik transportiert werden konnte.

Yannick Sauer hatte den Personalausweis des Verunglückten erhalten und besah ihn sich. Er hielt einen Namen, ein Alter und eine Adresse in den Händen und signalisierte seiner Kollegin Ramona Süß, dass sie zu den Angehörigen fahren müssten, um sie über das Geschehene in Kenntnis zu setzen. Der Verunglückte hieß Christian Dabelstein und war 35 Jahre alt.

Der Busfahrer konnte unter den gegebenen Umständen unmöglich eine Aussage tätigen. Er benötigte psychiatrische Hilfe. Doch es war noch immer kein Psychologe eingetroffen. Dafür ein Verkehrsmeister in Begleitung eines Busfahrers, der den Omnibus zum Betriebshof bringen würde, wo er auf mögliche Schäden untersucht werden musste.

Die Herren des Verkehrsbetriebes gesellten sich zu beiden Kommissaren, mit denen zusammen sie die Blutspuren vorn am Fahrzeug betrachteten, um daraus berufsbedingt die jeweiligen Schlüsse zu ziehen. Dachten die einen zuerst an mögliche Schäden am Fahrzeug, gingen die Gedanken der anderen in Richtung des Verletzten, der mit einer Aussage Licht in das Dunkel der Ereignisse bringen könnte. Trotzdem hofften alle vier, dass es dem Verunglückten möglichst schnell wieder besser ginge, was auch den Schock des Busfahrers lindern würde, um dessen Wohlergehen sie sich natürlich ebenfalls orgten.

Dann drehte sich Yannick Sauer noch einmal um und sah, wie einer seiner uniformierten Kollegen den Zeugen und Verfolger des Verunglückten verabschiedete. Da beschloss der Hauptkommissar, den Mann nicht einfach so ziehen zu lassen, und ging schnurstracks auf ihn zu.

Der vollschlanke Mann von Anfang sechzig trug kurzes gewelltes Haar, das noch nicht ergraut war. Ein quälender Gesichtsausdruck überzog ihn und es war ihm leicht anzusehen, dass er sich nicht wohlfühlte. Als Sauer direkt vor ihm stand, begann der Mann unaufgefordert zu erzählen.

»Was hätte ich anders machen sollen? Den da einfach laufen lassen? Dass er in einen Bus rennt und jetzt vielleicht stirbt, das habe ich natürlich nicht gewollt.«

»Natürlich nicht. Wenn sich alles so verhalten haben sollte, wie Sie es ausgesagt haben, dann haben Sie keinen Fehler gemacht«, versicherte ihm der Kriminalbeamte.

Der Notarztwagen verließ gerade mit Blaulicht den Unglücksort. Das konnte nur bedeuten, dass der Verletzte lebte und deshalb Eile geboten war.

»Meine Kollegen haben ja Ihre Personalien aufgenommen. Darf ich trotzdem nochmal nach Ihrem Namen fragen und was Sie hier in Bad Harzburg machen?«

»Selbstverständlich. Hugo Renner. Ich komme aus Braunschweig und wollte mir heute einen schönen Tag im Harz machen. Bin extra früh losgefahren, weil das Wetter schön war, sie aber im Radio bereits schlechteres für den Nachmittag angekündigt hatten.«

»Was machen Sie beruflich, wenn ich fragen darf?«

»Anlageberater.«

»Vielen Dank. Wir werden uns bestimmt noch bei Ihnen melden«, sagte Sauer.

»Tun Sie das«, entgegnete Renner und verließ schließlich die gespenstische Szene, an deren Zustandekommen er maßgeblich beteiligt gewesen war.

Als Sauer zu seiner Kollegin Süß zurückging, befragte sie ihn nach seinem Eindruck.

»Ich sehe keinen Grund, die Angaben dieses Mannes irgendwie in Zweifel zu ziehen. Unser Verdacht sollte sich gegen den Verunglückten richten. Wir müssen herausfinden, wer der Mann ist. Da werden uns dessen Angehörige vermutlich ein wenig weiterhelfen können.«

»Erst mal sollten wir die in Kenntnis darüber setzen, was mit ihm Schreckliches passiert ist.«

»Dann nichts wie los, Ramona.«

***

Die Straße, in der sich das Einfamilienhaus der Dabelsteins in einer Reihe mit anderen ähnlich ausschauenden Objekten befand, lag am Rande der Harzstadt idyllisch an einem Hang mit ungetrübtem Blick auf die Berge zur einen und über das weite flache Land zur anderen Seite.

Die beiden Kriminalbeamten hielten vor dem fraglichen Haus, in dem Christian Dabelstein wohnte. Keiner der hier Lebenden konnte ahnen, was sich vor wenigen Stunden Schreckliches am Baumwipfelpfad ereignet hatte.

Ramona Süß hatte den zivilen Dienstwagen in diese Straße gesteuert, während Yannick Sauer auf dem Beifahrersitz verweilte. Etwas neidvoll schauten die beiden auf das prachtvolle Anwesen der Dabelsteins, hinter dem ihre eigenen an Glanz zurückstecken mussten. Das Beamtengehalt von Kriminalisten ihrer Besoldungsgruppe ließ ohne Erbe im Rücken den Kauf und Erhalt derartiger Häuser und Grundstücke nicht unbedingt zu.

»Wenn wir da jetzt an der Tür klingeln, bringen wir eine heile Wohlstandswelt ins Wanken«, merkte Ramona Süß an.

»Noch ist Christian Dabelstein am Leben. Wir müssen keine Todesnachricht überbringen«, wandte Sauer ein.

»Allein die Möglichkeit, dass der Verunglückte kurz zuvor einen Mord begangen haben könnte, wird in der Familie dort alles zum Einsturz bringen.«

»Vielleicht ist schon längst das meiste zusammengekracht und das, was wir dort sehen, ist bloß eine Fassade, die aufrechterhalten wird wegen der Nachbarschaft.«

Nachbarn schufteten in ihren Vorgärten und begleiteten Ramona Süß und Yannick Sauer mit misstrauischen Blicken, als sie das Anwesen der Dabelsteins betraten.

Nachdem Ramona den Klingelknopf betätigt hatte, warteten die Besucher geduldig und starrten auf die große gusseiserne Tür, bis sie von einer Frau um die dreißig geöffnet wurde.

»Sind Sie Frau Dabelstein?«, fragte die Hauptkommissarin höflich.

»Ja«, gab die betont schlanke Frau mit langen blonden Haaren und zierlicher Stimme zur Antwort. Sie war mit einem weißen Sweatshirt sowie einer Blue Jeans bekleidet und lief auf weißen Socken.

»Wir sind von der Polizei«, sagte daraufhin Yannick Sauer und zückte seinen Dienstausweis.

»Dürfen wir reinkommen?«, fragte Ramona Süß und sah in das verängstigte Gesicht der Hausherrin, die mit einem lautlosen Nicken die Tür ganz öffnete.

Im Wohnzimmer nahmen die drei Platz und überbrachten der Ehefrau die traurige Nachricht von dem Unglück, dem ihr Mann zum Opfer gefallen war. Beide versuchten die entsetzte Frau Dabelstein sofort damit zu trösten, dass ihr Mann am Leben sei. Yannick Sauer druckste allerdings kurz darauf herum, holte dann aber sein Smartphone heraus und zeigte ihr das Foto von dem toten Mädchen.

»Kennen Sie die junge Frau?«, wollte er nun von ihr wissen.

»Ja natürlich. Ist sie da etwa tot?«

»Leider ja. Wer ist sie? Sie hatte keine Papiere bei sich.«

»Sie ist eine Schülerin meines Mannes. Esther Klein. Er ist ihr Klassenlehrer, genauer gesagt einer der beiden, die sich die Klassenleitung teilen. Die andere ist Frau Machlowitz. Es handelt sich um die Marie-von-Ebner-Eschenbach-IGS. Siebte Klasse. Aber was ist denn mit dem Mädchen passiert? Sie wurde doch schon seit über zwei Wochen vermisst. Sie und ihre Freundin, die auch in dieselbe Klasse geht, also in die meines Mannes. Am letzten Tag vor den Osterferien sind sie nicht mehr in der Schule erschienen. Danach haben wir von ihrem Verschwinden in der Zeitung gelesen und Kollegen von Ihnen wollten von uns wissen, ob wir irgendetwas über den Verbleib der Mädchen aussagen könnten. Konnten wir natürlich nicht. Wie auch?«

»Also handelt es sich tatsächlich um die Vermisste. Siebte Klasse, dann war sie zwölf. Stimmt's?«, rechnete Ramona Süß vor.

»Ja. Aber was hat das eine mit dem anderen zu tun? Mein Mann schwer verunglückt und seine Schülerin tot? Warum war er denn da draußen? Er ist doch heute Morgen zu seiner Schule gefahren, wo er auch hätte sein müssen.«

»Das können wir Ihnen zum gegenwärtigen Zeitpunkt noch nicht sagen. Fahren Sie zu Ihrem Mann ins Krankenhaus. Wir melden uns wieder bei Ihnen, sobald wir etwas mehr wissen«, sagte Sauer.

»Alles Gute«, wünschte Ramona Süß, die natürlich verstand, dass sie Frau Dabelstein in dieser Situation unmöglich mit den Mordvorwürfen gegen ihren Mann konfrontieren konnten.

So verabschiedeten sie sich und ließen die völlig verzweifelte Frau mit ihrem Unglück allein zurück.

Ihr Weg führte die beiden in die Dienststelle. Auf der Fahrt dorthin berieten sie sich.

»Der mögliche Mörder der zwölfjährigen Esther soll ihr Klassenlehrer sein?«, zeigte sich Sauer ungläubig.

»Die Ausgangsfrage muss eine andere sein. Zwei Mädchen gelten seit mehr als vierzehn Tagen vermisst. Keine einzige Spur von ihnen. Plötzlich taucht die eine wie aus dem Nichts auf und wird ermordet. Die andere bleibt verschollen. Aber Esther ist in Begleitung ihres Lehrers, unabhängig davon, ob er sie gestoßen hat oder der andere. Woher kannte Dabelstein ihr Versteck? Warum stand er offensichtlich in Kontakt zu einem untergetauchten und von der Polizei gesuchten Mädchen, obwohl er ja unseren Kollegen das Gegenteil versichert hat, wie wir eben gerade gehört haben?«, kombinierte Ramona Süß.

»Wir müssen alles über diesen Anlageberater aus Braunschweig herausfinden. War der wirklich zufällig am Tatort oder gibt es möglicherweise sogar eine Verbindung zwischen ihm, dem Lehrer und dem oder den Mädchen?«, fragte sich Sauer.

»Auf jeden Fall müssen wir jetzt noch eine bis vor vierzehn Tagen heile Welt zum Einsturz bringen und den Kleins verklickern, dass ihre Tochter gefunden wurde, aber nie mehr zurückkommen wird.«

»Ja. Dafür, Ramona, hasse ich meinen Beruf.«

* * *

Esther war das einzige Kind von Sahra und Erik Klein, die in einem Reihenhaus im Osten von Bad Harzburg wohnten. Seit genau zwei Wochen befand sich das Ehepaar von Ende dreißig im Ausnahmezustand. Sie teilten ihre Sorge mit dem Elternpaar Lohner, deren Tochter gemeinsam mit der eigenen von einem auf den anderen Tag spurlos verschwunden war. Die Mädchen waren einfach von der Schule nicht mehr nach Hause gekommen.

Beide Elternteile hatten sich von ihrem Hausarzt krankschreiben lassen und wussten seitdem nicht mehr, wie sie die ganze freie Zeit herumkriegen sollten, die sie nun plötzlich zur Verfügung hatten. Eine völlige Antriebslosigkeit hielt sie davon ab, geordneten Dingen im Leben nachzugehen. Sie hockten nur zu Hause herum, starrten ins Leere und quälten sich mit Gedanken, die nach Antworten verlangten. Doch diese Antworten gab es bisher nicht. Bisher! Jetzt platzte eine solche in den ohnehin zerrütteten Alltag des einen Ehepaares hinein.

Als Erik Klein es an der Haustür klingen hörte und zwei Beamte von der Kriminalpolizei vor sich stehen sah, durchkreuzte ihn ein einziger Gedanke wie ein Blitz.

»Ist sie tot?«, schrie er seine Besucher fast panisch an.

»Wollen Sie uns nicht lieber hereinbitten?«, fragte Sauer höflich, aber distanziert.

Wortlos ließ er die Beamten den Flur betreten, auf dem ihnen Sahra Klein entgegengerannt kam. Sie musste ihren Mann gehört haben und wiederholte dessen Frage mit fast dem gleichen Entsetzen, woraufhin Süß und Sauer wortlos nickten.

Die Eheleute fielen sich in die Arme und begannen laut zu weinen, während die Kriminalisten eher hilflos daneben standen und nicht helfen konnten, sosehr sie es auch gewünscht hätten.

Nach einigen Minuten beruhigten sich die Eltern ein wenig. Dann baten sie ihre unerwarteten Gäste ganz zu sich herein.

Das Wohnzimmer wirkte unaufgeräumt. Es mochte das Innere der Seelen dieser Eltern widerspiegeln. In deren Leben war seit dem Verschwinden der Tochter einfach nichts mehr in Ordnung. Süß und Sauer berichteten vorsichtig von den Umständen, wie Esther zu Tode gekommen war. Doch die rücksichtsvolle Schilderung nahm den Ereignissen nichts von ihrer Grausamkeit, die die Eltern natürlich schwer erschütterte.

»Meine Kollegin und ich sind mit der Vermisstensache nicht betraut gewesen. Aber nun haben wir es vermutlich mit Mord zu tun. Können Sie uns bitte noch einmal genau erzählen, was am Tag des Verschwindens geschehen ist?«, bat Sauer.

»Es war alles wie sonst auch. Der letzte Schultag vor den Osterferien. Sie ist morgens mit Tessa zur Schule gegangen«, begann Erik Klein zu erzählen.

»Tessa ist die Freundin Ihrer Tochter, die am selben Tag spurlos verschwunden ist. Richtig?«, vergewisserte sich Ramona Süß.

Beide nickten. Dann sprach der Vater weiter: »Als sie abends noch nicht zu Hause waren, haben wir mit Tessas Eltern telefoniert. Doch da war sie nicht. Und Tessa war ebenfalls verschwunden. Am nächsten Morgen sind wir schließlich zur Polizei gegangen und haben beide Mädchen als vermisst gemeldet.«

»Was war mit den Smartphones?«, fragte Sauer.

»Nur Mailbox. Wir haben zigmal draufgesprochen und um Rückruf gebeten. Doch es kam keiner«, gab die Mutter resigniert zur Antwort und plagte sich dann mit der grausamen Nachricht, die die Kriminalisten ihnen übermittelt hatten. »Aber warum denn Mord? Wer tut denn so etwas?«, hielt sich die Mutter die Hände vors Gesicht und konnte es einfach nicht fassen.

»Gab es Probleme in der Schule?«, wollte Sauer wissen.

»Nein. Nicht mehr oder weniger als bei anderen Teenys auch«, sagte der Vater.

»Hatte Ihre Tochter ein besonderes Verhältnis zu ihrem Lehrer?«

»Wie meinen Sie das, Herr Kommissar?«, rückversicherte sich Erik Klein.

Als keine Antwort von den Kriminalisten erfolgte, sagte Sahra Klein schließlich: »Sie war verliebt in den Dabelstein. Ist ja auch ein gutaussehender Mann. Das kommt ja in dem Alter schon einmal vor, dass ein Mädchen in ihren Lehrer verknallt ist. So was ist doch wohl nichts Besonderes. Warum fragen Sie?«

»Weil der Lehrer Ihrer Tochter dabei gewesen ist, als sie ums Leben kam«, gab Sauer bestimmend zur Antwort.

Mit verzerrtem Gesicht fragten die Eltern, wo und wie Esther getötet wurde.

Nachdem die Kriminalbeamten es ihnen erzählt hatten, wollten beide einhellig von ihnen wissen: »Hat ihr Lehrer sie umgebracht?«

»Um diese Frage beantworten zu können, fehlen uns viel zu viele Fakten. Wir wissen einfach zu wenig«, räumte Sauer kleinmütig ein.

»Fest steht aber, dass Ihre Tochter trotz der Unauffindbarkeit Kontakt zu ihrem Lehrer unterhalten haben muss«, stellte Süß klar.

»Dann fragen Sie ihn doch einfach!«, donnerte Erik Klein den Beamten entgegen.

»Dabelstein hatte einen Unfall, unmittelbar nachdem Ihre Tochter in den Tod gestürzt ist. Wir haben vom Krankenhaus gerade die Information erhalten, dass der Lehrer in ein künstliches Koma versetzt worden ist. Den kann also vorerst niemand befragen«, führte Sauer aus.

»Was interessiert mich der Lehrer? Ich will meine Tochter sehen«, jammerte die Mutter.

»Sobald das möglich ist, informiere ich Sie. Unser aufrichtiges Beileid. Ich bin auch eine Mutter. Meine Tochter ist siebzehn. Ein bisschen kann ich mit Ihnen mitfühlen.«

»Warum war Esther allein, als sie sterben musste? Wo war Tessa? Wo ist Tessa?«, brüllte Erik Klein und erkannte, dass die Kriminalisten ihm darauf keine Antwort geben konnten.

* * *

Der rätselhafte Tod der bis dahin als vermisst gegoltenen Esther Klein sollte die Gemüter der Harzburger in den nächsten Tagen ganz schön durcheinanderwirbeln. Die Überschrift in der Onlineausgabe der Harzburger Zeitung noch am selben Mittag sorgte für mehr Klicks als der Bericht über die weitere Aufforstung der verwüsteten Harzlandschaft zwischen der Kurstadt und dem Torfhaus. Dem Betreiber des Baumwipfelpfades konnte es nicht recht sein, so negativ in die Schlagzeilen zu geraten. Woran er offensichtlich nicht gedacht hatte, war ein Sensationstourismus, der in der Folgezeit einsetzte.

Auf jeden Fall lastete jetzt ein enormer Druck auf den Ermittelnden, denn die ganze Angelegenheit war von einem großen öffentlichen Interesse begleitet. Ein Mord am helllichten Tag an einer Minderjährigen stellte kein gutes Omen für einen Luftkurort dar. Hier sollten Menschen gesund werden und nicht einen brutalen Tod finden. Schon gar keine Kinder. Und die Ermittelnden waren nicht frei davon, dass die Dinge doch stärker auf ihnen persönlich lasteten, als sie das eigentlich gedurft hätten. Mitgefühl holte zuweilen jede Professionalität ein und man war nicht nur der Kommissar oder die Kommissarin, sondern eben auch Vater oder Mutter.

Staatsanwalt Kirschner zählte mit seinen 32 Jahren noch zu den recht jungen. Er stand am Anfang seines Berufslebens und mochte noch einer Karriere entgegensehen. In der Provinz hätte er sich in aller Ruhe die Hörner abstoßen können, doch nun war er gefordert. Als Single brauchte der hagere großgewachsene Mann keine Rücksicht auf seine Privatsphäre zu nehmen. Er konnte sich problemlos für einige Zeit voll und ganz in den Fall hineinknien, was er offensichtlich zu beabsichtigen schien.

Er saß im Büro von Süß und Sauer und tauschte sich mit den beiden über die Ereignisse aus. Die Kommissare bemerkten, dass sein Interesse sehr ausgeprägt war, sowohl das noch vermisste Mädchen schnellstmöglich zu finden wie den Mörder des getöteten zu überführen.

»Zweieinhalb Wochen haben wir keine einzige Spur von den Vermissten gefunden. Nun taucht eine von ihnen in Bad Harzburg wieder auf«, stellte Süß fest.

»Aber nur, um hier zu sterben«, konstatierte Kirschner.

»Die Tatsache, dass das eine Mädchen sich gar nicht weit vom Elternhaus aufgehalten zu haben schien, stärkt meine Annahme, dass die andere auch hier irgendwo in der Nähe ist«, glaubte Sauer ganz fest.

»Tot oder lebendig?«, fragte der Staatsanwalt etwas provozierend.

»Die Ferien sind zu Ende. Die Schule hat wieder begonnen. Wir sollten umgehend dorthin fahren und uns einmal mit den Mitschüler:innen unterhalten«, schlug Ramona Süß vor.

»Die Schüler innen und die Schüler außen. Lassen Sie doch bitte diese blöde Gendersprache!«, ranzte der Staatsanwalt die Hauptkommissarin an.

»Ich dachte, wir sollten so reden«, rechtfertigte sich die Angegriffene.

»Laut Duden wird es nicht empfohlen. Aber wir haben doch wohl wirklich andere Sorgen«, mahnte Sauer die Kampfhähne zur Mäßigung. Damit war das Thema vorerst vom Tisch. »Also auf in die Schule! Vielleicht erfahren wir dort auch etwas mehr über Lehrer Dabelstein«, sagte Sauer.

»Treffen wir da nachmittags überhaupt noch jemanden an?«, fragte Süß.

»Immer mehr Schulen haben sich inzwischen zu Ganztagsschulen entwickelt. Außerdem handelt es sich hier um eine IGS. Ist im Regelfall eine Ganztagsschule«, wusste Sauer aus dem zurückliegenden Schulalltag seiner eigenen Kinder.

»Morgen Nachmittag um 15 Uhr ist eine Pressekonferenz. Wer von Ihnen beiden möchte mich begleiten?«, fragte Kirschner.

»Mein Kollege Sauer. Der gendert nicht«, gab Süß den Spielball zurück.

»Also abgemacht. Und nun drücken Sie beide mal schön wieder die Schulbank«, lachte der Staatsanwalt und ging.

***

Bei der Integrierten Gesamtschule Marie-von-Ebner-Eschenbach handelte es sich um einen Gebäudekomplex aus mehreren zweigeschossigen Bauten mit Flachdächern, auf denen sich bei schlechtem Wetter große Wasserflächen bildeten. Der typische Siebzigerjahrebau trotzte vor Hässlichkeit. Leider waren asbestverseuchte Bauteile schon vor Längerem entfernt worden, sodass kein Abriss des Gebäudekomplexes auf der Tagesordnung der Kommunalpolitik stand. Stattdessen sollte die baufällige Schule kostenintensiv saniert und aufwendig modernisiert werden. Somit würde der Schandfleck im Stadtbild noch lange erhalten bleiben.

Der großflächige Schulhof war komplett asphaltiert. Er konnte an Wahlsonntagen problemlos als Parkplatz für den bequem vorfahrenden Souverän des Volkes dienen. Im Innern des Gebäudes begegnete den Besuchenden der Charme der Siebzigerjahre. Die Türen waren komplett orange. Wer in dieser Zeit des vergangenen Jahrhunderts gelebt hatte, konnte meistens kein Orange mehr ertragen. Das Auge hatte sich die einstige Modefarbe schlichtweg sattgesehen.

Es war kurz nach 14 Uhr und für eine Schule auffallend ruhig. Die meisten Schüler schienen trotz Ganztagsbetrieb wohl doch schon nach Hause gegangen zu sein.

Überall war der Aufkleber *Schule ohne Rassismus* in schwarzweiß zu lesen. Manche Wände wurden von Gemälden geziert, die vermutlich Schüler in einer Kunst-AG angefertigt hatten. Sie zeigten schwarze und weiße Kinder sowie einen Jungen im Rollstuhl. Alle spielten friedlich miteinander. Die Schule schien von idyllischer Harmonie geprägt zu sein.

Überall fand sich auch eine Weltkugel, die unter der Decke hing. In jede war eine Fahne hineingepikst worden, auf der zu lesen stand: *Unsere eine Welt für alle.*

So arbeiteten sich die Kommissare durch die pädagogische Landschaft hindurch, bis sie vor dem Sekretariat standen, das sie zu dieser nachmittäglichen Stunde unbesetzt vorfanden.

Ihr anfangs ergebnisloses Klopfen an dieser verschlossenen Tür blieb jedoch nicht ungehört. Aus der Nachbartür kam eine Frau von Anfang fünfzig auf den Flur, um nachzuschauen, wer dort mit irgendeinem Anliegen erschienen war. Ohne jedoch danach zu fragen, bat sie die Gäste kurzerhand zu sich herein. Als die Kriminalbeamten durch die Tür gingen, lasen sie im Vorbeigehen auf dem Schild daneben, dass sie das Schulleiterzimmer betraten.

Nachdem ihnen die freundliche Dame einen Sitzplatz in ihrem Büro angeboten hatte, stellte sich die leicht untersetzte Frau mit schulterlangem, zerzausten Haar und Bluse sowie Blue Jeans bekleidet ihren beiden Besuchern als Schulleitern Messerschmitt-Karmrodt vor.

Als die Gäste ihr verrieten, von der Polizei zu sein, entgegnete sie, dass sie sich so etwas schon beinahe gedacht habe.

»Ich bin ganz allein hier. Die Sekretärinnen haben um 13 Uhr Feierabend«, eröffnete die Schulleiterin das Gespräch.

»Etliche Schüler scheinen auch schon Feierabend gemacht zu haben«, stellte Sauer fest.

»Es ist den Schüler:innen freigestellt, ob sie die nachmittäglichen Betreuungs- oder Arbeitsgemeinschaftsangebote wahrnehmen möchten oder nicht. Viele Eltern haben unterschrieben, dass ihre Kinder auch schon nach dem Mittagessen, das sie eigentlich hier einnehmen sollen, nach Hause entlassen werden dürfen. Wir müssen angemessen auf den Lehrermangel reagieren.«

»Aber dann ist doch das Aushängeschild *Ganztagsschule* eine Mogelpackung«, kritisierte Ramona Süß die Ausführungen der Schulleitung.

»Durchaus nicht. Wir sind Ganztagsschule für jede und jeden, der die ganztägige Betreuung benötigt. Doch dort, wo uns Erziehungsberechtigte entlasten können, nehmen wir das selbstverständlich gern in Anspruch.«

»Hat Esther Klein von diesem Angebot Gebrauch gemacht?«, fragte Sauer jetzt ohne weitere Umschweife.

»Ich habe mir schon gedacht, dass Sie ihretwegen oder wegen ihrer Freundin Tessa hier sind. Wir wären schon froh gewesen, das Mädchen mal am Vormittag gesehen zu haben.«

»Was soll das heißen?«, zeigte sich Süß überrascht.

»Sie ist die klassische Schulverweigerin. Wir mussten schon Ordnungsstrafen verhängen.«

»Was ist mit ihrer Freundin Tessa?«, wollte Sauer wissen.

»Leider hat auch dieses Mädchen es vorgezogen, in der Fußgängerzone zu rauchen, anstatt in die Schule zu gehen.«

»Ist es für Sie von daher kein Zufall, dass gerade diese beiden Mädchen spurlos verschwunden sind?«, fragte Süß.

»Nein. Aber haben Sie denn inzwischen die beiden wiedergefunden?«

Völlig entgeistert sahen sich die Ermittelnden an. Den Ausführungen der Schulleiterin glaubten sie schon eingangs entnommen zu haben, dass diese sich noch im Tal der Ahnungslosen bewegte. Während vermutlich alle bereits nach Hause gegangenen Schülerinnen und Schüler nur eine einzige Nachricht auf ihrem Smartphone verfolgen und dazu alles Mögliche an Kommentaren durch die Gegend posten würden, schien die moderne Kommunikationstechnik im Büro der Schulleiterin noch keinen Einzug gehalten zu haben. Die traurige Schlagzeile des Tages war ihr bislang nicht zu Ohren gekommen.

»Esther Klein ist tot. Gestorben im Beisein ihres Klassenlehrers, der daraufhin weggelaufen und in einen Linienbus gerannt ist. Er liegt im Krankenhaus und ist in ein künstliches Koma versetzt worden«, unterrichtete Hauptkommissar Sauer die Schulleiterin über den aktuellen Ermittlungsstand.

»Gestorben? Aber wie denn gestorben?«, zeigte sich Frau Messerschmitt-Karmrodt jetzt tief bestürzt.

»Im digitalen Zeitalter pfeifen so etwas bereits wenige Stunden später die Spatzen von den Dächern. Ich bin mir sicher, dass es niemanden an dieser Schule gibt, der nicht längst darüber bestens informiert ist, was sich heute Morgen Schreckliches am Baumwipfelpfad zugetragen hat. Nur Sie als Chefin dieses Betriebes wissen noch von nichts!«, sagte Sauer in fast vorwurfsvollem Tonfall.

»Ich bin so zugepackt mit Arbeit, dass ich mich nicht schon vormittags mit den neuesten Nachrichten beschäftigen kann. Im laufenden Schulbetrieb ist das Handy außerdem nicht zugelassen.«

»Dieses Verbot gilt ja wohl eher für die Schüler und nicht das Lehrpersonal«, bohrte Sauer weiter nach.

»Wie gesagt, ich habe alle Hände voll zu tun und kann mich nicht noch um alles Mögliche im Umfeld kümmern. Wie ist sie denn ums Leben gekommen? Bitte, klären Sie mich Unwissende auf!«, reagierte sie genervt.

»Über das Geländer des Baumwipfelpfades in die Tiefe gestürzt oder gestoßen worden«, gab Süß zur Antwort.

»Natürlich ist es tragisch, was geschehen ist. Aber ein solches Ende bei diesen Mädchen oder wenigstens einer von ihnen wundert mich nicht. Und ich fürchte, ihrer Freundin Tessa wird es nicht anders ergangen sein oder noch genauso ergehen.«

»Warum nehmen Sie das an?«, wollte Sauer nun wissen, der sich verwundert über die Kälte der Schulleiterin zeigte, mit der sie auf das grausame Ereignis reagierte.

»Die beiden haben sich jedem erstbesten Kerl an den Hals geschmissen, wenn er nur alt genug war. Also am besten zwanzig und aufwärts und natürlich mit ihren sexuellen Erfahrungen, die sie dort gemacht haben, vor den Mitschüler:innen geprahlt.«

Jetzt störte sich auch Sauer innerlich an dieser Innen-Form des Genderns und zeigte Verständnis für den Staatsanwalt, während seine Kollegin diese neue Sprache vermutlich für durchaus normal hielt. Warum konnte sie nicht Schülerinnen und Schüler sagen? Er ließ sie gewähren und die Angelegenheit unangesprochen.

»Als Esther Klein auf noch nicht geklärte Weise ums Leben gekommen ist, war ihr Klassenlehrer in unmittelbarer Nähe«, merkte Süß an.

»Es ist schrecklich, was ihm passiert ist. Nun muss wieder der gesamte Stundenplan für die Jahrgangsstufe umgebaut werden. Wer weiß, wie lange der ausfällt. Und wenn er verstirbt, bekomme ich nicht einmal einen neuen Lehrer. Todesfälle werden im laufenden Schuljahr nicht ersetzt. Wie auch? Gott sei Dank teilen sich an einer IGS immer zwei Kolleg:innen eine Klassenleitung. Bleibt wieder mal alles an der Kollegin Machlowitz hängen.«

Sauer empfand es als nicht gerade freundlich, wie die Schulleiterin sprach und was sie da sagte.

»Warum hatte Dabelstein offensichtlich Kontakt zu seiner Schülerin, die von Polizei und Eltern vergeblich gesucht wurde?«, grübelte er nun laut.

»Wenn wir nicht so knapp mit Lehrkräften bemessen wären, hätte ich Dabelstein schon längst weggelobt. Er hält nicht die nötige Distanz zu seinen Schüler:innen. Sein pädagogisches Grundprinzip heißt, die Schüler:innen abzuholen, wo sie sind. Dabei stellt er sich auf ihre Stufe und macht sich zu einem von ihnen. Er begreift die Probleme seiner Schüler:innen als seine eigenen und macht im Umkehrschluss sein Privatleben zu dem seiner Schüler:innen.«

Jetzt kotzte Sauer ihre dauernde Gendersprache regelrecht an.

»Soll heißen?«, fragte Süß, die der Schulleiterin interessiert zuhörte.

»Er erzählt in der Klasse, wenn Kinder Liebeskummer haben, dass das etwas ganz Normales ist, weil auch Erwachsene ihre Probleme haben. Und plötzlich sind seine Schwierigkeiten im Ehebett Thema im Unterricht. Seine Interpretation einer offenen Erziehung.«

»Hatte er was mit seinen Schülerinnen?«, fragte Sauer jetzt ganz direkt.

»Wenn das so wäre, würde er nicht mehr unterrichten, sondern vermutlich im Gefängnis sitzen. Ich glaube nicht, dass er so weit gehen würde. Aber sein pädagogisches Grundprinzip deckt sich nicht mit dem Anforderungsprofil unserer Schule.«

»Und das wäre?«, zeigte sich Süß sehr interessiert.

»Lehrkräfte sollen die Schüler:innen begleiten und beraten, nicht beeinflussen oder mit ihren Erlebnissen aus dem ehelichen Schlafzimmer behelligen.«

»Könnte Dabelstein Esther am Baumwipfelpfad in den Tod gestürzt haben?«, überlegte Sauer laut.

»Das halte ich für ausgeschlossen.«

»Aber er ist nach deren Sturz fortgelaufen, als wenn er um sein eigenes Leben gerannt wäre, und dann kopflos gegen diesen fahrenden Bus«, sagte Sauer mit nachdenklichem Blick.

»Wenn er kopflos gewesen ist, muss ihm irgendetwas den Boden unter seinen Füßen weggezogen haben. Seine Beherrschung hat er eigentlich nie verloren«, stellte ihm die Schulleiterin in Anbetracht dieser Verdächtigung ein weitaus besseres Zeugnis aus als kurz zuvor.

»Könnten Sie uns freundlicherweise noch die Telefonnummer der weiblichen Klassenleitung, also von dieser Frau Machlowitz geben?«, bat Ramona Süß Frau Messerschmitt-Karmrodt, die der Bitte umgehend nachkam.

»Dann danken wir Ihnen zunächst für Ihre Zeit und das Gespräch. Wir werden den Tod von Esther aufklären und ihre Freundin Tessa suchen«, sagte Sauer, bevor sich beide verabschiedeten und hinausgingen.

* * *

Den beiden Kriminalbeamten war klar, dass sie am heutigen Tage reichlich Überstunden anhäufen würden. An Feierabend war schlicht noch nicht zu denken.

Hauptkommissar Jörn Schumacher betrat das Büro von Süß und Sauer. Es handelte sich bei ihm um einen 44-jährigen Kollegen, der sich über zwei Wochen lang vergeblich mit der Suche nach den beiden vermissten Mädchen beschäftigt hatte. Nachdem der schlanke Mann mit Bauchansatz und vollständiger Glatze sein Entsetzen über den Tod des einen Mädchens geäußert hatte, bat Sauer ihn, Platz zu nehmen. Den Aktenordner, den er unter dem linken Arm getragen hatte, legte er auf den neben ihm stehenden Schreibtisch.

Ramona Süß hatte den Kollegen nur kurz gegrüßt und sich dann in ihren PC vertieft, wo sie irgendetwas recherchierte, von dem Sauer sich insgeheim fragte, ob das in diesem Augenblick wirklich so wichtig war oder nicht auch Aufschub hätte erfahren können. Doch er wollte das nicht anstoßen und unterhielt sich mit dem Kollegen von der Vermisstenstelle allein.

»Gibt es etwas, das wir wissen müssten und uns eventuell weiterhelfen könnte?«, eröffnete Sauer das Gespräch mit dieser gezielten Frage.

»Wir haben das gesamte Umfeld der Mädchen abgeklappert. Nichts, was uns auch nur ansatzweise auf eine Spur hätte bringen können.«

»Wussten Sie, dass die Mädchen Schulverweigerinnen gewesen sind?«

»Hat uns niemand gesagt. Waren ja auch Ferien. Von der Schule haben wir niemanden erreicht außer dem Klassenlehrer der beiden. Der hat nur Gutes über die Mädchen erzählt. Ganz gewiss nichts von Schulverweigerung. Aber eine Freundin der Mädchen haben wir vernommen. Sie haben doch bestimmt schon von dem Wolfsmenschen gehört, der hier im Harz sein Unwesen treiben soll.«

»Na klar. Gibt es den wirklich oder existiert er nur in der Fantasie bestimmter Leute?«

»Es scheint ihn zu geben. Uns liegen mehrere voneinander unabhängige Zeugenaussagen vor. Einige haben sogar eine frische Feuerstelle gefunden. Aber der Typ ist wohl sehr menschenscheu und lässt sich nirgendwo blicken.«

»Warum erzählen Sie mir davon?«

»Esther und Tessa haben nach ihm gesucht und angeblich eine Spur gefunden, die sie zu ihm führt.«

»Die beiden sind im Harz zu dem Wolfsmenschen gegangen und mit ihm zusammen untergetaucht?«

»Das wäre eine Erklärung.«

»Aber warum haben sich die Mädchen getrennt? Und weshalb verliert eine von beiden ihr Leben? Halten Sie es für glaubwürdig, dass ihr Klassenlehrer der Mörder sein soll?«

»Eher nicht. Aber warum war er zugegen, als das Mädchen starb?«

»Das eben wissen wir nicht. Die Glaubwürdigkeit des Augenzeugen, der Dabelstein ins Verderben gejagt hat, kann ich auch nicht einschätzen.«

»Ich habe bei beiden Elternpaaren der Vermissten ein ungutes Gefühl gehabt. Die haben nicht die Wahrheit gesagt. Kann mich aber auch täuschen. Was Sie sich in jedem Fall ansehen sollten, ist die folgende Internetseite.«

Er entnahm dem Aktenordner ein Blatt und legte es auf den Tisch. Sauer besah es sich und wollte gerade die dort angegebene Internetadresse auf der Tastatur eingeben, da rief Ramona Süß von ihrem Schreibtisch: »Brauchst du nicht. Ich bin schon auf der Seite.«

Beide standen überrascht auf und gingen zu der Kollegin hinüber. Dort sahen sie auf zahlreichen großformatigen Fotos ein weibliches Geschlechtsteil. Irritiert schaute Sauer seine

Kollegin Süß von der Seite an, während die Bilder für Schumacher nichts Neues darstellten.

»Das ist die Vagina von Esther«, sagte Süß und erklärte, woher sie die Adresse der Seite hatte.

»Die hat bei der Schulleiterin auf dem Tisch gelegen?«, zeigte sich Sauer überrascht.

»Ich habe sie mir eingeprägt und einfach mal reingeschaut.«

»Das Einzige, was ihrer Freundin Tessa dazu eingefallen ist, dass sie sich beeindruckt davon gezeigt hat, wie viele Schamhaare Esther bereits besitzt«, wusste Schumacher von der Mitschülerin, die er vernommen hatte.

»Wer hat die Fotos gemacht und wer hat sie ins Netz gestellt?«

»Tessa. Beide haben die Bilder zusammen hochgeladen.«

»Geile Muschi. Kann ich meinen Stab da mal reinstecken?«, las Süß einen der Kommentare vor, die haufenweise gepostet worden waren. Einer war vulgärer als der andere.

»Pornographie mit Zwölfjährigen«, konstatierte Sauer.

»Und du hast im Angesicht der Toten noch was von ihrer Unschuld gefaselt«, stellte Süß fest.

»Offenbar habe ich den Zahn der Zeit noch nicht so ganz erkannt«, räumte Sauer ein.

»Die Schulleiterin ist aber offensichtlich über diese Aktion informiert und hat uns nichts davon gesagt«, stellte Süß fest.

»Wissen die Eltern darüber Bescheid?«, sah Sauer den Kollegen Schumacher fragend an.

»Ich habe sie das offen gefragt. Doch beide Elternpaare haben sich unwissend gegeben, was natürlich Schwachsinn ist. Es gab Gespräche mit der Schule deswegen und sogar eine Konferenz. Ich sagte ja schon, dass die Eltern mauern, schweigen oder lügen. Irgendetwas wollen sie vor uns verbergen.«

»Und woher hatten Sie den Link?«

»Von Dabelstein.«

»Was ist, wenn Esther aufgrund der Fotos von ihrem Geschlechtsteil im Internet gestalkt worden ist? Versaute Kommentare zu schreiben, ist das eine. Sich ganz konkret Sex vorzustellen mit genau dieser Scheide ist das andere«, kombinierte Ramona Süß.

»Einen perversen Kinderficker irgendwo da draußen ausfindig zu machen, kommt der Suche nach der Nadel im Heuhaufen gleich«, sagte Sauer frustriert.

»Na dann noch angenehmes Schaffen«, entgegnete Schumacher und verabschiedete sich von den beiden mit den besten Wünschen für den bevorstehenden Abend. Doch Sauer hielt ihn kurz zurück und bat den Kollegen, seinen Aktenordner nicht gleich wieder mitzunehmen. Er wollte ihn sich noch einmal in aller Ruhe ansehen, wogegen Schumacher nichts einzuwenden hatte.

Süß und Sauer war klar, dass sie an diesem Tag nichts mehr beschicken konnten. Er war ohnehin lang genug gewesen. So beschlossen sie, den Feierabend einzuläuten, und ließen die gesammelten Unterlagen des Kollegen von der Vermisstenstelle einfach auf dem Schreibtisch liegen.

***

Yannick Sauer hatte es sich zur Gewohnheit gemacht, vierzehntäglich an Mittwochabenden mit seiner Frau Sybille in einem der zahlreichen Restaurants der Harzstadt essen zu gehen. Am liebsten suchten die beiden, wie auch am heutigen Tag vorgesehen, das türkische Restaurant in der Fußgängerzone auf. Im *Istanbul* konnte man nicht nur sehr gut essen, das Lokal strahlte auch eine Gemütlichkeit aus, die die Gäste während ihres Aufenthalts meistens sehr genossen. Alle wirkten ausgeglichen und sämtliche Mitglieder der türkischen Familie, die das Restaurant betrieben, gaben sich betont höflich und zeichneten sich immer durch eine ausgesprochene Freundlichkeit aus. Der inzwischen 25-jährige Sohn der

Sauers, der allerdings nicht mehr zu Hause wohnte, hatte seine Eltern trotzdem häufig zum Essengehen begleitet. Weil er eine Zeitlang in die etwa gleichaltrige Tochter der Restaurantbetreiber, Elif, verliebt gewesen war, was er die junge attraktive Frau durchaus hatte spüren lassen. Doch sie hingegen würdigte ihren Verehrer leider nie mit einem einladenden Blick, da sie schon einen aus der Türkei stammenden Freund besaß. Yannick Sauer hätte sich Elif gut als seine Schwiegertochter vorstellen können. Doch hier war nicht er gefragt. Das mussten die jungen Leute unter sich ausmachen. Wenn sie Getränke oder Speisen an den Platz brachte, begleitete sie dieses immerwährende Lächeln, das so reizvolle Grübchen in ihre Wangen zauberte.

Im *Istanbul* wurde das beste Pils der gesamten Umgebung gezapft. Yannick Sauer trank auch mit dem Auge und genoss die Blume, die auf jedem Bierglas thronte. Aber auch die Speisen waren natürlich ein Gaumenschmaus. Das Ehepaar hatte die Karte schon rauf und runter gegessen und war von keinem Gericht enttäuscht gewesen, obwohl die Sauers noch gar nicht so lange in Bad Harzburg wohnten.

Wenn Yannick die Chefin, also Elifs Mutter, betrachtete, stellte er die Ähnlichkeit im Gesicht der beiden Frauen fest. Auch sie war mit ihren fünfzig Jahren noch überaus hübsch. Bei ihren langen pechschwarzen Haaren allerdings glaubte Sauer, dass sie dabei ein wenig mit einem Töner nachhelfen würde. Ihr Mann hingegen hatte eine Glatze und einen Wohlstandsbauch. Auch er trank gern sein lecker gezapftes Bier. Die ganze Familie sprach ein besseres Deutsch als mancher hier im Land Geborene.

Als sich die Eheleute Sauer das Essen munden ließen, kam Yannick der Gedanke, zu welcher kulinarischen Bereicherung die Ausländer in der Stadt beitrugen und insbesondere diese türkische Familie.

Nachdem sie ordentlich satt geworden waren, ließen sie den Abend gemütlich bei einem Glas Wein ausklingen. Die

Kerze, die auf ihrem Tisch loderte, spiegelte sich in den bauchigen Gläsern.

Irgendwann trieb die Müdigkeit das Ehepaar wieder nach Hause und Sauer dachte mit Grauen an die vor ihm liegende Ermittlungsarbeit des folgenden Tages.

… Zweiter Tag …

Ramona Süß und Yannick Sauer arbeiteten noch nicht sehr lange zusammen. Süß ist zwar das Gegenteil von sauer, doch der Zufall hatte aus dem Gegensatzpaar Ramona Süß und Yannick Sauer Kollegen werden lassen. Beide hatten sich unabhängig voneinander zusammen mit zahlreichen anderen Polizeibediensteten auf die ausgeschriebenen Planstellen in Bad Harzburg beworben. Da beide schon seit Langem auf Lebenszeit ins Beamtenverhältnis übernommen worden waren, hatte es sich bei ihnen lediglich um eine Versetzung von einer Stadt in eine andere gehandelt. Durch ihre neue Dienststelle verkürzten beide ihren Weg zur Arbeit um ein Beträchtliches. Da der Zeitfaktor im Leben unserer Tage eine der entscheidendsten Rollen spielt, kam es den beiden sehr entgegen, dass ihr jeweiliger Wecker morgens erst eine halbe Stunde später zu klingeln brauchte. Die durch ihre Versetzung freigewordenen Stellen im Harzumland wurden mit Neuzugängen besetzt.

In den wenigen Monaten, wo sie nun schon ein gemeinsames Büro miteinander teilten, waren sich die beiden privat noch nicht groß näher gekommen. Das sollte sich an diesem regnerischen Morgen ändern.

Ramona Süß war geschieden und zog mit ihren 42 Jahren die 17-jährige Tochter allein auf. Yannick Sauer hatte bereits zum fünften Male genullt und war nach 27 Ehejahren noch immer glücklich verheiratet, obwohl er anfangs von der Sorge getrieben wurde, zu jung in den Stand der Ehe eingetreten zu sein. Jetzt gestand er sich gern ein, alles richtig gemacht zu haben. Eine bessere Frau hätte ihm nie begegnen können und über seine beiden Kinder, die sie ihm geschenkt hatte, war er auch sehr glücklich. Aus seinem 25-jährigen Sohn war beruflich schon etwas geworden, aber derzeit verdiente er sich sein Geld mit ein paar Gelegenheitsjobs und engagierte sich sehr stark bei den Umweltaktivisten. Seine 21-jährige Tochter studierte in Braunschweig für das Lehramt.

Die Probleme bei der Erziehung von Kindern wechselten abhängig vom jeweiligen Alter. Die kritischen Jahre lagen bei Sauer schon eine Weile zurück, wenngleich ihm das Umweltengagement seines nun erwachsenen Sohnes auch gelegentlich Kopfschmerzen bereitete. Die alleinerziehende Ramona Süß hingegen durchlebte gerade eine sehr einschneidende Phase ihrer Tochter auf dem mühevollen Weg vom Mädchen zur Frau. Der Kollege merkte ihr an diesem kühlen und nassen Morgen an, dass sie etwas zu bedrücken schien.

»Du schleppst was mit dir herum. Möchtest du das mal loswerden?«, tastete er sich vorsichtig an sie heran. Leider kannte er Ramona noch nicht gut genug, um ihre Reaktion einschätzen zu können.

Doch sie hatte offensichtlich in den wenigen Monaten ihres gemeinsamen Arbeitsverhältnisses so viel Vertrauen zu Yannick gefasst, dass sie sich ihm gegenüber öffnete.

»Meine Tochter Anna hat gestern eine Freundin aus der Schule mit nach Hause gebracht. Irgendwann am Abend hat sie mich gefragt, ob ich was dagegen hätte, wenn diese Freundin bei uns übernachten würde. Natürlich habe ich eingewilligt. Was sollte ich denn dagegen haben?«

»Und? Wo ist das Problem?«

»Die beiden hatten Sex.«

»Woher weißt du das?«

»Ich habe es durch die Wände hindurch gehört. So dick sind die nämlich nicht.«

»Warum bedrückt dich das? Sie ist dein einziges Kind und du hättest dir für dich lieber einen Schwiegersohn gewünscht. Stimmt's?«

»Vielleicht auch das. Aber es ist etwas anderes. Die beiden Mädchen haben ihre Lust total aus sich herausgeschrien. Ich habe zuerst gedacht, es sei was Schlimmes passiert. Du hast ein Kind und denkst, es erleidet Schmerzen. Aber es waren keine Schmerzen. Es war die pure Lust. So alt bin ich ja nun auch noch nicht. Aber für mich hätte es so etwas nie gegeben. Ich habe gelernt, stets auf andere Rücksicht zu nehmen.«

»Und hast deine Lust unterdrückt?«

»Genau. Wenn du die Lust immer unterdrückst, verwandelt sie sich irgendwann in Schmerzen. Das ist wie mit Blähungen, wenn man sie nicht rauslässt. Und irgendwann will dein Körper diesen Schmerz nicht mehr ertragen. Er entwickelt eine Unfähigkeit zur Lust. Ich habe mich immer dafür geschämt, so geil zu werden. Sich so zu öffnen und dann fallen zu lassen – ich habe es nicht zugelassen. Mir selbst verboten! Bis mein Körper keine Hormone mehr freigegeben hat, die ihn in diese Ekstase hätten befördern können.«

»Jetzt musst du erleben, wie tragisch es für dich ist, Rücksicht genommen zu haben und zu hören, wie deine Tochter ihre Geilheit lebt, unabhängig davon, ob mit Mann oder Frau.«

»Ich habe sie noch nie so schreien hören. Ein Schrei, der tiefstes Glück bedeutet.«

»Bist du neidisch auf deine Tochter?«

»Nein. Nur sauer auf mich selbst. Aber ich heiße ja Süß dank meines geschiedenen Mannes. Herr Sauer bist schließlich du. Es tut mir leid, was ich hier eben alles gesagt habe. Das hätte nicht ...«

»Du disziplinierst dich schon wieder selbst. Willst du den Drang, dich auszusprechen, auch noch unterdrücken?«

»Nein. Aber du bist doch nur mein Kollege ...«

»Der bleibe ich auch. Und unter Kollegen sagt man sich schon einmal etwas sehr Privates. Alles, worüber hier gesprochen wurde, bleibt in diesen vier Wänden. Versprochen.«

»Danke.« Sie wirkte erleichtert.

»Möglicherweise probiert sich deine Tochter nur aus. Vielleicht versucht sie es irgendwann mit einem Mann und du bekommst doch noch einen Schwiegersohn. Und wenn nicht, dann ist es auf jeden Fall allemal besser, wenn Menschen sich offen zu ihren Gefühlen bekennen, als sie zu unterdrücken und der Gesellschaft eine Lüge vorzuleben, wie es früher so oft gewesen ist«, sagte Yannick.

Sie nickte und signalisierte ihm, dass er ihr sehr geholfen hatte, und wollte sich nun mit ihm zusammen auf die Arbeit konzentrieren. In ihrem Tätigkeitsfeld entstanden Schreie meist aus Angst und Schmerzen. Nicht selten waren sie das Produkt brutaler Gewalt, wie sie dem zwölfjährigen Mädchen widerfahren war, dass nun im Leichenschauhaus lag.

»Es gibt noch immer keine Spur von dem anderen verschwundenen Mädchen«, schüttelte Ramona Süß mit dem Kopf.

»Zwei Mädchen einer siebten Gesamtschulklasse verschwinden am letzten Tag vor den Osterferien spurlos. Am ersten Schultag nach dem Ende der zweieinhalbwöchigen Unterrichtspause taucht eine von ihnen auf dem Baumwipfelpfad in ihrer Heimatstadt wieder auf. Aber nur, um dort einen grausamen Tod zu finden. Sie können also nicht weit weg gewesen sein. Vermutlich sind sie irgendwo hier im Harz untergetaucht.«

»Wo haben sie geschlafen? Draußen? Manche Nächte in den letzten Tagen waren saukalt. Nahe null Grad oder sogar unterhalb des Gefrierpunktes«, gab Ramona zu bedenken.

»Was willst du damit sagen?«

»Ich denke, sie wollten abhauen. Sich schöne Ferien machen. Vielleicht haben sie ältere Jungs getroffen, die sie irgendwo mit hingenommen haben.«

»Und da ist dann einiges aus dem Ruder gelaufen?«

»So oder ähnlich.«

»Oder die beiden haben tatsächlich mit dem Wolfsmenschen zusammen genächtigt.«

»Theoretisch denkbar. Doch wieso sollten gerade zwei Zwölfjährige diesen Typen gefunden haben, nach dem sich der ganze Harz dumm und dämlich sucht?«, äußerte Ramona Süß ihre Zweifel an dieser Vermutung.

In dem Augenblick fiel ihr ein, dass sie noch nicht mit der weiblichen Klassenleitung von Esther und Tessa gesprochen hatte. Sie versuchte, die Lehrerin Machlowitz telefonisch zu erreichen, blieb allerdings bei diesem Versuch erfolglos.

Dafür klingelte ihr Telefon, nachdem sie gerade ihr gewünschtes Gespräch weggedrückt hatte. Die Gerichtsmedizinerin erkundigte sich freundlich, ob die Kriminalisten sie in Braunschweig aufsuchen könnten. Die Obduktion der Leiche sei abgeschlossen. Ramona Süß sagte zu, dass sie sich mit ihrem Kollegen sogleich auf den Weg machen würde.

***

Die Pathologin Dr. Siems war eine schlanke Frau von Mitte vierzig mit rötlichen Haaren und reichlich Sommersprossen im Gesicht. Sie war bekleidet wie Chirurgen, die Lebendige operierten. Doch sie hatte eine Tote aufgeschnitten, die nun unter einer Plane lag.

Ramona Süß ließ die Tatsache nicht kalt, dass die beiden nackten Füße, die unter der Plane hervorschauten, einem zwölfjährigen Mädchen gehörten, das nicht mehr lebte. Sie versuchte, diesen Gedanken auszublenden.

»Kein schönes Ende, mit einem Namensschild, das um den rechten Zeh herum festgebunden wurde, im Neonlicht dieses tiefgekühlten Kellerraumes unter einer Plastikplane zu liegen«, entfuhr es Yannick Sauer.

»Und erst recht nicht mit zwölf«, ergänzte Ramona Süß mit von Abscheu erfüllter Miene.

»Wir machen jetzt hier einen Job. Da ist für Sentimentalitäten kein Platz. Verstanden?«, ging die Gerichtsmedizinerin die Kriminalbeamten sehr direkt an und Ramona wurde von

Gedanken heimgesucht, wie ein Mensch gezwungen werden konnte, seine Gefühle außen vor lassen zu müssen. Der hemmungslose Sex ihrer Tochter spukte ihr im Kopf herum. Dann wieder konzentrierte sie sich auf das tote Mädchen, das nicht einmal in die Nähe von siebzehn Lebensjahren hatte kommen dürfen.

»Ihr Hinterkopf war durch den Aufschlag auf den Findling völlig zertrümmert. Das allein hätte schon ausgereicht. Der Sturz aus großer Höhe hat aber auch schwere innere Verletzungen hervorgerufen. Da war kein Organ mehr dort, wo es anatomisch hätte sein müssen. Gewalt im Zusammenhang mit ihrem Tod wurde ihr wohl nicht zugefügt. Aber vermutlich bei anderer Gelegenheit.«

»Bei welcher, Frau Doktor?«, hakte Yannick Sauer nach.

Ramona Süß schwieg und betrachtete sich den leblosen Körper unter der Plane mit gequältem Blick. Offensichtlich wollte sie gar nichts Näheres von dem hören, was ein zwölfjähriges Mädchen hatte erleiden müssen.

Dann holte Frau Dr. Siems tief Luft und fuhr fort.

»Sie hatte Geschlechtsverkehr. Den Verletzungen im Vaginalbereich nach zu urteilen, ist der wohl kaum einvernehmlich verlaufen.«

»Das heißt, sie wurde vergewaltigt«, schlussfolgerte Sauer.

»Haben Sie Spermaspuren? Also ich meine DNA?«, fragte Süß.

»Nein. Der Täter muss Präservative benutzt haben. Oder zumindest eins.«

Ramona Süß musste daran denken, wie ihr Kollege beim Anblick der Leiche geäußert hatte, dass das junge Mädchen vermutlich noch Jungfrau gewesen war. Dann erschienen die Bilder von der Vagina des Mädchens vor ihrem inneren Auge. Nun hatte die wissenschaftliche Untersuchung das Wort und eröffnete eine deutliche Sprache. Sie hatte in ihrem jungen Leben Sex in Form von Gewalt erleben und erleiden müssen. Süß merkte, wie sich ihr Magen innerlich umdrehte. Dann lief die Hauptkommissarin zur Toilette und die beiden anderen hörten, wie sie sich erbrach.

»Ehrlich gesagt, ich könnte auch kotzen«, fügte Sauer dem hinzu.

»Man ist immer Teil eines Ganzen. Wenn die Sonne scheint, freut man sich über ihre wärmenden Strahlen. Man denkt dann auch nicht daran, wie grauenvoll tödlich die meisten Strahlungen der Sonne sind und wie sie alles brutal zum Einschmelzen bringt, wenn sich ihr jemand zu sehr nähert oder ihre bösen Strahlen Krebs hervorrufen, wenn die durch die löchrige Atmosphäre dringen.«

»Stimmt vielleicht. Hält aber auch nicht vom Kotzen ab«, sagte Sauer ziemlich demoralisiert.

Ramona Süß ging es schnell wieder besser, nachdem sie das Gebäude der Gerichtsmedizin verlassen hatten und sie frische Luft schnappen konnte. Ihr schwebte vor, noch ein wenig in Braunschweigs City bummeln zu gehen, wo sie schon einmal hier waren. Ein wenig Ablenkung hätte ihr sicherlich gutgetan. Doch Sauer durchkreuzte ihre Pläne mit einem dienstlichen Vorhaben. Er wollte den Zeugen des rätselhaften Todesfalles etwas genauer durchleuchten, der ja in der zweitgrößten Metropole Niedersachsens beheimatet war. Schweren Herzens willigte sie ein. Natürlich war ihr klar, dass sie ihre Dienstzeit nicht einfach für private Belange hätte nutzen können. Trotzdem fand sie es schade.

»Schöne Schuhe gibt es in Bad Harzburg auch«, frotzelte ihr Kollege, als er ihr schmollendes Gesicht betrachtete.

»Und wenn nicht, erscheine ich demnächst barfuß zum Dienst«, konterte sie.

Hugo Renner hatte sein Büro in einem der Hochhäuser am Berliner Platz gegenüber vom Hauptbahnhof. Mit einem Fahrstuhl fuhren die Ermittelnden vier Stockwerke aufwärts und befanden sich nach dem selbsttätigen Öffnen der Lifttüren direkt in den Räumlichkeiten des Anlagebüros. Der Größe nach zu urteilen musste es sich um ein einträgliches Geschäft handeln, da immerhin zwei Sekretärinnen davon leben konnten, die hinter einem Tresen an Schreibtischen auf den Flachbildschirm ihres PC starrten und etwas auf der Tastatur zu schrieben schienen.

Eine von ihnen schaute schließlich auf, um die Gäste zu begrüßen. Als sie die Dienstausweise der Eintretenden sah, sprang sie sofort von ihrem Stuhl auf und eilte in einen der vielen Räume, die hier von einem Flur abzweigten.

Als Süß und Sauer die junge Frau nach ihnen rufen hörten, folgten sie ihr in das Zimmer, in dem sie stand und die Tür offenhielt, die sie sogleich hinter den Gästen von außen wieder ins Schloss fallen ließ.

Hugo Renner saß hinter seinem Schreibtisch. Er erhob sich kurz und bat die Polizeibeamten, Platz zu nehmen. In Jeans mit Anzugjacke und Krawatte wirkte er selbstsicher. Davon war am Baumwipfelpfad nichts zu spüren gewesen. Er schien seine Haltung zurückgewonnen und sich von den grauenvollen Eindrücken schnell befreit zu haben.

»Schöner Blick nach draußen«, stellte Sauer fest und zeigte in Richtung der großen Fenster.

»Schön ist sicher was anderes. Man sieht das Gelände des Hauptbahnhofs und Züge, die irgendwohin rollen, weil Mensch und Ware immer irgendwo hingebracht werden müssen«, gab Renner zur Antwort.

»Wenn ich hunderttausend Euro hätte, würden Sie mich dann beraten, wie ich die am besten anlegen könnte?«, fragte Sauer lächelnd.

»Nein. Unter einer Million berate ich niemanden«, lächelte Renner kalt zurück. »So einen verhältnismäßig geringen Betrag können Sie auch zur Bank bringen und dort einfach liegen lassen.«

»Es geht also um das große Geld«, konstatierte Ramona Süß daraufhin.

Renner nickte und fragte schließlich: »Haben Sie den Mann, den ich verfolgt habe, schon vernehmen können?«

»Noch nicht.«

»Wird er durchkommen?«

»Davon ist auszugehen. Wann sind Sie das erste Mal auf das seltsame Gespann von einem Mann mittleren Alters und einem ganz jungen Mädchen gestoßen?«, wollte Sauer nun von ihm wissen.

»Was heißt seltsames Gespann? Ich dachte, das seien Vater und Tochter. Die sind beide vor mir in holder Eintracht hergegangen. Händchen haltend.«

»Wie bitte? Und dann halten Sie die beiden für Vater und Tochter?«, zeigte sich Süß entsetzt.

»Hätte ich sie für ein Liebespaar halten sollen bei dem Altersunterschied? Das Mädchen war doch garantiert noch minderjährig.«

»Das war sie. Aber nimmt eine zwölfjährige Tochter ihren Vater noch an die Hand?«, stellte Sauer mit seiner Frage klar.

»Ich habe da nicht weiter drüber nachgedacht und das Paar oder wie auch immer überholt. Dann habe ich Fotos von da oben gemacht. Als ich auf diesen kleinen Aussichtspunkt mit dem durchsichtigen Fußboden gehen wollte, standen die beiden dort vor dem Geländer und haben sich angeschrien. Schließlich ist das Mädchen auf das Geländer geklettert und er hat sie gestoßen. Sofort danach kam er auf mich zugelaufen. Ich habe ihn am Arm gepackt, er hat sich losgerissen und den Rest kennen Sie ja.«

Ramona Süß fragte, ob sie kurz auf die Toilette gehen dürfte, und Renner beschrieb ihr den Weg.

Sauer wusste, was seine Kollegin vorhatte und verwickelte Renner in ein Gespräch aus Belanglosigkeiten.

Die Hauptkommissarin winkte jene der beiden Sekretärinnen zu sich, die auf ihrem Platz sitzen geblieben war. Überrascht kam sie auf die Beamtin zu, blieb aber in sicherer Distanz hinter dem Tresen stehen.

»Wissen Sie, wo Ihr Chef gestern war?«

»Er ist in den Harz gefahren.«

»Allein?«

»Nein, mit einem unserer Kunden. Aber warum fragen Sie ihn das nicht selbst?«

»Mache ich glatt. Danke.«

So kehrte Ramona Süß in das Büro von Renner zurück, hörte dem Gespräch ihres Kollegen mit dem Anlageberater zu und als sie glaubte, eine kleine Unterbrechung im Redefluss der beiden Herren gefunden zu haben, grätschte sie mit ihrer für beide überraschenden Frage dazwischen: »Mit welchem Ihrer Kunden sind Sie denn gestern zusammen in den Harz gefahren?«

»Ich versteh nicht«, entgegnete Renner irritiert.

»Den Namen des Kunden und wann und wo sich dann Ihre Wege getrennt haben!«

»Dagobert Isenberg. Ich habe ihn nur mit nach Bad Harzburg genommen. Dort ist jeder von uns seiner Wege gegangen.«

»Danke. Das war es dann auch schon«, sagte Ramona Süß zufrieden und blies zum Aufbruch.

***

Sauers erster Weg in ihrem gemeinsamen Büro führte ihn zu dem großen Schrank, dem er den Ordner seiner Kollegen entnahm, die die Menschen am Baumwipfelpfad befragt und ihre Personalien aufgenommen hatten. Rasch blätterte er die Zettel durch, bis er auf den Namen *Dagobert Isenberg* stieß.

»Irgendwie hat mir der Name gleich was gesagt. Ich habe den gestern schon aufgeschnappt. Ist ja nicht so ein Allerweltsname. Renner war entgegen seiner Aussage nicht allein am Baumwipfelpfad. Der Mann lügt also. Warum?«

»Dann hat der Dabelstein und Esther keineswegs zufällig dort getroffen.«

»Wie bist du überhaupt darauf gekommen, eine der Sekretärinnen danach zu fragen, ob ihr Chef allein in den Harz gefahren ist?«, fragte Sauer sie mit einer Portion Lob in der Stimme.

»Innere Eingebung. Und ich habe bewusst die andere Sekretärin gefragt, die uns nicht zu ihrem Chef geführt hat. Sie machte auf mich den Eindruck, noch nicht mit Renner im Bett gewesen zu sein und aus einer gewissen Arglosigkeit heraus die Wahrheit zu sagen.«

»Weibliche Intuition. Mann darf nie den Fehler machen, Frau zu unterschätzen.«

»Ich fasse das jetzt mal als Kompliment auf«, sagte sie mit einem müden Lächeln auf den Lippen.

Ramona Süß und Yannick Sauer fühlten sich seit dem rätselhaften Todesfall am Tage zuvor zu Füßen des Baumwipfelpfades wie Getriebene. Sie konnten sich nicht zerteilen oder alles gleichzeitig bearbeiten. Doch war ihnen als Kriminalisten natürlich die Tatsache bewusst, dass zur Aufklärung eines Verbrechens häufig die 48 Stunden danach entscheidend sein konnten. Natürlich waren außer den beiden auch noch weitere Beamte mit den Ermittlungen betraut, aber bei Süß und Sauer liefen die Fäden zusammen und in ihren Händen lag die gesamte Verantwortung. Die Polizeibehörde litt – wie andere auch – unter Personalmangel. Dadurch aber sollte keinesfalls Kriminellen das Gefühl vermittelt werden, sich in einem rechtsfreien Raum zu bewegen und verhältnismäßig angstfrei vor Strafverfolgung agieren zu können. Weniger Bedienstete hatten folglich mehr damit zu tun, für die Sicherheit der Menschen im Lande zu sorgen.

Um 15 Uhr würde die Pressekonferenz mit Staatsanwalt Kirschner stattfinden. Er hatte eine E-Mail geschickt und Sauer darin gebeten, mit ihm alle nennenswerten Fakten ab 14 Uhr in Sauers Büro noch einmal durchzugehen. Der Termin lag dem Kriminalkommissar schwer im Magen, weil er sich von dem Gefühl nicht befreien konnte, bislang so gut wie gar nichts herausgefunden zu haben. Die Gerichtsmedizinerin Doktor Siems würde auch zugegen sein.

Wie hilfreich!, dachte sich Sauer. *Und meine Kollegin hatte allen Ernstes in Braunschweig bummeln gehen wollen! Frauen,* dachte er bei sich. Doch er nahm den inneren Vorwurf sofort wieder zurück, als er sich erneut klarmachte, wie messerscharf seine Kollegin geschlussfolgert hatte, dass der Anlageberater aus Braunschweig vermutlich nicht allein in den Harz gefahren war.

Und es war jetzt wiederum Ramona Süß, die einen genialen Schlachtplan entwarf über die weitere Vorgehensweise bei den Ermittlungen.

»Lass uns ins Krankenhaus fahren und nach dem Befinden von Dabelstein erkundigen. Ich werde den Verdacht nicht los, dass Renner und dieser ominöse Isenberg Esther Klein aus dem Weg geräumt haben und Dabelstein den Mord beobachtet hat. Er ist vor seinem Mörder geflüchtet und um sein Leben gerannt. In seiner Panik ist er in den Bus gelaufen. Sollte es sich so zugetragen haben, dann können die wirklichen Mörder kein Interesse daran haben, dass Dabelstein jemals wieder aufwacht und die Wahrheit ausplaudern kann.«

»Du meinst, wir sollten auf der Stelle veranlassen, dass der Lehrer Polizeischutz bekommt«, schlussfolgerte Sauer.

»Ich fordere gleich einen Kollegen an. Aber jetzt fahren wir ins Städtische Klinikum und verschaffen uns ein genaues Bild. Wenn du danach mit dem Staatsanwalt beschäftigt bist, fahre ich noch einmal in die Schule. Vielleicht kann mir die Schulleiterin ja etwas zu den Pornoseiten im Internet sagen.«

»So machen wir das, Ramona. Aber eine Frage bleibt für mich unbeantwortet. Wenn Renner oder dieser Isenberg das Mädchen auf dem Gewissen haben sollten, weshalb war ihr Lehrer dabei, als sie ermordet worden ist? Wie hatte das vor den Osterferien untergetauchte Mädchen Kontakt zu Dabelstein bekommen?«

»Wir kennen auch noch kein Tatmotiv. Schritt für Schritt müssen wir uns der Lösung des Falls nähern. Doch immer den ersten vor dem zweiten Schritt machen. Und als Nächstes fahren wir jetzt ins Klinikum«, drängelte Süß.

* * *

Auch wenn eine Klinik in einem städtebaulich schönen Gebäude untergebracht war, verlor sie nicht den Anblick von Krankheit und Tod. Jeder Mensch machte lieber einen großen Bogen um ein solches Haus und wusste doch, dass er eines Tages ins Innere vorstoßen musste. Entweder als Patient oder Besucher!

Vor dem gläsernen Tor der Klinik von Bad Harzburg am Rande des Kurparks trafen Süß und Sauer auf den uniformierten Kollegen Baumann, der beiden die Hand zum Gruß reichte und zusicherte, dass er die nächsten acht Stunden bis zur Ablösung Wache im Krankenhaus schieben würde. Er war sofort losgefahren, nachdem Süß und Sauer Polizeischutz für Dabelstein angefordert hatten und nun zeitgleich mit ihnen hier eingetroffen.

Die drei gingen ins Gebäude hinein und fragten an der Information nach dem Weg, der sie zu dem verunglückten Lehrer führte.

Christian Dabelstein lag in einem Einzelzimmer der Intensivstation an Schläuche angeschlossen im Bett und schlief tief und fest. Seine Frau Ida saß auf der Bettkante und hielt seine Hand, als Ramona Süß die Tür vom Flur aus öffnete.

Eine Krankenpflegerin mittleren Alters kam auf die Besucher zu und versuchte die Herrschaften am Betreten des Zimmers zu hindern. Sie bot aber sogleich ihre Hilfe an.

Daraufhin erklärte Ramona Süß der Frau, dass künftig ein Polizeibeamter vor dem Zimmer postiert werden würde, in dem Dabelstein lag, da die Ermittelnden den begründeten Verdacht hegten, irgendjemand könnte den Lehrer für immer zum Schweigen bringen wollen.

»Schon morgen soll der Patient aus dem künstlichen Koma aufgeweckt werden«, wusste die Krankenpflegerin zu berichten.

Süß und Sauer dankten für die Informationen, während Baumann sich einen Stuhl schnappte, ihn vor die Tür zum Krankenzimmer stellte und darauf setzte.

In diesem Augenblick verließ Frau Dabelstein den Raum und wunderte sich über die Polizeipräsenz.

»Guten Tag, Frau Dabelstein. Ihr Mann ist in ein Tötungsdelikt verwickelt. Nach der derzeitigen Sachlage müssen wir sogar von einem Mord ausgehen. Wenn er selbst nicht der Täter ist, könnte er den oder die Täter gesehen haben und identifizieren. Deshalb steht er vorerst unter Polizeischutz«, erklärte Sauer.

»Mein Mann soll jemanden getötet haben?«, begann Ida Dabelstein daraufhin zu sagen, wurde aber von der Krankenpflegerin unterbrochen. Die führte die beiden Kriminalbeamten zusammen mit der Frau des Lehrers in ein kleines Zimmer, in dem die drei ungestört miteinander reden konnten.

»Frau Dabelstein, wie genau würden Sie das Verhältnis Ihres Mannes zu seinen beiden Schutzbefohlenen Esther und Tessa beschreiben?«, wollte Ramona Süß wissen.

»Allein das Wort *Verhältnis* finde ich in diesem Fall völlig unangebracht. Mein Mann hatte doch kein Verhältnis mit seinen Schülerinnen«, monierte Frau Dabelstein die Frage der Hauptkommissarin.

»Es gibt dienstliche Verhältnisse, Abhängigkeitsverhältnisse und sexuelle Verhältnisse«, sagte Sauer zur Erklärung.

»Es handelt sich um ein dienstliches Verhältnis, aber auch ein Abhängigkeitsverhältnis. Würden Sie die Sache so charakterisieren, dass sich zwischen den Mädchen und Ihrem Mann ein freundschaftliches Verhältnis herauskristallisiert hat?«, ergänzte Süß ihr Anliegen.

»Esther war verknallt in ihn. Er hat ihr liebevoll klargemacht, dass sie das vergessen müsse. Das Mädchen hat irgendwie Halt gesucht. Einen Rückhalt, den sie bei ihren Eltern offenbar nicht gefunden hat. Mein Mann fungierte mehr als Vaterersatz.«

»Was wissen Sie über die Pornoseiten im Internet, auf denen sich Esther schamlos zur Schau gestellt hat?«, wollte Sauer wissen.

»Auf dem Weg, erwachsen zu werden, plagen die jungen Dinger von heute die kuriosesten Fantasien. Esther war von einer Angst durchdrungen, über noch nicht genügend Schamhaare zu verfügen. Ein ekelhafter Mitschüler aus der neunten Klasse mit Namen Enes hat sie dann überredet, ihre Scheide zu fotografieren und ins Netz zu stellen. Danach hat sich das Mädchen nicht mehr in die Schule getraut. Mein Mann hat alles versucht, sie zurückzuholen und diesen Schüler zu bestrafen. Aber aus Angst vor ihm hat sie ausgesagt, dass ihre Freundin Tessa diese Fotos gemacht und sie beide sie im Netz hochgeladen hätten. Esther und Tessa haben die Androhung eines Schulverweises bekommen, nicht dieser Schüler, der für sexistisches Verhalten durchaus bekannt ist. Mein Mann hat Esther immer in Schutz genommen und ihr Halt gegeben. Er ist deswegen bei der Schulleitung in Ungnade gefallen. Dass er sie umgebracht haben soll, ist völlig ausgeschlossen.«

»Hat Ihr Mann in Kontakt zu Esther und vielleicht auch Tessa gestanden, während die beiden untergetaucht waren und vermisst galten?«

»Nein. Dann hätte er ja wissen müssen, wo sich die beiden aufhalten und es Ihnen als Polizei ganz sicher mitgeteilt. Er hätte sein Leben für das ihre gegeben, aber sie gewiss nicht gewaltsam getötet«, ließ Ida Dabelstein keinen Zweifel aufkommen.

»Wenn er morgen erwacht, wird er uns hoffentlich mehr erzählen können«, hoffte Sauer.

***

Der Nachmittag dieses Donnerstags nach den Osterferien war angebrochen. Während Yannick Sauer im Beisein der Gerichtsmedizinerin und des Staatsanwaltes zur Pressekonferenz gefahren war, die im Kleinen Saal des Rathauses stattfand, begab sich Ramona Süß erneut in die Gesamtschule, an der sie am Nachmittag des ersten Schultages nach den Osterferien auf die Schulleiterin getroffen war.

Als die Hauptkommissarin dieses Mal ohne ihren Kollegen das Gebäude betrat, nahm sie eine große Unruhe wahr. Es schienen sich weitaus mehr Menschen im Gebäude aufzuhalten als am Tag zuvor.

Hinter der Tür eines Klassenraums einer sechsten Klasse wurde es besonders laut. Menschen schrien einander an. Plötzlich wurde die Tür aufgerissen, ein stämmiger Junge mit südländischem Äußeren kam aus dem Klassenzimmer gelaufen und stoppte, als er die ihm fremde Frau vor sich stehen sah. Dann drehte er sich um und bemerkte, dass eine junge Frau hinter ihm hergelaufen kam.

»Komm wieder herein!«, brüllte sie ihn an.

»Du dumme Fotze hast mir gar nichts zu sagen«, schrie er zurück.

In diesem Augenblick kam ein kleiner untersetzter Mann in Begleitung einer Dame mit langem Mantel, die ein Kopftuch trug, aus dem Klassenzimmer. Während sie ein wenig zurückblieb, stellte sich der Mann demonstrativ vor die junge Frau und wies sie zurecht.

»Frau sagt meinem Jungen nix. Mein Junge guter Junge. Deutsche Schule voll Scheiße. Junge kommt morgen wieder. Will lernen. Schule muss Jungen was lernen.«

Dann griff er seinem Sohn unter den Arm und ging mit ihm hinaus. Der Frau mit dem Kopftuch, die vermutlich die Mutter des Jungen war, schenkte er keine Aufmerksamkeit. Er erwartete offensichtlich von ihr, dass sie ihm kommentarlos folgte, wohin er ging und was sie tat.

Die junge Dame, die den Schüler zurückholen wollte, erblickte das Gesicht von Ramona Süß und fragte sie aufgeregt: »Wer sind Sie denn?«

»Süß, mein Name. Kriminalpolizei. Ich suche die Schulleiterin.«

»Mein Name ist Schneider. Ich bin die Klassenlehrerin von dem Jungen, der gerade mit seinen Eltern das Schulgebäude verlassen hat. Kommen Sie bitte mit ins Klassenzimmer. Dort sitzt auch unsere Schulleiterin. Wir hatten gerade eine Ordnungsmaßnahmenkonferenz wegen dieses Schülers. Als wir unseren Beschluss dem Jungen und seinen Eltern mitgeteilt haben, dass Hasan für drei Monate vom Unterricht ausgeschlossen ist, kam es zum Eklat.«

Dann gingen beide Frauen in den Raum hinein, in dem Süß in die ratlosen Gesichter anwesender Schülerinnen und Schüler sowie Elternteilen und einigen aus der Belegschaft des Lehrerkollegiums blickte. Nur die Schulleiterin zeigte sich nicht überrascht, da sie die Besucherin bereits vom Vortage kannte und sie nun die übrigen Menschen hier im Raum darüber in Kenntnis setzte, wer Ramona Süß war und weshalb sie die Schule aufsuchte. Ihr wurde einer der freigewordenen Plätze zugewiesen. Daraufhin beendete die Schulleiterin die Konferenz. Als die Hauptkommissarin bemerkte, dass die Teilnehmenden von ihren Plätzen aufsprangen, um den Raum zu verlassen, nutzte sie die Gunst der Stunde und bat alle, noch kurz zu bleiben.

»Darf ich erfahren, was der so aufgebrachte Schüler ausgefressen hat, dass er drei Monate lang nicht in die Schule kommen darf?«, fragte sie in die Runde.

Die Schulleiterin begann zu sprechen, da in ihrem Beisein sich wohl niemand getraut hätte, mit einer Außenstehenden über Schulinterna zu reden.

»Da Sie Polizeibeamtin sind und sich aus beruflichen Gründen ein Bild von unserer Schule machen müssen, wenn Sie einen Mord an einer unserer Schülerinnen aufzuklären haben, kann ich Ihnen die Dinge, die ohnehin öffentlich bekannt werden, gern erklären. Ansonsten darf natürlich nichts von dem, was hier gesprochen wurde, nach draußen getragen werden. Auch nicht von den Schülervertreter:innen. Drei Monate Schulausschluss ist die stärkste disziplinarische Erziehungsmaßnahme, die wir aussprechen dürfen.«

»Was für eine Erziehung soll das bitteschön sein, Schülern die Schule zu verbieten?«, warf eine Frau mittleren Alters ein.

»Liebe Kollegin Schwerin, die Konferenz ist beendet. Sie hatten eben genug Zeit, Ihren pädagogischen Standpunkt darzulegen. Bitte akzeptieren Sie das Abstimmungsergebnis dieser Konferenz, bei dem sich eine klare Mehrheit für diese pädagogische Maßnahme ausgesprochen hat.«

»Was hat denn der Schüler verbrochen, dass er so hart bestraft wird?«, wollte Ramona Süß nun wissen.

»Strafe gibt es in der Pädagogik nicht. Wir haben einen staatlichen Erziehungsauftrag«, korrigierte sie die Schulleiterin.

»Also gut. Warum das Höchstmaß?«

»Hasan ist mehrfach gewalttätig gegenüber den Mädchen dieser Klasse geworden. Vor den Ferien hat er ein Mädchen bis zur Bewusstlosigkeit gewürgt.«

»Und warum?«, zeigte sich Süß entsetzt.

»Weil es ein Mädchen ist. In der Vorstellung dieses Jungen haben Mädchen in der Schule nichts zu suchen«, erklärte die Klassenlehrerin und fuhr fort: »Sie sind ja draußen auf dem Flur zufällig Zeugin der verbalen Attacke gegen mich als Klassenlehrerin geworden. Der Junge lässt sich von Frauen schlichtweg nichts sagen.«

»Ich habe deswegen vorgeschlagen, Hasan in die Parallelklasse zu versetzen, die von einer männlichen Kollegin geleitet wird«, warf die Lehrerin mit Namen Schwerin ein.

»Eine männliche Kollegin?«, fragte Süß irritiert die Lehrerin zurück, die das geäußert und sich zuvor mit dem Konferenzbeschluss nicht einverstanden gezeigt hatte.

»Wenn Sie mit Selbstverständlichkeit von weiblichen Kollegen sprechen, sage ich männliche Kolleginnen. Das Urgeschlecht ist weiblich.«

»Um zu der deutschen Sprache zurückzufinden, die ich verstehen gelernt habe, und ich bin eine Frau, möchten Sie sagen, dass Hasan besser bei einem Mann aufgehoben wäre. Also das, was man vor dem Gendern Lehrer nannte«, stellte Ramona Süß den Sachverhalt klar.

»Wir haben nur noch vegane Gerichte auf unserm Speiseplan stehen, um keinen Ärger wegen des Schweinefleischverbots bei Muslimen zu provozieren und ganz im Sinne der Grünen klimaneutral zu essen. Auf das Singen von Weihnachtsliedern in der Adventszeit verzichten wir auch wegen der Integration. Dass wir bald nur noch männliche Lehrkräfte beschäftigen, weil in bestimmten Kulturkreisen eine Frau nichts gilt, kann ja wohl nicht die Antwort unserer Schule sein«, sagte Frau Schneider, die Klassenlehrerin.

»Das sehe ich aber auch so. Integration darf doch keine Einbahnstraße sein«, empörte sich Ramona Süß.

»So ein Satz spielt nur den Rechten in die Hände«, konterte Frau Schwerin.

»Ich muss diese politische Diskussion unterbinden. Wir haben hier pädagogisch entschieden und sitzen nicht in einer Talkshow«, grätschte die Schulleiterin dazwischen.

»Morgen wird Hasan wieder in der Schule sein und die Mädchen in bekannter Weise malträtieren«, stellte die Klassenlehrerin fest.

»Aber wenn Sie ein Schulverbot ausgesprochen haben, können Sie uns doch anrufen. Wir werden dann schon dafür sorgen, dass Gesetze eingehalten werden«, stellte Ramona Süß klar.

»Wenn der Junge morgen hier in der Schule auftaucht, wovon auszugehen ist, wird Kollegin Schwerin ihn in den Arm nehmen, in meine Klasse bringen und mir erklären, dass nur die Schule ihn davor bewahren kann, ins Kriminelle abzurutschen, was natürlich bei dreimonatiger Aussperrung schnell passieren kann«, sagte Frau Schneider demonstrativ.

»Und was sagt Ihre Schulleiterin dazu?«, fragte Süß.

»Ich bitte Sie! Das wollen wir doch wohl jetzt hier nicht allen Ernstes vor Eltern und Schüler:innen diskutieren«, entgegnete sie wirsch. »Außerdem ist Frau Süß von der Kriminalpolizei wegen einer anderen Sache hier.«

»Schon. Aber bei uns ist das so, dass man niemals genau sagen kann, ob nicht das eine mit dem anderen zusammenhängt. Ist das Beispiel hier aus der sechsten Klasse das einzige an dieser Schule oder finden wir bei genauerem Hinsehen ähnliche Vorfälle auch in anderen Klassen?«

»Wir sind eine Schule ohne Rassismus und für alle Menschen dieser Welt in gleicher Weise da. Für Geflüchtete bieten wir sofort gesonderte Deutschkurse an«, versuchte die Schulleiterin das gestörte Bild wieder geradezurücken.

»Kurse, die nicht ein einziger Geflüchteter jemals aufsucht, selbst dann nicht, wenn er oder sie kein Wort Deutsch spricht. Außerdem sind einige Geflüchtete nicht einmal alphabetisiert«, stellte die Klassenlehrerin mit süßsaurer Miene fest.

»Das tut hier nichts zur Sache«, entgegnete Frau Messerschmidt-Karmrodt bissig.

Die ungeduldig gewordenen Schülervertreter fragten, wann sie endlich gehen könnten. Daraufhin wurde die Runde aufgelöst. Süß ließ sich von der Klassenlehrerin die Telefonnummer geben und bat darum, mit ihr in Kürze allein sprechen zu dürfen. Doch zunächst wünschte sie ein Gespräch unter vier Augen mit der Rektorin.

Die Kriminalkommissarin bedankte sich, dass sie anwesend sein durfte, und verabschiedete sich von allen Übrigen.

Beim Hinausgehen fielen ihr die Gemälde an den Wänden auf. Kinder verschiedener Hautfarbe mit und ohne Behinderung spielten in holder Eintracht miteinander. Süß hatte gerade die Schulrealität mitbekommen, die sich offensichtlich vom pädagogischen Wunschdenken weitgehend unterschied.

Nun bemerkte sie, dass Frau Messerschmitt-Karmrodt ihr über den Flur folgte und auf die Tür zu ihrem Dienstzimmer zuging, die sie aufschloss. Unaufgefordert folgte ihr Süß. Die Schulleiterin blieb stehen und bot keinen Platz an. Für die Hauptkommissarin war das ein sehr deutliches Signal, ihr klarzumachen, dass sie nicht mehr viel Zeit übrig hatte oder haben wollte.

»Ich habe noch eine Frage zu dem Internetauftritt des ermordeten Mädchens. Sie stellt da ganz schamlos ihr Geschlechtsteil zur Schau«, sagte Süß.

»Sie haben das neulich auf meinem Schreibtisch liegen sehen. Stimmt's?«

Die Hauptkommissarin nickte wortlos.

»Es ist nicht so einfach, an den Betreiber so einer Seite heranzukommen und ihn dazu aufzufordern, derartige Inhalte mit Minderjährigen zu löschen. Esthers Eltern sind aus allen Wolken gefallen. Es hat deswegen eine Klassenkonferenz gegeben. Esther und Tessa sind frühreif. Sie verdrehen den älteren Jungen den Kopf und brüsten sich mit derartigen Veröffentlichungen im Netz. Die beiden Mädchen haben sich in Nylons mit High Heels, extrem geschminkt, halb nackt und völlig entblößt gegenseitig fotografiert und genügend Bilder auf die Handys ihrer Mitschüler:innen gepostet. Ihre Brüste, ihre Füße, alles haben sie zur Schau gestellt wie richtige kleine Nutten. Wenn sie sich so an vielleicht sogar erwachsene Männer herangeschmissen haben, wundert es mich nicht, dass eine von beiden tot, die andere noch vermisst wird und ich mit der Kriminalpolizei deswegen spreche.«

»Haben Sie das Vorgehen bei uns angezeigt?«

»Wir sind als Schule gehalten, in bestimmten Fällen mit der Polizei zusammenzuarbeiten. In diesem speziellen Fall habe ich ein Schreiben vom Staatsanwalt erhalten, ob ich als Schulleiterin nicht wüsste, dass zwölfjährige Mädchen noch nicht strafmündig seien. Er hat das Schreiben mit *hochachtungsvoll* unterzeichnet. Man wolle sich aber bemühen, dass der Betreiber die Bilder löscht. Damit sind die auf den jeweiligen Handys immer noch da. Manche Eltern sind Sturm gelaufen. Doch wir haben über die Medien die Kontrolle verloren. Und Kinder verlieren ihr Kindsein, indem sie sich frei in den Netzen bewegen und Sex und Gewalt verkonsumieren, als gäbe es nichts anderes. Die Eltern haben längst kapituliert. Verbieten Erziehungsberechtigte ihrem Sprössling bestimmte Dinge, besucht der seinen Freund, wo beide ungestört auf allen möglichen Seiten stöbern können. Wo Kinder früher *Topfschlagen* gespielt haben, unterhalten sie sich heute darüber, ob es geiler ist, von vorn oder von hinten geknallt zu werden.«

Ramona Süß sah, wie Frau Messerschmitt-Karmrodt nach Luft rang. Schule sollte für Kinder eine Art Schutzraum darstellen. Das Gegenteil von dem war eingetreten und grausame Realität geworden. Sie musste an ihre eigene Tochter denken, die mit siebzehn ein gefährliches Alter durchlief. Die Kriminalkommissarin hatte das Medienverhalten ihrer Tochter nie stark kontrolliert. Waren sie und ihre Freundin auch durch das Netz motiviert worden, einfach so hemmungslosen Sex miteinander auszuprobieren? Natürlich hatte Ramona mit neunzehn ihren ersten Freund und mit ihm geschlafen. Im zarten Alter von siebzehn hatte sie mit ihrer Freundin ganz unschuldig *Mensch ärgere dich nicht* gespielt. Und so alt war sie doch nun wirklich noch nicht. Aber sie musste den Wandel der Zeit zur Kenntnis nehmen und akzeptieren, dass junge Menschen, oft noch Kinder, Bettspielen gegenüber Brettspielen den Vorzug gaben.

Völlig abgeschlagen ließ sich die Schulleiterin auf ihren Bürostuhl fallen. Sie stützte ihr Kinn auf ihre Handinnenflächen und seufzte: »In dem vergeblichen Bemühen, unsere Schützlinge auf die richtige Bahn zu bringen, landen wir Lehrkräfte und Schulleitungen im Stuhlkreis von Psychiatern. Die Hälfte des Kollegiums ist in Therapie. Der Krankenstand wird immer höher.«

Ramona Süß erkannte den Offenbarungseid von Frau Messerschmitt-Karmrodt. Und sie begriff nur zögerlich, dass Schule das Spiegelbild einer jeden Gesellschaft ist. Wie weit war es mit unserem System schon bergab gegangen und wie sehr lag manches bereits am Boden und drohte, einfach festgetreten zu werden? Worauf würde das alles zusteuern? Niemand konnte das wissen. Aber der Hauptkommissarin fiel in diesem Augenblick ein, dass sie sich umgehend mit Frau Machlowitz in Verbindung setzen musste. Sie teilte sich mit Dabelstein die Klassenleitung und konnte vermutlich einige interessante Aussagen machen über das Verhältnis des Lehrers zu seinen Schülerinnen.

* * *

Yannick Sauer hasste Pressekonferenzen. Für ihn stellten sie Folterungen dar. Gefräßige Journalisten warteten ungeduldig darauf, dass sie endlich zubeißen und sich den entscheidenden Teil der Beute sichern konnten.

Natürlich war auch ihm bewusst, dass eine derartige Transparenz unumstößlicher Bestandteil einer rechtsstaatlichen Demokratie war und eine freie Presse deren Garant. Trotzdem schätzte er es nicht unbedingt, auf einer Art Präsentierteller vorgeführt und so lange ausgehorcht zu werden, bis die Journalisten eine lesenswerte Schlagzeile gefunden hatten, durch die den Ermittelnden immer eine Art Versagen untergejubelt wurde. Gleichgültig, wie die Polizei etwas darstellte, die Presse drehte den Spieß um und ihnen das Wort im Munde.

Eine Spur war eine Spur. Stand an deren Ende nicht sofort eine Verhaftung, verfolgten die Kriminalisten in den Augen der Presse nur Spuren, die ins Leere liefen. So wurden sie schnell zu den Deppen der Nation und jeder Leser sowie jede Leserin der Gazetten zum *Oberkommissar* auf dem heimischen Sofa. Journalisten hoben sich auf diese Weise selbst auf den Thron und nahmen ihre Leserschaft dort mit hin. Die Öffentlichkeit wusste längst, was bei der Polizei noch nicht angekommen schien. Und den Rest besorgte *XY*.

Yannick Sauer war stets bemüht, den rechten Gesichtsausdruck für die Kameras aufzulegen, damit ihm niemand ansehen konnte, was er wirklich dachte und von Veranstaltungen wie diesen hielt.

Eine gewisse Öffentlichkeitsscheu blieb, unter der Staatsanwalt Kirschner nicht zu leiden schien. Selbstsicher betrat der junge Jurist die Bühne und vermittelte allen Anwesenden den Eindruck, jener Star zu sein, auf den sie nur gewartet hatten. Folgerichtig nahm der gut gekleidete und frisch geföhnte Herr in der Mitte Platz und ließ sich von Sauer zu seiner Rechten und der Gerichtsmedizinerin Dr. Siems zu seiner Linken einrahmen. Dann begann er zu dozieren und erweckte in den Köpfen der zahlreich erschienenen Journalisten der verschiedensten Zeitungen den Eindruck, als seien sie noch unwissende Seminarteilnehmer und er der allwissende Oberlehrer. Den meisten blieb die asymmetrische Haltung, die Kirschner hier pflegen wollte, nicht verborgen und Sauer war sofort klar, dass sie sich für die Arroganz des Staatsanwaltes rächen würden. Doch der war mit allen Wassern gewaschen und zeigte ihnen unerbittlich, was er in seinem durchaus schwierigen Jurastudium alles gelernt hatte.

Einschüchtern ließen sich die Reporter dadurch nicht. Sie stellten immer neue Fragen, von denen eine zuweilen peinlicher war als die andere.

»Was glauben Sie, denken die Harzburger in Anbetracht eines solchen Verbrechens?«

Was sollten sie schon denken? Musste ein Mensch für solche dämlichen Fragen überhaupt studieren?

Während Sauers Gedanken weiter kreisten und niemand von den dreien eine Antwort darauf zu geben bereit war, wurde bereits die nächste Frage hörbar laut gestellt.

»Was gedenkt die Staatsmacht dagegen zu unternehmen, dass in Zukunft junge Mädchen, noch Kinder, im Kurort Bad Harzburg am helllichten Tag nicht wieder Opfer brutaler Mörder werden?«

Sauer spürte, dass er innerlich rot anlief und kurz vor dem Ausrasten war. Kirschner ließ sich davon keinesfalls aus der Ruhe bringen und lächelte die Reporter jovial an. Der Staatsanwalt drehte den Spieß einfach um und beantwortete diese Frage mit einer Gegenfrage: »Was tut die deutsche Presse in Zukunft, dass aufgrund ihrer weisen Berichterstattung Menschen davon abgehalten werden, am helllichten Tag in Luftkurorten junge Mädchen über irgendwelche Geländer in die Tiefe zu stürzen?«

Er erntete Gelächter und sah die Bemühungen in ihren Gesichtern, intelligentere Fragen stellen zu müssen, um die Ermittelnden stärker in die Ecke zu drängen.

So wurde zunächst die Gerichtsmedizinerin nach der genauen Todesursache des Mordopfers gefragt.

Eine sehr junge Journalistin wagte sich anschließend aus ihrer Deckung und stellte eine Frage, mit der sie Kirschner dessen Selbstsicherheit nahm und ihm sein Lächeln aus dem Gesicht trieb.

»Warum haben Sie noch immer keine Idee, wo das andere verschwundene Mädchen zu suchen und zu finden sein könnte?«

Sie hatte nicht von ominösen Spuren gesprochen wie ihre Kolleginnen und Kollegen. Die junge Frau hatte das Wort *Idee* in den Mund genommen und fuhr gleich fort, als sie bemerkte, den Sprachfluss des Staatsanwaltes unterbrochen zu haben. »Wie werden Menschen wie Sie ausgebildet? Ich meine, was für einer Schulung bedarf es, um in derartigen Fällen als Profi zu gelten? Sprich, als die Person mit der zündenden Idee?«

Hilflos blickte der Staatsanwalt zur Seite und sah Sauer eindringlich an. Dem imponierte diese junge Journalistin, die den Blödsinn ihrer wesentlich älteren Kollegen hinter sich ließ und eine derart intelligente Frage stellte, die jeden hier herausforderte. Er riss das Wort an sich und ging in bemerkenswerter Weise auf die junge Dame in der zweiten Reihe ein, über die er nicht wusste, für welches Blatt sie schrieb.

»Auch im Polizeidienst gibt es Menschen, die nicht eine einzige Idee in ihrem Berufsleben haben und stur nach Aktenlage arbeiten. Ideenreichtum kann auf keiner Schule vermittelt werden. Das ist Veranlagung. Meine Idee in diesem speziellen Fall ist die folgende: Zwei junge Mädchen verschwinden vor den Osterferien spurlos. Nach den Osterferien taucht eine von beiden in ihrer Heimatstadt wieder auf und kommt dort auf bislang noch nicht geklärte Weise ums Leben. Sie wollten irgendwo hinfahren. Ferien, Abenteuer ... und sind möglicherweise auf ihre Mörder getroffen. Beide sind unter Umständen gar nicht weit von zu Hause fort gewesen. Wir sind aber keine Zauberkünstler. Deshalb benötigen wir die Hilfe der Mitbürger, auf deren Beobachtungen wir angewiesen sind. Die Aussagen von ihnen werten wir aus und suchen nach Schnittmengen mit unseren Ideen und Theorien. Deshalb unsere Frage: Wer hat eine Beobachtung in diesem Zusammenhang gemacht, die für uns von großem Interesse sein könnte?«

»Glauben Sie, dass das andere Mädchen noch am Leben ist?«, fragte die junge Journalistin Sauer.

»Das ist keine Frage des Glaubens. Bleiben wir bei dem Begriff Idee. Meine Idee ist, dass sich die beiden Mädchen nicht freiwillig getrennt haben und dass der Tod der einen mit dem Schicksal der anderen zusammenhängt.«

Damit hatten diese junge Journalistin und Hauptkommissar Sauer allen anderen die Show gestohlen.

Kirschner erklärte die Veranstaltung ein wenig grimmig für beendet.

****

Yannick Sauer war froh, die Pressekonferenz halbwegs unbeschadet überstanden zu haben, die er – im Vergleich zum Schulbesuch seiner Kollegin Ramona Süß – für den anstrengenderen Termin hielt. Doch als diese ihm von den Neuigkeiten berichtete, bekam Sauer eine Ahnung davon, was sich ihnen im Laufe ihrer Ermittlungsarbeit noch für Abgründe auftun würden. Hauptkommissarin Süß zeigte sich jedenfalls noch immer fassungslos. Deshalb riet ihr der Kollege, dass sie sich einen starken Kaffee kochen solle, weil Schnaps im Dienst schließlich nicht erlaubt war. Kurzerhand befolgte sie den Ratschlag und warf die Kaffeemaschine an. Die Filtertüten wurden knapp. Sie sollte das besser auf ihrem Merkzettel notieren.

Sauer sah unterdessen den Aktenordner vor sich auf dem Schreibtisch liegen, um den er seinen Kollegen Schumacher von der Abteilung für Vermisstenfälle gebeten hatte. Bislang hatte er jedoch noch keine Zeit gefunden, dort einen Blick hineinzuwerfen. Das wollte er in diesem Moment ändern und schlug die von seinen Kollegen zusammengetragenen Ermittlungsergebnisse auf, ohne sich allerdings im Klaren darüber zu sein, wonach er Ausschau halten könnte oder was er möglicherweise zu finden glaubte.

Es sollte gar nicht lange dauern, bis er über eine Zeugenaussage stolperte, der offenbar bislang niemand irgendeine Bedeutung beigemessen hatte.

Dem Aufruf in den Medien und sozialen Netzwerken, sich bei der Polizei zu melden, wenn jemand die verschwundenen Mädchen zufällig gesehen haben sollte, waren zwei ältere

Damen gefolgt. Es lag eine Aussage vor, dass die fraglichen Gesuchten am Mittwoch vor den Osterferien gegen Mittag auf einem Bahnsteig am Bahnhof von Bad Harzburg beobachtet worden waren, wie sie dort aufgeregt an der Bahnsteigkante hin und her sprangen. Sie glichen kleinen Kindern, die die Abfahrt eines Zuges kaum erwarten konnten, weil sie einer Reise entgegenfieberten.

Unterschrieben worden war die Aussage von einer 71-jährigen Frau namens Roswitha Koschnitz aus Cuxhaven und einer 69-jährigen Frau aus Bad Bederkesa, die Alexandra Busch hieß. Sie hatten angegeben, nachdem sie später aus einer Zeitung erfahren hatten, dass die beiden Mädchen gesucht würden, sie aufgrund der Fotos wiedererkannt zu haben. Es könnte sich um die beiden vom Bahnhof handeln. Könnte!

Allerdings lagen Tage zwischen der zufälligen Beobachtung der beiden älteren Damen und der Veröffentlichung der Fotos von den gesuchten Mädchen in den deutschlandweit vertriebenen Tageszeitungen der Funke Mediengruppe. Schauten sich Menschen zufällig beobachtete Fremde so genau an, dass sie sicher sein konnten, es handele sich um die gesuchten Personen? Niemand prägte sich einmal gesehene Gesichter derart stark ein, dass einer solchen Aussage Glauben geschenkt werden würde.

Doch das war nicht der einzige Grund, weshalb dieser Spur nicht weiter nachgegangen worden war. Sauers Kollegen hatten ganze Arbeit geleistet. Die beiden Mädchen, die die älteren Damen gesehen hatten, turnten mittwochmittags am Bahnhof herum. Zu dieser Zeit aber befanden sich Esther und Tessa in der Schule. Sie waren an diesem und auch am folgenden Tag nicht als fehlend im Klassenbuch vermerkt worden. Auch deren Eltern hatten nichts davon erwähnt, dass ihre Töchter der Schule ferngeblieben waren. Allerdings wussten sie auch nicht, dass Esther und Tessa am letzten Schultag nicht mehr zur Schule gegangen waren.

Schumacher hatte die Vermutung geäußert, dass die Eltern nicht in jedem Punkt die Wahrheit gesagt hätten. Doch warum sollten Eltern der Polizei nicht alles sagen oder sie sogar belügen, wenn sie sich zuvor Hilfe suchend an sie gewandt hatten, damit der Freund und Helfer sich der Suche ihrer verschwundenen Kinder annahm?

Lehrer Dabelstein hatte Schumacher gegenüber ausgesagt, dass die beiden erst am letzten Tag vor den Ferien, dem Freitag, nicht mehr am Unterricht teilgenommen hatten.

Die Damen aus dem Norden von Niedersachsen hatten es offensichtlich gut gemeint. Sie erinnerten sich an zwei Mädchen, die ihnen aufgefallen waren, und meinten nun, dass das nur jene sein könnten, über die sie eine Woche später in der Zeitung lasen, dass die beiden als vermisst galten.

Sauer wusste, wie schwer es für die Ermittelnden war, mit einer Fülle von Beobachtungen umzugehen, die zunächst wertvoll klangen, sich dann aber häufig sehr schnell als völlig wertlos entpuppten.

Er blätterte weiter und stieß noch auf einige Aussagen, die seine Kollegen bereits als unbrauchbar eingestuft hatten. Irgendwann verlor er die Lust am Studium dieser Akten, weil er erkannte, dass hier zwar gute Arbeit geleistet worden war, doch die gesammelten Werke zu den vermissten Mädchen nichts Neues ergaben, was sich in der Mordermittlung als hilfreich hätte erweisen können.

So schloss er den Aktenordner und wollte ihn bei nächster Gelegenheit seinem Kollegen zurückgeben. Vor ihm lag genug Ermittlungsarbeit, die keinen weiteren Aufschub duldete.

Doch als er seine Kollegin mit einer Tasse frisch gekochtem Kaffee in der Hand sah und den angenehmen Duft in seiner Nase verspürte, sprang er von seinem Stuhl auf und holte sich auch eine.

»Wir sollten die Eltern der beiden Mädchen einmal etwas genauer unter die Lupe nehmen«, schlug Ramona Süß vor.

Yannick Sauer pflichtete ihr bei und ergänzte: »Und dann die beiden Herren aus Braunschweig und deren Umfeld. Was machen die wirklich hier im Harz?«

***

Viele Berufstätige hatten längst Feierabend. Süß und Sauer mussten ihren noch weit nach hinten verschieben. Sie statteten dem Ehepaar Lohner einen Besuch ab. Bei diesem jungen Paar von Mitte dreißig handelte es sich um die Eltern der verschwundenen Tessa. Sie bewohnten eine Dreizimmerwohnung in einem mehrgeschossigen Haus. Ein Bewohner verließ gerade dieses Gebäude und so konnten die Kriminalisten hineingelangen, ohne klingeln zu müssen. Sie gingen die Treppen hinauf und hielten bei jeder Wohnungstür Ausschau nach dem Namensschild. Als sie im dritten Stock angekommen waren, standen sie schließlich vor der fraglichen und wurden Ohrenzeugen eines lauten Streits zwischen den Eheleuten, der offenbar zu eskalieren drohte. Um Schlimmeres zu verhindern, klingelte Sauer Sturm und rief mit kräftiger Stimme: »Polizei!«

Daraufhin verstummte es im Innern und wenig später öffnete eine völlig verheulte Frau mit blassem Gesicht und faden blonden Haaren, die total zerzaust waren.

Die Besucher zückten ihre Dienstausweise, woraufhin die Frau sie hereinbat. Im Vorbeigehen rochen beide ihre alkoholische Fahne.

Der Ehemann saß in einem weißen Unterhemd und Jeans am Wohnzimmertisch und stierte in eine halbleere Wodkaflasche. Unter dem Wohnzimmertisch stand eine Kiste Bier.

Süß und Sauer war klar, dass sie nicht willkommen schienen. Es hätte sich ihnen auch keine Möglichkeit geboten, wo sie hätten Platz nehmen können.

»Ich habe Ihren Kollegen schon gesagt, dass sie erst wieder bei uns auftauchen brauchen, wenn sie uns unsere Tochter zurückbringen. Tot oder lebendig. Aber wenn tot, dann gehe ich los und bringe ihren Mörder um. Schluss mit lustig und Rechtsstaat und dieser ganze Blödsinn«, redete sich Lohner regelrecht in Rage.

»Worüber haben Sie sich denn so lautstark gestritten?«, fragte Sauer.

In diesem Augenblick sprang Lohner von seinem Platz auf und kam mit bedrohlicher Miene auf den Beamten zu.

»Unverletzlichkeit der Wohnung! Schon mal was davon gehört, Bulle? Das geht euch einen Scheißdreck an, worüber wir streiten. Klar?«

»Unverletzlichkeit der Wohnung. Aus Ihnen hätte ja doch noch ein guter Jurist werden können, wenn Sie den Rechtsstaat an sich nicht so scheiße fänden«, konterte Sauer.

Ramona Süß hatte das Unheil kommen sehen und unmerklich ihre Dienstwaffe aus der Jackentasche geholt und entsichert.

Lohner drehte sich um, griff nach einem langstieligen Messer, das auf einer Kommode lag und wollte damit gerade auf den Kollegen zugehen. Da hinderte die Hauptkommissarin ihn daran, indem sie Lohner die Waffe vors Gesicht hielt.

»Fallen lassen!«, schrie sie.

Verdutzt schaute er in ihre Augen und legte das Messer auf die Kommode zurück.

In diesem Augenblick stürzte Sauer auf den wild gewordenen Mann ein, presste dessen Hände hinter dem Rücken zusammen und legte ihm Handschellen an.

»Widerstand gegen die Staatsgewalt. Sie sind vorläufig festgenommen und werden für eine Nacht in einer Ausnüchterungszelle zubringen. Alles Weitere entscheidet der Staatsanwalt.«

So führten sie Lohner ab und ließen dessen Frau allein zurück. Beide hörten noch, wie ihr ein *Gott sei Dank* entwich.

Nachdem Süß und Sauer den betrunkenen Lohner den Kollegen übergeben hatten, fuhren sie noch einmal zu den Kleins, also den Eltern des getöteten Mädchens.

Aus dem Wohnbereich des Hauses schlug den Ermittelnden eine beängstigende Stille entgegen. Es schien, als hätte das Leben der Eheleute Klein mit der Nachricht vom Tod von Tochter Esther aufgehört. Trotzdem wurde ihnen hier ein Platz angeboten und die Kriminalisten fühlten sich willkommen.

»Gibt es schon irgendeine Spur von Tessa?«, wollte Erik Klein wissen.

»Nein. Aber wir mussten eben ihren Vater festnehmen, weil er völlig betrunken mit einem Messer auf mich losgegangen ist«, berichtete Sauer.

»Oh Gott! Die sind zwar etwas prollig und trinken auch gern einen. Aber so eine Reaktion ist sicherlich der Verzweiflung geschuldet. Können Sie sich auch nur ansatzweise vorstellen, was es heißt, über zwei Wochen lang nicht zu wissen, wo sich das eigene Kind aufhält und ob ihm was passiert ist?«, versuchte Erik Klein um Verständnis zu werben.

»Natürlich sind wir empathisch genug, die Verzweiflung nachzuempfinden«, sagte Ramona Süß.

»Es ist furchtbar, dass Esther tot ist. Aber jetzt haben wir Gewissheit und können angemessen trauern. Die Nachricht von ihrem Tod hat das Hoffen und Bangen beendet, das zum Schluss für uns unerträglich geworden war«, sagte Sahra Klein unter Tränen.

»Sie haben uns nicht ganz die Wahrheit erzählt über Ihre Tochter. Die Schulleiterin nannte Esther eine Schulverweigerin. Dann ist da noch die Geschichte mit dem pornografischen Internetauftritt«, sagte Sauer.

»Was wollen Sie als Eltern dagegen machen? Das ist nun mal die Pubertät«, glaubte der Vater zu wissen.

»Wir haben uns in letzter Zeit gefragt, ob diese Schule noch die richtige für Esther ist«, gab Sahra Klein nun zum Besten.

»Warum haben Sie sich das gefragt?«, entgegnete Ramona Süß.

»Esther war für ein Gymnasium nicht gut genug. Auf einer IGS hätte sie später alle Chancen gehabt, doch noch zum Abitur zu gelangen. Die haben damit geworben, dass die leistungsstärkeren Schüler die schwächeren mitziehen. Aber das Gegenteil ist der Fall. Esther hat sich mit Tessa angefreundet. Die hätte es nur zur Hauptschule geschafft. Und weil die zum Gymnasium empfohlenen Kinder meist auch dorthin gehen, fehlt dieser IGS das obere Drittel.«

»Dadurch ist sie im Grunde keine IGS mehr«, ergänzte Sahra Klein ihren Mann.

»Zwei Drittel Ausländer in vielen Klassen. Wir sind keine Rassisten. Aber da prallen kulturelle Unterschiede aufeinander, denen manche Lehrkräfte nicht gewachsen sind. Und die Schulleiterin ist um den guten Ruf der Schule bemüht und kehrt vieles unter den Tisch. Unsere deutschen Mädchen werden häufig von Jungen aus anderen Kulturkreisen, die sich hier als Machos aufführen, wie der letzte Abschaum behandelt«, erklärte Klein mit bedrückter Miene.

»Gibt es konkrete Beispiele?«, wollte Süß wissen.

»Die Mädchen haben nicht darüber gesprochen. Mit der Bildveröffentlichung von Esthers Scheide im Internet wollten die Mädchen so etwas wie ein Exempel statuieren. So nach dem Motto: *Schaut mal, ihr blöden Jungen, wie geil wir schon aussehen.* Mit zwölf! Was wollen Sie erwarten?«

»Wir haben noch eine weitere traurige Nachricht für Sie. Ihre Tochter wurde kurze Zeit vor ihrem Tod von einem uns bislang Unbekannten vergewaltigt«, führte Ramona Süß vorsichtig aus, während beide Eltern sich die Hände vors Gesicht hielten.

»Sie hat uns davon nichts gesagt«, begann Sahra Klein vor Verzweiflung nun laut zu weinen.

»Wir werden alles unternehmen, den zu finden, der ihr das angetan hat. Und auch ihren Mörder. Aber Sie dürfen uns nichts verschweigen. Wir sind auf die Wahrheit angewiesen«, ermahnte Sauer mit eindringlichem Blick.

»Die Wahrheit ist, dass mein Mann und ich bei der letzten Wahl rechts gewählt haben.«

»Wir haben immer linke Parteien gewählt. Aber so kann es doch nicht weitergehen in diesem Land. Vor zwei Monaten wurde in der Schule Fasching gefeiert. Vorher haben die Schüler eine Betriebsanleitung mit nach Hause gebracht. Es wurde ihnen verboten, sich als Cowboy und Indianer zu verkleiden. Mumie ist auch tabu gewesen. Mädchen werden von Jungen mit Migrationshintergrund bedrängt. Unsere Tochter ist sogar vergewaltigt worden, wie wir jetzt von Ihnen erfahren müssen. Und die Lehrkräfte haben nichts anderes im Sinn, als darauf zu achten, dass sich kein Kind mehr als Indianer verkleidet?«, schüttelte Erik Klein den Kopf.

»Weihnachtslieder dürfen auch nicht mehr gesungen werden«, fügte Sahra Klein hinzu.

»All diese Dinge haben uns nur im Zusammenhang mit der Aufklärung eines Verbrechens zu interessieren«, stellte Sauer daraufhin klar.

»Warum wollte unsere Tochter nicht mehr in diese Schule? Und warum ist sie weggelaufen? Haben wir als Eltern versagt, indem wir Esther eingeredet haben, dass diese Schule gut für sie sei? Sie hat mich angeschrien: *Scheiß Inklusion. Ich habe keinen Bock mehr darauf, wenn das Mädchen am Nachbartisch plötzlich zu Boden fällt und epileptische Anfälle bekommt. Die ganze Stunde ist gelaufen, weil sie am Boden zappelt. Und der Autist schreit, als wenn er abgestochen würde, weil ein Bild im Klassenzimmer schief hängt und die Schulbegleiterin mit Hund sitzt hilflos daneben.* Das hat meine Tochter mir an den Kopf geworfen«, sagte die Mutter gedankenversunken.

»Oh weh«, rutschte es Ramona Süß heraus.

»Wir haben nichts gegen Ausländer. Aber es sind zu viele. Viel zu wenige erlernen die deutsche Sprache«, sagte der Vater nun noch.

»Wenn Ausländer Ihrer Tochter übel mitgespielt haben, kann ich Ihre Wut nachvollziehen. Wir als Beamte müssen objektiv bleiben und dürfen niemals alle über einen Kamm scheren. Hat jemand eine Straftat begangen, werden wir ihn überführen, unabhängig von seiner Herkunft«, sprach Sauer die Abschiedsworte an diesem Abend. Beide Kriminalisten wussten nur zu gut, dass es besser war, jetzt zu gehen. Die Eltern hatten viel preisgegeben und sogar Einblicke in ihre politischen Überzeugungen gewährt, ob sie einem gefielen oder nicht. Doch das Gespräch begann, zu persönlich zu werden. Jetzt wären Psychologen gefragt gewesen, keine Kriminalisten.

* * *

Ramona Süß befand sich nach dem langen Arbeitstag längst zu Hause, während Yannick Sauer noch immer im Büro verweilte und mit dem Studium von Akten beschäftigt war. Als er gerade beschlossen hatte, nun endlich auch den Feierabend einzuläuten, klingelte sein Telefon und er wurde zu einem Einsatz gerufen.

Ein ziviles Fahrzeug der Polizei und ein blauweißes rasten mit Blaulicht die B 4 in Richtung Torfhaus hinauf. Etwa auf der Hälfte der Strecke befindet sich die Marienteich-Baude. Hier bogen die Beamten mit ihren Polizeiwagen ab und fuhren auf das Haus zu. Sie ließen es aber hinter sich und bewegten sich im Schneckentempo noch ein wenig auf einem unbefestigten Weg ins Innere des Waldes vor. Die Abenddämmerung war fast nahtlos in die nächtliche Dunkelheit übergegangen.

Die Polizisten stellten die Beleuchtung an ihren Fahrzeugen ab und stiegen aus. Unschwer erkannten sie in weiter Ferne ein Licht. Es konnte sich dabei um den Feuerschein einer Fackel handeln. Deswegen waren sie gerufen worden.

Es war bekannt, dass sich ein Wolfsmensch im heimischen Harz herumtrieb. Doch wirklich gesehen hatte ihn noch niemand. Außerdem war der Radius, in dem Menschen ihn beobachtet haben wollen, dermaßen groß, dass es als unwahrscheinlich galt, ein und dieselbe Person gesehen haben zu wollen. Sein Revier konnte unmöglich von St. Andreasberg bis Quedlinburg reichen.

Yannick Sauer vermutete, dass es bei den Beobachtungen über den Wolfsmenschen ähnliche Strukturen in den Köpfen der Menschen gab, wie bei denen, die UFOs oder das Ungeheuer von Loch Ness gesehen haben wollten.

Hier aber handelte es sich um ein Licht in weiter Finsternis. Vielleicht hatte sich jemand verlaufen, war von der Dunkelheit überrascht worden und zeigte sich glücklich darüber, eine Fackel bei sich gehabt zu haben.

Doch dann fragten sich die vier Polizeibeamten, von denen zwei eine Uniform trugen, wer im Harz mit einer Fackel im Gepäck wandern ging?

Eine junge Frau tauchte plötzlich wie aus dem Nichts hinter ihnen auf und sagte: »Ein Irrlicht. Es leuchtet mitten im Wald und dann wieder ist es aus. Könnte es sich nicht um die Seele des getöteten Mädchens handeln?«

Sauer besah sich diese schlanke und durchaus hübsche Frau mit langen dunkelblonden Haaren und fragte sich insgeheim, an welcher psychischen Beeinträchtigung sie wohl litte.

Die Frau verschränkte selbstsicher ihre Arme vor der Brust und fuhr fort: »Möglicherweise handelt es sich bei dem Irrlicht um das andere Mädchen, das noch vermisst wird. Wir werden es nie erfahren, denn gleich wird es verschwinden.«

»Was wissen Sie über diese Mädchen und wer sind Sie?«, fragte Sauer die Frau sehr bestimmt.

»Lisa Bäthge. Ich habe Sie angerufen wegen des Irrlichts. Jeden Abend um die gleiche Zeit ist es von hier zu sehen. Immer nach Einbruch der Dunkelheit. Ich gehe hier mit meinem Hund spazieren. Der liegt da in meinem Landrover. Über die Mädchen weiß ich genau so viel, wie in der Zeitung steht.«

Plötzlich war das Licht wie erloschen.

»Es ist die Seele des toten Mädchens. Sie will in Kontakt zu uns treten«, sagte die Hundebesitzerin.

»Dass es sich dabei um das andere Mädchen handeln könnte und es noch lebt, erscheint mir als Erklärung logischer«, merkte Sauer daraufhin an.

»Die Polizei hat mich immer für verrückt erklärt. Schön, dass Sie hierher rausgekommen sind und das Irrlicht mit eigenen Augen gesehen haben.«

»Ich vermute, da erlaubt sich jemand Abend für Abend einen schlechten Scherz mit uns«, lautete Sauers These.

»Wie soll dieser Jemand im Dunkeln da hin und dann wieder fortkommen?«, fragte Frau Bäthge.

»Wir lassen morgen mal einen Suchtrupp an der Stelle vorbeischauen«, sicherte Sauer zu.

»Das können Sie sich sparen. Ich bin da überall am Tage schon kreuz und quer herumspaziert und habe nichts gefunden.«

»Kennen Sie den Wolfsmenschen?«

»Nicht persönlich. Aber ich habe von ihm gehört. Er kann es natürlich auch sein. Eine logische Erklärung wäre es in jedem Fall. Aber ich bevorzuge, an ein Wunder zu glauben. Das Irrlicht ist die Seele des toten Mädchens, die Kontakt zu den Menschen sucht.«

»Das Mädchen ist aber erst einige wenige Tage tot und das Irrlicht geistert nach Ihrer Aussage schon länger dort herum.«

»Vielleicht hat die Seele den Körper schon vorher verlassen und da starb am Baumwipfelpfad nur noch eine Hülle.«

»Gehören Sie einer Sekte an?«, wollte Sauer jetzt plötzlich von ihr wissen.

»Es gibt mehr Dinge zwischen Himmel und Erde, als wir in der Lage sind zu sehen«, seufzte sie daraufhin und drehte sich ab. Wortlos ging die rätselhafte Person zu ihrem Landrover.

Yannick Sauer musste sich eingestehen, dass ihre Orakelsprüche nicht ganz ohne Eindruck auf ihn geblieben waren. Lebte die verschwundene Tessa noch und wenn ja, wo? Konnte sie hinter dem Irrlicht stecken oder war es doch der Wolfsmensch?

Es blieb vorerst das Rätsel dieser Nacht.

»Was soll ich jetzt ins Protokoll schreiben?«, fragte einer der beiden uniformierten Kollegen.

»Eine Fackel im Wald gesichtet, die leuchtete, bis sie ausgebrannt war. Zu Schaden ist offensichtlich niemand gekommen«, gab Sauer ihm zur Antwort.

Dann stiegen die vier wieder in ihre zwei Autos und fuhren bergab Bad Harzburg entgegen.

... Dritter Tag ...

Der rätselhafte Tod des zwölfjährigen Mädchens am Baumwipfelpfad lag gerade 48 Stunden zurück. Die Kriminalkommissare wussten, dass diese Zeitspanne die wichtigste während der Aufklärung eines Verbrechens war. Süß und Sauer hatten ununterbrochen gearbeitet und Fakten gesammelt. Ob es am Ende ausreichte, stand in den Sternen.

Aber sie wussten, dass am heutigen Tage Lehrer Dabelstein aus dem Koma aufgeweckt werden sollte. Vermutlich würden die Ärzte es noch nicht erlauben, dass er vernommen werden könnte. Aber vielleicht konnte seine Frau ja mit ihm sprechen und irgendetwas aussagen.

Yannick Sauer hatte sich am Vorabend, bevor er zu dem Einsatz an der Marienteich-Baude mitgefahren war, eingehend mit den beiden Herren Hugo Renner und Dagobert Isenberg aus Braunschweig beschäftigt. Kollegen hatten für ihn recherchiert und alles über die beiden zusammengetragen, was sie herausgefunden hatten. Das war nicht gerade viel. Trotz eines eingehenden Studiums der Akten konnte Sauer den Biographien der Männer nichts Nennenswertes entnehmen. Beider Leben waren durch keinerlei Auffälligkeiten geprägt. Und doch hatte Renner nicht die Wahrheit gesagt, sondern sich mit seinem Freund Isenberg gemeinsam am oder auf dem Baumwipfelpfad aufgehalten.

Es handelte sich um Familienväter, die jeder in einem ehelichen Verhältnis lebten. Keiner von ihnen war jemals polizeiauffällig geworden.

War Hugo Renner wirklich zufällig am Ort des Geschehens und ein glaubwürdiger Zeuge? Hatte Dabelstein vor seinen Augen das Mädchen über das Geländer geworfen und somit ihren Sturz in die Tiefe herbeigeführt? War es glaubwürdig, dass er den Täter festhalten wollte und ihn schließlich verfolgte, bis der in einen Bus lief? Oder hatte er ihn gar gejagt?

Die andere Möglichkeit, die sich darbot, schob Renner den Schwarzen Peter zu. Er wäre demnach der Mörder und Dabelstein der Zeuge des Verbrechens, den er zu beseitigen suchte. Doch wo sollte es eine Verbindung zwischen ihm und dem ermordeten Mädchen geben?

Alle Hoffnungen der Ermittelnden ruhten nun auf Christian Dabelstein, der am heutigen Vormittag aus dem Koma aufgeweckt werden und ins Leben zurückkehren sollte. Doch so weit war es noch nicht. Yannick Sauer starrte auf den Bildschirm seines Computers und sprang zwischen den unterschiedlichen Seiten hin und her. Es handelte sich um polizeiliche Aktenarbeit der Moderne. Sie wurde mit einem Mausklick nach dem anderen bewältigt, was eine Leichtigkeit vermittelte. Doch der Schein trog. Die digitalen Akten büßten nichts von ihrer Komplexität ein und besaßen denselben Schwierigkeitsgrad wie jene, die früher zu Papier gebracht wurden.

Ramona Süß hockte auf einem Medizinball vor ihrem Schreibtisch und schaute auf das Hintergrundbild ihres PCs. Es zeigte einen Strandabschnitt mit angrenzendem Meer und mochte die Sehnsucht nach Urlaub ausdrücken. Die Hauptkommissarin verfolgte eine andere Spur als ihr Kollege. Sie war zufällig in die Ordnungsmaßnahmenkonferenz der Gesamtschule hineingeraten und hatte sich danach die Telefonnummer der Lehrerin Schneider geben lassen. Es handelte sich bei ihr um einen Teil der Klassenleitung jenes sechsten Schuljahrgangs, aus dem der Schüler Hasan für drei Monate verwiesen worden war.

Ramona Süß hatte Glück. Frau Schneider war noch zu Hause, da sie am heutigen Tag erst später zur Schule musste.

»Ich weiß, dass die beiden Mädchen Esther und Tessa nicht aus dem Jahrgang sind, in dem Sie unterrichten. Auch Ihr Kollege Dabelstein ist auf einer anderen Lehrerstation anzutreffen. Aber manchmal hört man ja selbst über Flure und Stockwerke hinweg das ein oder andere. Kannten Sie die zu Tode gekommene Esther Klein?«

»Nein. Überhaupt nicht.«

»Kennen Sie einen Schüler Enes aus einer der Neunten?«

»Nein. Nur, dass der wohl auch aus dem Unterricht ausgeschlossen werden musste wegen irgendwelcher schlimmen Vorfälle. Aber ich weiß nichts Genaues.«

Dabelsteins Frau Ida hatte ausgesagt, dass nicht dieser Enes, sondern Esther und Tessa einen Verweis bekommen hatten. Offenbar schienen auch noch andere Vorwürfe gegen den Schüler aus der Neunten vorzuliegen.

»Sie haben sich in meiner Gegenwart kritisch über den Umgang an Ihrer Schule mit problematischen Schülern geäußert und die Art und Weise der Integration infrage gestellt.«

»Ich halte nicht Integration für falsch, aber die Tatsache, wie sie an unserer Schule umgesetzt wird. Doch ich glaube nicht, dass das die Kriminalpolizei etwas angeht.«

Da hatte Frau Schneider eindeutig recht und Ramona Süß wusste nicht, was sie noch hätte fragen können. So bedankte sie sich und beendete das Gespräch.

Ratlos schaute sie ihren Kollegen Sauer an. Ihm war klar, dass sie auf der Stelle traten und auch ihm fehlte die zündende Idee, wo die beiden ansetzen sollten. So ruhte all ihre Hoffnung auf Christian Dabelstein, der gleich aus dem Koma aufgeweckt werden würde.

Aber da fiel der Hauptkommissarin die Lehrerin Machlowitz ein, die sie bislang noch nicht hatte erreichen können. Irgendwie war die Kollegin von Dabelstein aus ihrem Gesichtskreis verschwunden. So versuchte sie es erneut, erreichte jedoch nur die Mailbox, auf der sie keine Nachricht hinterlassen wollte.

***

Zwei Ärzte hatten den Aufwachvorgang medizinisch eingeleitet. Einer von ihnen bewachte Dabelstein und beobachtete seinen Zustand. Die Ehefrau wartete ungeduldig vor dem Zimmer der Intensivstation. Als der Lehrer seine Augen aufschlug und sich völlig desorientiert umschaute, bat der Arzt die Ehefrau ins Zimmer, die überglücklich seine Hand nahm und sich zu ihm aufs Bett setzte.

»Wo bin ich?«, fragte er ungläubig.

»Im Krankenhaus. Du hattest einen Unfall.«

»Einen Unfall? Was denn für einen Unfall?«

»Ein Bus hat dich angefahren.«

»Wann und wo?«

»Vorgestern Morgen auf der B 4 am Baumwipfelpfad.«

»Ich bin in die Schule gefahren und nicht zum Baumwipfelpfad. Es war doch Ferienende.«

»Du bist aber dort in Begleitung deiner Schülerin Esther Klein gesehen worden.«

»Nein. Esther Klein ist seit Ferienbeginn spurlos verschwunden. Ich bin in die Schule. In der ersten großen Pause hat mein Telefon geklingelt und ich bin zur Stufenleitung gegangen und habe gesagt, dass ich dringend fortmüsse. Mehr weiß ich nicht mehr.«

»Wer hat dich angerufen, Christian? Und wohin wolltest du während der Unterrichtszeit, wenn du dich bei deiner Chefin abgemeldet hast?«

»Es war irgendetwas Wichtiges. Aber ich weiß nicht mehr, was.«

Angestrengt versuchte er, sich zu erinnern. Seine Frau rief den Arzt herbei. Der kam sofort auf die Intensivstation und stellte Dabelstein ein paar Fragen, anhand derer er sehen konnte, wo das Gedächtnis Lücken aufwies.

»Aber du musst doch wissen, wer dich in der Schule auf deinem Handy angerufen hat!«, beschwor ihn seine Frau.

Irritiert sah er sie an. »Die Nummer müsste allerdings auf meinem Smartphone zu sehen sein. Wo ist es?«

»Es liegt im Schrank Ihres Mannes«, wusste der Arzt.

»Und dass du mit Esther Klein auf dem Baumwipfelpfad gewesen bist, weißt du das auch nicht?«

»Das stimmt nicht. Meine Schülerin wird vermisst. Sie ist spurlos verschwunden. Hoffentlich ist ihr nichts zugestoßen.« Er sagte das, als wenn er sich verteidigen müsste, weil man ihn für einen Angeklagten hielt. Danach versuchte er, sich im Bett aufzurichten und fragte aufgeregt: »Ist Esther wieder aufgetaucht? Hat sie irgendwas erzählt?«

»Sie ist tot, Christian. Esther ist über das Geländer des Baumwipfelpfades in die Tiefe gestürzt. Und du bist dabei gewesen.«

»Was erzählst du da für einen Blödsinn?«, zeigte sich der Lehrer entsetzt und unfähig, das Gehörte zu glauben.

»Anschließend bist du vor jemandem davongelaufen und von diesem Bus angefahren worden«, sagte sie ihm gedankenversunken.

»Ich erinnere mich an nichts. Aber wieso erinnere ich mich denn nicht?«, wurde er sehr unruhig. »Esther soll tot sein? Hat sie noch irgendwas gesagt vor ihrem Tod?«

»Aber was soll sie denn gesagt haben?«, fragte Ida ihren Mann ein wenig genervt.

»Etwas über mich. Wenn ich mich doch nur erinnern könnte, was überhaupt passiert ist und weshalb ich hier im Krankenhaus bin!«, schlug er verzweifelt mit den Fäusten ins Deckbett.

»Keine Sorge. Kein Grund zur Panik. Sie leiden an einer Amnesie. Es ist gar nicht so selten, dass Menschen, die verunglückt sind, sich daran nicht erinnern können. Das Gehirn löscht das furchtbare Erlebnis aus Selbstschutzgründen des Körpers«, wusste der Arzt als Erklärung für die mögliche Ursache des Phänomens beizusteuern.

»Für immer, Herr Doktor?«, fragte Frau Dabelstein besorgt.

»Zuweilen ja. Manchmal kommt die Erinnerung auch zurück. Lässt sich nicht vorhersagen.«

»Da wird die Polizei begeistert sein«, ironisierte sie.

»Warum die Polizei?«, fragte Dabelstein aufgeregt.

»Das werden dir die Kriminalbeamten dann schon erzählen«, gab ihm seine Frau zur Antwort.

»Aber nicht mehr heute. Ihr Mann braucht Ruhe«, versicherte der Arzt und verließ den Raum wieder.

Ida Dabelstein suchte in dem Schrank nach dem Smartphone ihres Mannes. Als sie es gefunden hatte, durchsuchte sie das Telefonverzeichnis nach eingegangenen Anrufen. Dann las sie jene Nummer laut vor, von der ihr Mann am Mittwochmorgen während der ersten großen Pause angerufen worden war.

»Kennst du die Nummer?«

»Ja. Es ist die Nummer von Esther Klein.«

»Sie hat dich also tatsächlich angerufen, obwohl sie polizeilich gesucht wurde. Und du bist zu ihr. Ihr habt euch auf dem Baumwipfelpfad getroffen.«

»Aber warum?«

»Dort ist sie ums Leben gekommen. Und die Polizei hält dich für den Mörder.«

»Wie bitte? Ich – ein Mörder? Das ist ja lächerlich.«

»Was, Christian, hast du dort zu suchen gehabt?«, wurde seine Frau sehr ernst.

»Ich weiß es nicht. Ich weiß es wirklich nicht. Quäl mich doch nicht so!«

Sie sah ihren Mann ungläubig an, dem sie niemals den Mord an seiner Schülerin zugetraut hätte. Doch plötzlich befielen sie Zweifel. Spielte er ihr die Amnesie bloß vor oder lebte er tatsächlich in völliger Ahnungslosigkeit? Und was würde sein, wenn er einen Mord begangen hatte, an den er sich nie im Leben wieder erinnern konnte?

Sie wollte ihn nicht weiter aufregen und verabschiedete sich für heute von ihm. Doch die Frau verließ ihren Mann voller Unsicherheit – ihren Mann, zu dem sie auf der Hochzeit uneingeschränkt Ja gesagt hatte und von dem sie auf einmal glaubte, nicht mehr zu wissen, wer er wirklich war. Was für eine Rolle hatte diese Esther Klein in seinem Leben wirklich gespielt? Und warum interessierte er sich so brennend dafür, ob sie noch etwas vor ihrem Tod über ihn gesagt hatte?

Kurz erschrak Frau Dabelstein, als sie beim Fortgehen den uniformierten Polizeibeamten vor dem Zimmer auf einem Stuhl sitzen sah, in dem ihr Mann lag und gerade mit großen Gedächtnislücken aus dem Koma erwacht war. So würde er nicht nur vor einem möglichen Angriff auf ihn geschützt werden, sondern im Zweifel auch daran gehindert, abzuhauen. Beides beruhigte sie trotzdem nicht.

Ida Dabelstein hatte mit der Polizei zu tun. Sie glaubte, dass das nichts Gutes bedeuten konnte.

* * *

Sonne und Wolken wechselten einander ab an diesem fast winterlich kalten Freitagmorgen mitten im Frühling. Süß und Sauer saßen bereits wieder in ihrem Büro und sahen mit einer Mischung aus Neugier und Verzweiflung ihrem heutigen Arbeitstag entgegen.

Sauer hatte Kollegen darum gebeten, Tessas Vater aus der Ausnüchterungszelle direkt zu seiner Kollegin und ihm ins gemeinsame Arbeitszimmer zu bringen, was auch geschah.

Die Spuren des am Vortage verkonsumierten Alkohols waren dem Gesicht Lohners deutlich abzulesen. Er wirkte ziemlich verkatert, aber nicht mehr aggressiv wie am Vorabend. Er setzte sich Sauer gegenüber und schaute ihn erwartungsvoll an.

»Rausch ausgeschlafen?«, fragte der Hauptkommissar demonstrativ.

»Das Bett in der Ausnüchterungszelle war nicht gerade das bequemste.«

»Und eine saftige Rechnung von Vater Staat bekommen Sie dafür auch noch. Dafür verzichte ich darauf, Ihren Angriff mit dem Messer auf mich überzubewerten. Sie waren betrunken, ich habe Sie provoziert und aufgrund Ihrer besonderen Situation habe ich Verständnis für Sie. Trotzdem hilft es wenig, Ihren verständlichen Frust an anderen auszulassen«, belehrte ihn Sauer.

»Das weiß ich ja selbst. Sonst bin ich auch nicht so aggressiv. Aber im Augenblick könnte ich alles entzweischlagen, was sich mir in den Weg stellt.«

»Davon kommt Ihre Tochter auch nicht zurück. Was können Sie mir über die Freundschaft Ihrer Tochter zu der ums Leben gekommenen Esther erzählen?«

»Esther war die Schlauere von beiden. Ihre Eltern haben ein Haus und verdienen wohl auch ganz gut. Das hat Tessa imponiert. Sie sind fast immer bei den Kleins gewesen. Aber schlau sein schützt auch nicht davor, unüberlegte Dummheiten zu machen.«

»Wie meinen Sie das, Herr Lohner?«

»Esther hatte unsere Tochter voll im Griff. Tessa ist ihr regelrecht hörig gewesen. Sie hat geraucht und getrunken, weil Esther alles illegal besorgt hat. Jungen wurden von ihr angequatscht, wenn sie nur alt genug gewesen sind. Einmal sind beide von der Polizei nach Hause gebracht worden, weil sie auf dem Gelände des Harzburger Hauptbahnhofs auf den Schienen rumgeturnt sind. Was haben die am Bahnhof zu suchen?«

Wie ein Blitz schoss es Sauer durch den Kopf. Ihm lag eine Zeugenaussage von zwei älteren Damen vor, die zwei Tage vor Ferienbeginn fragliche Mädchen mittags auf dem Bahnhof herumhampeln sahen. Aber sie waren doch von ihrer Schule nicht als fehlend vermerkt worden!

»Sie haben also immer alles zusammen gemacht, so wie sie auch gemeinsam verschwunden sind. Aber nach Ferienende haben sich ihre Wege offensichtlich getrennt. Esther taucht allein am Baumwipfelpfad auf, um dort zu sterben. Hat Ihre Tochter mal irgendwas gesagt, was sie mit ihrer Freundin zusammen vorhatte?«

»Die hatten immer was vor. Sie wollten den Wolfsmenschen finden. Esther meinte, der lebe zwischen Harzburg und Torfhaus. Wenn er anderswo gesichtet worden ist, dann waren das Trittbrettfahrer.«

»Wieso glaubte Esther das zu wissen?«

Ramona Süß saß an ihrem Schreibtisch und starrte auf ihren Flachbildschirm. Sie lauschte dem Gespräch ihres Kollegen mit Tessas Vater und hörte genau zu, ohne sich jedoch einzumischen.

»Weil die sich für so schlau gehalten hat. Rauchen, saufen und die eigene Fotze ins Internet stellen. Gott sei Dank hat Tessa da nicht mitgemacht.«

»Sie soll die Fotos geschossen haben.«

»Nichts hat sie! Gar nichts, hören Sie?«

»Aber haben die beiden Mädchen nicht eine Ordnungsmaßnahme der Schule dafür bekommen?«

Der Blick des Mannes wechselte von der anfänglichen Friedfertigkeit über in jenen bitterbösen, den Sauer am Vorabend bereits kennengelernt hatte. Entsprechend lauter wurde jetzt seine Stimme.

»Dieser Türke ist das gewesen. Nicht Tessa. Aber diese Messerschmitt hat Tessa die Schuld gegeben. Einen Ausländer zu verknacken ist ja bei der Dame politisch nicht korrekt.«

»Ihre Tochter ist doch dabei gewesen, wenn ältere Jungen angesprochen wurden.«

»Tessa wäre niemals mitgegangen.«

»Herr Lohner, jetzt seien Sie bitte nicht naiv. Beide Mädchen sind zusammen verschwunden. Was, glauben Sie, mit wem und wohin? Sie sind am Mittwoch vor den Osterferien auf dem Bahnhof von Bad Harzburg gesehen worden. Wann genau ist Ihre Tochter verschwunden?«

»Na an dem letzten Schultag. Da war sie nicht mehr in der Schule.«

»Ist sie die beiden Abende davor bei Ihnen zu Hause gewesen?«

»Nein. Mittwoch ist sie aus dem Haus und hat bei den Kleins übernachtet«, sagte er wieder sichtlich beruhigter.

»Wetten, dass die Kleins aussagen werden, dass Esther an den besagten Abenden bei Ihnen übernachtet hat? Davon, dass beide Mädchen bei Esthers Eltern geschlafen haben und dann am nächsten Morgen zusammen zur Schule gegangen sind, haben Sie nichts gesagt. Sie berichteten nur, dass es wie immer gewesen sei und beide am letzten Tag zur Schule aufgebrochen sind. Aber jedes Mädchen von seinem eigenen Zuhause.«

»Was wollen Sie damit sagen?«

»Hat das Mädchen bei Ihnen auch gelegentlich übernachtet?«

»Selten. Ich sagte ja schon, dass sie meistens bei den Kleins übernachtet haben. Aber es kam vor. Manchmal haben sie auch bei uns gepennt. Und ich habe auch gehört, was Esthers Eltern dann zusammen gemacht haben, wenn wir ihnen quasi den Rücken freigehalten haben.«

»So? Was denn?«

»Die sind in einen Swinger-Club gefahren.«

»Das ist nicht strafbar. Die Eltern sind schließlich alt genug. Aber viel entscheidender ist, dass beide Mädchen nicht erst am letzten Schultag, sondern bereits zwei Tage zuvor untergetaucht sind. Ich verstehe nur noch nicht, warum die Schule das nicht bemerkt haben will.«

»Und was ändert das?«

»Das, Herr Lohner, weiß ich eben noch nicht. Aber ich vermute, dass sie sich verabredet hatten und am Bahnhof mittags auf ihre Verabredung gewartet haben. Und dann sind sie möglicherweise in deren Begleitung mit dem Zug fortgefahren. Sie haben ihrer Heimatstadt den Rücken zugekehrt. Warum auch immer.«

»Mein Mädchen ist sauber. Fickereien hat es da keine gegeben.«

»Es muss ja nicht einvernehmlich verlaufen sein.«

»Wie meinen Sie das?«

»Von Esther wissen wir definitiv, dass sie vergewaltigt wurde.«

»Echt jetzt? Wenn das einer mit Tessa gemacht haben sollte, bringe ich das Schwein um.«

»Überlassen Sie das Richten anderen Leuten. Im Moment wissen wir es nicht. Die viel entscheidendere Frage ist doch wohl, ob Ihre Tochter noch am Leben ist und wo wir sie finden könnten.«

»Bei dem Wolfsmensch?«

»Findet man dessen Quartier, wenn man mit dem Zug aus dem Harz wegfährt? Wir arbeiten unentwegt weiter. Sie sollten an sich arbeiten und Ihre Emotionen besser steuern lernen. Wenn junge Mädchen abhauen, gibt es mehrere Gründe. Ein Zuhause, dass sie nicht gerade positiv bewerten, könnte einer der Auslöser sein.«

»Tessa hatte alles, was sie brauchte. Und eine Ohrfeige hat noch keinem geschadet. Wenn die ihre Fotze ins Internet gestellt hätte, dann hätte sich sie ...«

Er machte mit seinem Arm eine Bewegung, als würde er alles vom Tisch hauen wollen.

»Totgeschlagen? Oder was wollten Sie gerade sagen?«

»Hören Sie! Ich lasse mir von Ihnen nicht unterjubeln, dass ich ein schlechter Vater bin.«

»Wo waren Sie eigentlich zur Tatzeit?«

»Zu Hause. Ich bin zurzeit arbeitslos.«

»Stauen sich vermutlich ein paar überschüssige Kräfte auf.«

»Wollen Sie mir jetzt etwa noch einen Mord anhängen?«

»Ich will gar nichts. Ich danke Ihnen für Ihre bereitwilligen Aussagen und wünsche Ihnen noch einen schönen Tag. Sie dürfen unsere heiligen Hallen jetzt wieder verlassen. Auf Wiedersehen.«

Lohner erhob sich, sah sein Gegenüber, das sitzen blieb, verdutzt an und verließ schließlich wortlos den Raum. Er ging zu Fuß wieder nach Hause. Die frische Luft würde ihm sicher guttun.

Nun schaltete sich Ramona Süß ein.

»Ich nehme an, du hast alles mitangehört?«, fragte Sauer seine Kollegin.

»Natürlich. Zwischendurch habe ich eine E-Mail an uns gelesen. Frau Dabelstein, die Frau des Lehrers, hat geschrieben, dass ihr Mann gut aus dem Koma aufgewacht ist, sich jedoch an nichts mehr erinnert. Aber ungefähr zwei Stunden vor ihrem Tod hat Esther ihn auf seinem Handy angerufen und aus der Schule weggelockt.«

»Und er weiß nichts mehr davon?«

»So sieht es wohl aus. Frau Dabelstein hat davon Kenntnis, weil sie das Smartphone ihres Mannes im Krankenhaus gecheckt hat. Er selbst hat zugegeben, dass es sich um die Nummer von Esthers Telefon gehandelt hat.«

»Ist das glaubhaft mit seiner angeblichen Amnesie?«

»Der Arzt meint wohl schon. Aber Frau Dabelstein ist sich plötzlich nicht mehr sicher, ob ihr Mann vielleicht doch ein Mörder sein könnte. Ein Mörder, der seine Tat vergessen hat, weil er sich aufgrund einer Amnesie an nichts mehr erinnern kann.«

»Großer Gott!«, seufzte Sauer vor sich hin. »Aber bleiben wir mal bei dem Smartphone. Wir haben das von Esther, womit sie zwei Stunden vor ihrem Tod Dabelstein angerufen und ihn aus der Schule fortgelockt hat, nicht gefunden.«

»Der Verdacht liegt also nahe, dass es ihr jemand abgenommen hat«, kombinierte Süß.

»Nur wer? Dabelstein selbst, bevor er panisch die Flucht ergriffen hat?«

»Oder dieser Isenberg, der sich unter den unfreiwilligen Zeugen befunden haben muss? Er könnte dabei gewesen sein, als einige Passanten dem Mädchen zu Hilfe eilen wollten und ihr bei dieser Gelegenheit das Smartphone abgenommen haben«, überlegte die Hauptkommissarin laut.

»Dann müssten Renner und Isenberg Esther und vielleicht auch ihre Freundin Tessa gekannt haben. Aber woher? Und warum hatten die beiden möglicherweise ein Interesse daran, dass niemand Esthers Smartphone in die Hände fällt und Dabelstein zum Schweigen gebracht wird?«

»Eine klassische Aufgabenteilung würde ich sagen. Der eine beseitigt Beweismittel und der andere treibt einen Zeugen fast in den Tod. Sollte dessen Erinnerungsvermögen nie wieder zurückkehren, brauchten sie sich noch nicht einmal die Finger schmutzig zu machen und müssten keinen weiteren Mord begehen, um Dabelstein am Reden zu hindern«, stellte Süß klar.

»Dann ist auch logisch, warum Renner bezüglich seines Freundes gelogen hat, von dem er sich im Harz getrennt haben will. Die beiden haben Dreck am Stecken. Nehmen wir einmal an, sie haben die Mädchen entführt und missbraucht. Esther gelingt es, ihren Lehrer anzurufen und um Hilfe zu bitten. Doch die Befreiungsaktion auf dem Baumwipfelpfad scheitert kläglich.«

»Alles Theorie. Wir benötigen Dabelsteins Handy, um zu sehen, ob Esther nicht schon vor ihrem Todestag in telefonischem Kontakt zu ihm gestanden hat«, war Süß sich sicher.

»Ruf Frau Dabelstein an. Wir fahren sofort zu ihr«, sagte Sauer fast im Befehlston.

»Zu Befehl, Herr Hauptkommissar!«, donnerte sie ihn an und führte ihre rechte Hand zur Stirn, mit der sie einen soldatischen Gruß nachäffte, womit sie Sauer demonstrativ klarmachte, dass er sich im Ton vergriffen hatte. Doch er schien das nicht zu registrieren. Vielleicht war das einer gewissen Aufregung geschuldet, die ihn zu treiben schien.

***

Eine knappe halbe Stunde später standen die beiden Hauptkommissare im Flur des Hauses Dabelstein und hielten das Smartphone des Lehrers in den Händen. Die Ehefrau hatte es gleich nach dem Anruf der Ermittelnden herausgelegt, um nicht zu viel kostbare Zeit ihrer Besucher in Anspruch zu nehmen. Deshalb bat die Hausherrin die beiden auch gar nicht zu sich ins Wohnzimmer. Sie konnte sich allerdings des Eindrucks nicht erwehren, als wenn Süß und Sauer nichts dagegen einzuwenden gehabt hätten, denn der Hauptkommissar steckte das Smartphone ihres Mannes gar nicht ein, sondern untersuchte es in ihrer Gegenwart.

Als Sauer es sich genauer besah und er sowie seine Kollegin keine Anstalten machten, gleich wieder zu gehen, nahm Ida Dabelstein das zum Anlass, den Beamten gegenüber ihr Herz ein wenig auszuschütten und sagte gedankenversunken: »Fünfmal hat mein Mann mit seiner Schülerin während der Zeit, seit sie vermisst wurde, telefoniert.«

Sie hatte also nachgeschaut, nachdem sie vom Interesse der Polizei an dem Telefon ihres Mannes erfahren hatte. Ihr Vertrauen in den Ehemann schien bis ins Mark erschüttert zu sein, als ihr klar geworden war, dass er sie in dieser Angelegenheit offensichtlich nach Strich und Faden belogen zu haben schien.

»An die Telefonate mit Esther müsste er sich allerdings erinnern. Das war lange vor dem unmittelbaren Unglück«, sagte Süß.

»Ich habe davon nichts gewusst. Mir hat er den ahnungslosen und besorgten Lehrer vorgespielt, der sich die gesamten Ferien über mit der Frage gequält hat, was den Mädchen passiert sein könnte.«

Sie musste jetzt daran denken, dass ihr Mann im Krankenhaus fast panisch immer wieder gefragt hatte, ob Esther vor ihrem Tod noch irgendetwas über ihn gesagt hatte. Die Tatsache, dass er sich an nichts zu erinnern schien, trieb ihn in die Enge. Die Amnesie war vermutlich nicht gespielt, sondern echt. Aber alles davor war gelogen. Er musste eine entsetzliche Angst verspüren, dass etwas auffliegen würde, ohne dass er es beeinflussen konnte. Diese Gedanken behielt Ida Dabelstein für sich und erzählte der Polizei nichts davon.

Die beiden Hauptkommissare schauten einander nachdenklich an und fragten sich, welche Rolle der Lehrer des zu Tode gekommenen und des noch immer verschwundenen Mädchens tatsächlich spielte. Warum ließ er sich nicht einmal von seiner Frau in die Karten sehen?

»Ich fahre jetzt direkt ins Krankenhaus. Vielleicht lässt der Arzt mich kurz mit Ihrem Mann sprechen«, schlug Sauer vor.

»Eigentlich will ich das alles nicht mehr wissen. Mein Mann hat mich betrogen und belogen. Womöglich mit seiner zwölfjährigen Schülerin. Und damit sie ihn nicht anzeigen kann und er auffliegt, hat er sie in den Tod gestürzt, woran er sich Gott sei Dank nicht mehr erinnert. Wie praktisch doch unser Gehirn zuweilen sein kann. Oder aber er spielt uns seine Amnesie nur vor.«

»Wer vorgibt, sich an nichts zu erinnern, kann sich bei keinem Verhör in Widersprüche verwickeln. Wir haben eine Zeugenaussage, durch die Ihr Mann schwer belastet wird. Aber die alles entscheidende Frage ist, wie glaubwürdig erscheint der Zeuge?«, gab Süß die Zweifel der Polizei preis.

»Wir verfolgen auch noch andere Spuren, Frau Dabelstein. Richten Sie nicht über Ihren Mann, solange wir den Mörder nicht kennen. Es gilt die Unschuldsvermutung. Im Augenblick wird er Sie brauchen«, riet ihr der Hauptkommissar fast freundschaftlich. Er versuchte damit, ein wenig Trost zu spenden, glaubte jedoch nicht, dass ihm das gelänge.

»So, wie er seine zwölfjährige Schülerin gebraucht hat?«, entgegnete Ida Dabelstein schnippisch und Sauer spürte, wie tief der Vertrauensbruch durch ihren Mann in ihr saß.

Ramona Süß zeigte Verständnis für diese Reaktion. Sie wusste nicht, zu welchen unkontrollierten Verhaltensweisen sie im Vergleichsfall fähig gewesen wäre, und erinnerte sich dunkel daran, als sie hinter die Affären ihres Mannes gekommen war und eine Welt in ihr zusammenbrach. Ihr Ausweg aus der Misere führte damals direkt zum Scheidungsrichter.

»Fahren Sie nur zu ihm. Ich komme allein zurecht«, sagte Ida Dabelstein und signalisierte ihren Besuchern, dass sie jetzt gern wieder allein wäre.

Yannick Sauer händigte seiner Kollegin Dabelsteins Smartphone aus, bevor beide das Haus verließen.

Sie fuhren daraufhin mit dem Dienstwagen durch die Straßen von Bad Harzburg. Süß setzte Sauer vor dem Klinikum ab, während sie mit dem Mobiltelefon des Lehrers die Fahrt zu ihrer Dienstelle fortsetzte, um es dort einem Mitarbeiter der Spurenauswertung zu geben.

***

Yannick Sauer musste den Arzt mit Engelszungen überreden, damit er ihm erlaubte, kurz mit dessen Patienten sprechen zu dürfen. Der lag gedankenversunken in seinem Krankenbett und starrte verloren an die Decke, als der Kriminalkommissar sein Zimmer betrat und er sich ihm vorstellte.

»Wie geht es Ihnen?«

»Schlecht. Und um Ihre Frage gleich vorwegzunehmen, ich kann mich weder an den Unfall noch an die Ereignisse davor auf dem Baumwipfelpfad erinnern. Ich weiß nicht einmal, dass ich überhaupt dort gewesen bin.«

»An die Telefonate mit Ihrer Schülerin Esther während der Osterferien, als das Mädchen vermisst gemeldet worden war und von uns gesucht wurde, erinnern Sie sich aber schon. Oder?«

Er schaute verlegen zur Seite aus dem Fenster.

»Ja. Natürlich. Sie hat mich gebeten, niemandem etwas zu sagen. Ich habe versucht, sie zu überreden, zurückzukommen.«

»Wo ist sie denn gewesen?«

»Keine Ahnung. Sie hat gesagt, in einer Höhle irgendwo da draußen im Wald auf den Hügeln. Beim Wolfsmenschen.«

»Haben Sie ihr das geglaubt?«

»Die Höhle schon. Davon hat sie immer geträumt und sich Wissen über die Steinzeitmenschen angehäuft. Aber den Wolfsmenschen habe ich ihr nicht abgenommen.«

»Hat sie gesagt, warum sie untergetaucht ist und diese Nummer abgezogen hat?«

»Sie wollte nicht mehr in die Schule zurück und deshalb auf keinen Fall ins Jugendgefängnis oder in irgendeine Erziehungsanstalt.«

»Kommen Kinder wegen Schwänzens ins Gefängnis?«, zeigte sich Sauer in diesem Punkt unwissend.

»Ab dem vierzehnten Lebensjahr bei Dauerschwänzen sehr wohl.«

»Und warum wollte sie nicht mehr in die Schule gehen?«

»Esther und Tessa waren durch damit. Sie haben vom Davonlaufen, vom Aussteigen geträumt. Immer wieder haben sie sich mit dem Wolfsmenschen beschäftigt. Der hat ihnen zutiefst imponiert. Esther hat mich angerufen, weil sie von mir hören wollte, was die Außenwelt über die beiden denkt und sagt. Ich habe geglaubt, ja gehofft, dass die Mädchen aus freien Stücken zurückkommen. Esther hatte ich fast so weit. Aber Tessa wollte nicht so recht. Es tut mir leid, dass ich nicht mit der Polizei zusammengearbeitet habe. Es war offensichtlich ein Fehler.«

»Können Sie mir irgendetwas über die Pornoseiten im Internet erzählen?«

In diesem Augenblick kam der Arzt herein und ersuchte den Hauptkommissar, seine Konversation zu beenden. Sauer bedankte sich, wünschte Dabelstein gute Besserung und ging.

***

Es handelte sich nach den Osterferien nur um eine kurze Schulwoche. Am Mittwoch, als sich die schrecklichen Dinge am Baumwipfelpfad ereignet hatten, war der erste Schultag gewesen. Nach dem heutigen dritten, einem Freitag, würde schon wieder das Wochenende folgen. Die Kriminalbeamten wollten auf keinen Fall so viel für sie wichtige Zeit verstreichen lassen und heute endlich mit einigen Mitschülern der beiden Mädchen sprechen.

So fuhren Süß und Sauer abermals zur Marie-von-Ebner-Eschenbach-Gesamtschule und betraten das Gelände offenbar während der zweiten großen Pause. Das Erste, was beiden sofort ins Auge fiel, war die lautstarke Auseinandersetzung mit einer Aufsicht führenden Lehrerin und einem ausländisch ausschauenden Schüler.

»Das ist doch Hasan«, stellte Ramona Süß fest, »der ist erst gestern Nachmittag durch eine Klassenkonferenz für drei Monate vom Unterricht ausgeschlossen worden.«

»Woher weißt du das?«, wollte Sauer von seiner Kollegin wissen.

»Ich bin zufällig darauf zugekommen.«

Interessiert näherten sich die beiden Besucher dieser Auseinandersetzung.

Auch wenn es sich bei besagtem Hasan um einen Sechstklässler handelte, wirkte er für diese Altersgruppe übergroß und wies eine körperliche Stärke auf, mit der er anderen Menschen Angst einflößen konnte, selbst wenn es Erwachsene waren. Viel schwerer aber wog, dass Hasan sehr wohl bemerkte, wie andere Schüler mit Migrationshintergrund sich in seinem unmittelbaren Umfeld versammelten und ihn und die Lehrerin demonstrativ einrahmten, indem sie sich im Kreis um die beiden herum aufstellten.

»Wenn du nicht sofort das Schulgelände verlässt, rufe ich die Polizei«, beschwor die zierliche Person von ungefähr dreißig Jahren den Schüler, der angriffslustig seine Hände in die Hüften bohrte und unverschämt zu grinsen begann.

»Dann tun Sie es doch! Ich darf hier sein. Hat Regierung gesagt. Fragen Sie Schulleitung.«

Die zierliche Lehrerin zeigte sich verunsichert durch diese Aussage. Viel mehr aber bereitete ihr die bedrohliche Kulisse der anderen Schüler Sorge, die sich wie eine lebende Mauer um sie herum positioniert hatten. Gemeinsam stimmten sie ein und begannen laut die türkische Nationalhymne zu singen. Die anderen, zum Teil wesentlich älteren Schüler türkischer Abstammung kamen den beiden dabei immer näher, indem sie den Kreis kleiner werden ließen und der gespenstischen Szene einen sehr aggressiven Ausdruck verliehen.

Als die Lehrerin sich der Übermacht der Schüler ausgeliefert sah, verstummte sie augenblicklich. Nun ging Hasan auf einen der anderen türkischen Schüler zu, klatschte ihm mit der rechten Hand dessen Hand ab und alle verzogen sich wortlos, um sich wieder auf dem Hof zu verteilen und unter alle anderen zu mischen.

Süß und Sauer gingen auf die Lehrerin zu und stellten sich vor.

»Haben wir das gerade richtig beobachtet? Die Schüler haben Ihre Autorität als Lehrerin untergraben?«, sagte Sauer.

»Gleich klingelt es zur Stunde. Meine Aufsicht ist damit beendet. Ich habe den Schüler nicht im Unterricht.«

»Und Sie wollen das so durchgehen lassen?«, zeigte sich Süß irritiert.

»«Soll ich mir vier zerstochene Reifen oder ein völlig zerkratztes Auto einhandeln?«, beantwortete die Lehrerin die Frage mit einer Gegenfrage.

Fassungslos sahen die beiden die Pädagogin an und gingen ins Schulgebäude hinein, wo sie an der Tür der Schulleiterin klopften.

Nachdem sie freundlich empfangen und in ihr Dienstzimmer gebeten worden waren, fragte Ramona Süß nach Hasan, der doch am Vortage per Konferenzbeschluss der Schule verwiesen worden war.

»Ich habe gerade im Lehrer:innen-Zimmer einen Zettel ans Schwarze Brett gehängt, dass unser Beschluss von der nächst höheren Dienststelle außer Kraft gesetzt worden ist. Gerade wurde ich von meiner Vorgesetzten angerufen, dass eine entsprechende Weisung ergangen sei, nachdem Hasans Eltern bei der Schulbehörde Beschwerde eingelegt haben, der ganz offensichtlich stattgegeben wurde. Sie haben von ihrem Widerspruchsrecht Gebrauch gemacht.«

»Für uns sah das so aus, als wenn die türkischen Schüler die Lehrkraft bedroht hätten«, konstatierte Sauer.

»Was heißt türkische Schüler? Viele sind Deutsche. Sie haben unseren Pass. Und wenn Sie als Vertreter der Polizeibehörde hier gegen unsere deutschen Mitschüler mit fremdländischem Aussehen vorgehen, weil Sie meinen, Türken hätten hier nichts zu suchen, muss ich Ihnen unterschwelligen Rassismus vorwerfen.«

»Moment, Moment! Die Aufsicht führende Lehrerin konnte noch nicht wissen, dass der Beschluss zu Hasans Schulverbot außer Kraft gesetzt worden ist, und hat ihn folgerichtig des Schulgrundstücks verwiesen. Das hat doch wohl nichts mit Rassismus zu tun! Eine Lehrerin weist einen Schüler zurecht, der Deutscher sein mag und türkische Wurzeln hat. Andere vermutlich Deutsche mit Migrationshintergrund singen lauthals die türkische Nationalhymne und bringen die Lehrerin auf diese Weise zum Schweigen«, versuchte Sauer klarzustellen.

»Es ist nicht verboten, die türkische Nationalhymne auf unserem Schulhof zu singen«, sagte die Schulleiterin daraufhin.

»Es ist auch nicht verboten, die ersten beiden Strophen der deutschen Nationalhymne zu singen. Würden Sie das als Provokation werten und auf Ihrem Schulhof unterbinden?«, fragte Sauer sichtlich erregt.

»Natürlich würde ich das Absingen der Nazihymne auf dem Schulhof unterbinden.«

»Als Hoffmann von Fallersleben dieses Lied getextet hat, gab es noch keine Nazis. Folglich handelt es sich bei dem Lied der Deutschen auch um keine Nazihymne.«

»Um den Streit über Hymnen beizulegen, schlage ich vor, Sie begleiten uns jetzt in die Klasse von Esther und Tessa. Wir möchten mit den Mitschülern sprechen«, sagte Ramona Süß in versöhnlichem Tonfall.

»Auch mit den Mitschülerinnen?«, fragte Frau Messerschmitt-Karmrodt.

»Selbstverständlich«, lächelte Ramona Süß, während Yannick Sauer noch immer nach Luft rang.

»Dann bringe ich Sie jetzt zu den Schüler:innen«, sagte die Schulleiterin demonstrativ das letzte Wort betonend und ging ihnen voraus.

Die Klasse 7.2, deren Klassenleitung sich Frau Machlowitz und Herr Dabelstein teilten, befand sich im zweiten Geschoss des Flachbaus.

Vor der Tür des Klassenzimmers angekommen vernahmen die Schulleiterin und ihre beiden Gäste eine enorme Lautstärke, die eher an eine Sportstunde erinnern mochte. Als auf das Klopfen von Frau Messerschmitt-Karmrodt niemand reagierte, öffnete sie die Tür einfach und trat ins Klassenzimmer. Die plötzliche Ruhe, die nun einkehrte, war weniger dem Respekt der Schülerinnen und Schüler vor der Schulleiterin geschuldet, als der Neugier, weshalb sie mitten in den Unterricht hereinplatzte. Sie konnte nur sehr kurz eine Ansage als Grund für ihren Besuch machen und die Gäste vorstellen, da verfiel die Klasse schon wieder in die zuvor dagewesene Lautstärke und demonstrierte völlige Gleichgültigkeit gegenüber den Kriminalbeamten.

Als Süß und Sauer den Klassenraum betraten, bot sich ihnen ein Bild des Chaos. Frau Machlowitz unterrichtete Kunst und hatte Tuschkästen sowie abgerollte Tapeten auf dem Fußboden verteilen lassen. Die Schülerinnen und Schüler hatten Farben mischen und auf die Tapeten auftragen müssen. Sie alle liefen barfuß durch den Raum und hatten bunte Füße, die in den abenteuerlichsten Farben leuchteten. Sie sollten sich durch den Raum bewegen und bei den anderen in die Farbkleckse treten, um anschließend ihren bunten Fußabdruck überall zu hinterlassen. Einige drückten mit Freude ihre bemalten Füße den anderen ins Gesicht und alle schmadderten voller Begeisterung mit den Farben herum.

Den beiden Kriminalisten fehlte jegliche pädagogische Fantasie, um dem ganzen Unterfangen auch nur einen Funken von Sinnhaftigkeit abgewinnen zu können. Für sie war es organisiertes Chaos, in dem die Siebtklässler sich nach allen Regeln der Kunst im Kladderadatsch austoben konnten. Sie waren aber auch keine Lehrer und so enthielten sie sich jeglichen Kommentars.

Einem Schüler schien das Herumschmaddern ganz besonderen Spaß zu machen. Er war kaum zu bremsen und wollte immer die Gläser mit dem von den Pinseln gefärbten Wasser umschmeißen. Eine ältere Frau rannte ständig hinter ihm her und versuchte, Schlimmeres zu verhindern. Es handelte sich zweifelsohne um ein beeinträchtigtes Kind mit seiner Schulbegleiterin.

Ein anderer Junge fing laut zu weinen an und stürzte aus dem Klassenraum. Im Vorbeieilen sahen die Kriminalisten seine komplett nasse Jeans. Der Junge hatte sich offenbar eingenässt und schien ebenfalls zu den Beeinträchtigten zu gehören.

Die Schulleiterin bat die Klassenlehrerin, ihm zu folgen und ihn ins Sekretariat zu begleiten, wo alles vorbereitet war, um ihm im Falle eines Falles helfen zu können, also wo er trockengelegt und seine Wäsche gewechselt wurde.

Dann lachte Frau Messerschmitt-Karmrodt die Besucher an und rief freudig erregt aus: »Das ist gelebte Inklusion in einer bewegten Schule.«

Süß und Sauer blieb das Lachen im Halse stecken.

Die Schulleiterin ging auf zwei Mädchen zu und flüsterte ihnen etwas ins Ohr. Daraufhin kam sie mit ihnen zusammen zu den Kriminalisten und bot den vieren das Elternsprechzimmer für ein Gespräch an. Die Mädchen mussten sich zuvor am Waschbecken im Klassenraum die mit Tuschfarbe bemalten Füße waschen, was in einer mittelschweren Wasserschlacht mit allen anderen endete, bevor sie sich Socken und Schuhe anziehen und nach draußen gehen konnten.

Frau Messerschmitt-Karmrodt schloss die Tür zum Elternsprechzimmer auf und wollte sogleich mit hineingehen, als Sauer sie zurückhielt und darum bat, mit den beiden Mädchen ohne ihre Gegenwart sprechen zu dürfen. Zähneknirschend drehte sie sich um und ging wortlos den Flur hinunter.

Die eine Schülerin hieß Zoe und die andere hörte auf den Namen Liz. Beide waren schon dreizehn. Bei der Wasserschlacht am Waschbecken im Klassenraum hatten sie wie alberne Kinder gewirkt. Doch von einem Augenblick zum anderen schienen sie sich regelrecht in junge Damen verwandelt zu haben, die ebenso gut siebzehn Jahre hätten zählen können. Ramona Süß verglich sie innerlich mit ihrer eigenen Tochter und konnte keine größeren Unterschiede im Aussehen festmachen, die Auskunft über das Alter gaben.

»Warum hat die Schulleiterin euch für das Gespräch mit uns ausgesucht?«, wollte Sauer von den beiden wissen.

Sie zuckten mit den Schultern. Ihre Gesichter vermittelten den Ausdruck von Ahnungslosigkeit.

»Seid ihr mit Esther und Tessa befreundet?«, fragte schließlich Ramona Süß, um dem Gespräch irgendwie auf die Beine zu helfen.

Sie nickten, zogen es aber vor, zu schweigen.

»Ihr braucht keine Angst vor uns zu haben, weil wir von der Polizei sind. Es wäre schön, wenn ihr uns etwas über die beiden sagen könntet«, entgegnete Sauer daraufhin.

»Was sollen wir denn sagen?«, fragte nun Zoe.

»Haben euch die beiden mal anvertraut, dass sie geplant hatten, über die Osterferien abzuhauen und unterzutauchen?«, wollte Süß von ihnen wissen.

»Sie haben vor einiger Zeit eine Höhle im Wald gefunden. Hinter der Marienteich-Baude. Da wollten sie übernachten«, gab Liz zur Antwort.

»Sind die beiden je dem Wolfsmenschen begegnet?«, fragte Sauer daraufhin.

»Sie haben das einfach so gesagt«, meinte Zoe.

»Wie haben sie sich zwei Wochen lang verköstigt?«, erkundigte sich Süß.

»Verköstigt? Was heißt denn das?«, verzerrte Liz ihr Gesicht.

»Essen und trinken«, sagte Sauer daraufhin.

»Sie haben sich immer was zusammengeklaut in den Supermärkten. Bei den meisten hatten sie schon Hausverbot«, wusste Zoe.

»Ihr kennt die Geschichte mit dem Foto von Esthers Genital im Internet?«, fragte Sauer.

»Sie meinen ihre Fotze?«, fragte Liz mit einem breiten Mund und vulgärem Gesichtsausdruck.

»Vielleicht können wir uns auf den Begriff *Scheide* einigen«, schlug Ramona Süß vor.

»Ja. Okay. Das ist nur passiert, weil der Kanake das wollte, der Esther gefickt hat«, sagte Liz.

Sauer zog die Augenbrauen hoch und sah seine Kollegin verzweifelt an. Er musste an seine Tochter denken, die beschlossen hatte, Lehrerin zu werden. Sauer selbst war froh, dass er sich in jungen Jahren anders entschieden hatte. Diese Jugendsprache war ja unerträglich.

»Wer ist der Kanake?«, setzte Süß das Gespräch fort, nachdem sie bemerkt hatte, wie angewidert sich ihr Kollege gerade zeigte.

»Der Türke aus der neunten. Enes«, gab Zoe frech grinsend zur Antwort.

»Enes – Penis«, lachte Liz.

»Dieser Enes hat also mit Esther geschlafen«, konstatierte Sauer.

Beide nickten.

»Wollte das Esther auch?«, zweifelte die Hauptkommissarin.

»Ja. Sie hat uns was von seinem redigierten Glied vorgeschwärmt«, meinte Liz.

»Erigiert«, korrigierte Sauer sie. Ihm war klar, dass die pubertären Mädchen mit der gehobenen Sprache ein wenig überfordert waren.

Fragend sahen sich die beiden an und die Kriminalisten waren sich nicht sicher, ob sie sie verstanden hatten.

»Wenn das Glied steif wird«, versuchte Ramona Süß, es vereinfacht zu erklären.

Daraufhin bekamen die Mädchen einen Lachanfall. Nachdem sie sich wieder beruhigt hatten, sagte Zoe: »Esther hatte Angst, dass ihre Fotze, ich meine, ihre Scheide nicht groß genug ist. Und Enes hat gesagt, türkische Mädchen rasieren sich zwischen den Beinen. Die sind sauberer als Deutsche.«

»Hat Enes die Fotos von Esther gemacht und ins Netz gestellt?«, fragte Sauer nach.

»Das durfte keiner wissen«, gab Liz kleinlaut zur Antwort.

»Hat er das gegen Esthers Willen getan?«, hakte Süß nach.

»Enes hat gesagt, Mädchen und Frauen haben nichts zu melden. Das steht im Koran. Sie haben zu machen, was der Mann sagt.«

»Das weißt du, Zoe, von Esther. Ich frage noch einmal in aller Deutlichkeit: Hast du auch eine Ahnung, ob dieser Enes deine Mitschülerin zum Sex gezwungen hat?«, sah Sauer sie sehr ernst an.

Sie schüttelte den Kopf.

»Du weißt es nicht oder er hat sie nicht zum Sex gezwungen?«

»Ich weiß es nicht, Herr Kommissar.«

»Wo finden wir diesen Enes?«, erkundigte sich Süß.

»Der hat gerade Schulverbot, weil er mit Drogen erwischt worden ist«, wusste Liz.

»Großer Gott!«, stöhnte Yannick Sauer vor sich hin.

Ramona Süß dankte den Mädchen für das Gespräch und schickte sie in den Unterricht zurück.

Die Hauptkommissare gingen zum Schulleitungszimmer, um sich bei Frau Messerschmitt-Karmrodt abzumelden. Sie trafen sie allerdings im benachbarten Zimmer der Sekretärinnen an, wo sie mit den drei Damen einen Kaffee trank.

»Das trifft sich gut«, sagte Ramona Süß lächelnd und stellte dann die folgende Frage: »Wir haben Grund zu der Annahme, dass Esther und Tessa bereits am Mittwoch vor den Osterferien nicht mehr in der Schule erschienen sind. Könnten wir bitte das Klassenbuch einsehen?«

»Gern. Dann bringe ich Sie jetzt in die Lehrer:innen-Station des siebten Jahrgangs. Konnten Ihnen die beiden Schülerinnen weiterhelfen?«, erkundigte sich die Schulleiterin eher neugierig als höflich interessiert.

»Ja. Wir bräuchten dann die Personalien eines gewissen Enes aus dem neunten Jahrgang«, sagte Süß, woraufhin die Schulleiterin wirsch reagierte und fragte, ob die Kriminalbeamten auch einen Nachnamen oder die genaue Klasse des betreffenden Schülers wüssten.

»Der Enes, der wegen Drogen vom Unterricht ausgeschlossen wurde«, gab Sauer kalt lächelnd zum Besten.

»Veranlassen Sie das!«, wies Frau Messerschmitt-Karmrodt die Sekretärinnen an und forderte die beiden Hauptkommissare auf, ihr zu folgen.

Doch Ramona Süß machte deutlich, dass sie nur ihr Kollege in die fragliche Lehrerstation begleiten würde. Sie hingegen hätte noch ein paar Fragen an die Sekretärinnen, worüber sich die Damen sehr verwundert zeigten.

Nachdem Yannick Sauer mit der Schulleiterin zusammen den Raum verlassen hatte, erkundigte sich die Hauptkommissarin nach dem Schüler, der den Klassenraum der 7.2 verlassen musste, weil er sich eingenässt hatte.

»Der Junge ist mit einem offenen Rücken geboren und leidet seit seiner Kindheit an schwerer Inkontinenz. Er ist ständig auf Windeln angewiesen«, erklärte eine der drei Sekretärinnen die Situation.

»Warum nässt er sich trotz Windeln ein?«, fragte Süß nach.

»Manchmal ist es ihm unangenehm, aus dem Unterricht hinauszugehen und seine Windel zu wechseln. Er hofft dann, dass es bis zur Pause gut geht. Doch gelegentlich verschätzt er sich. Besonders wenn er sich viel bewegt. Dann läuft er quasi über. Für solche Fälle sind wir da und helfen ihm dann.«

»Sie als Sekretärinnen? Steht denn so etwas in Ihrer Arbeitsplatzbeschreibung?«

»Natürlich nicht. Aber es musste eine Lösung gefunden werden. Wir haben einfach nicht genug Personal, um die Schüler:innen in ihren jeweiligen Bedürfnissen entsprechend zu unterstützen. Wir sind ja eine Inklusionsschule.«

»In der das Personal fehlt, um beeinträchtigte Schüler fachgerecht zu betreuen«, konstatierte die Hauptkommissarin.

»Ich habe selber drei Kinder. Eine Windel wechseln kann ich«, stellte die Sekretärin kategorisch klar.

Unterdessen war die Schulleiterin mit Hauptkommissar Sauer in der Lehrerstation eingetroffen. Drei Frauen und ein

Mann liefen hier umher. Schulbücher und Hefte lagen gebündelt auf dem Fußboden herum. Sauer kam das Lehrerzimmer wie eine WG in den Siebzigerjahren vor. Irgendwie wirkten auch diese Lehrkörper auf ihn, als stünden sie in ständiger Lauerstellung, um nicht die Weltrevolution zu verpassen. Nur waren sie nicht nackt wie jene Mitglieder einer Kommune von damals.

Nachdem Frau Messerschmitt-Karmrodt den Hauptkommissar vorgestellt hatte, verließ sie das Lehrerzimmer sogleich wieder.

»Ich würde gern das Klassenbuch von der Klasse einsehen, in die Esther und Tessa gehen, beziehungsweise gegangen sind.«

»Ist Tessa denn auch tot?«, zeigte sich der Lehrer besorgt.

»Das wollen wir nicht hoffen.«

Dann suchte der freundliche Herr das Buch aus einem Regal und händigte es ihm aus.

Sauer blätterte es durch und schaute sich die Spalte, in der die fehlenden Schüler eingetragen wurden, ganz genau an. Am Mittwoch sowie am Donnerstag vor den Osterferien war niemand als fehlend vermerkt worden, also auch Esther und Tessa nicht.

»Dann werden sie wohl in der Schule gewesen sein«, sagte der freundliche Lehrer daraufhin.

»Wir haben Grund zu der Annahme, dass sie das nicht waren.«

»War da nicht vor den Ferien irgendwas mit dem Klassenbuch?«, fragte daraufhin eine der Lehrerinnen in den Raum. Sie trug einen Strickpulli und hatte langes, blondes und gelocktes Haar. Ihr Alter schätzte der Hauptkommissar auf vierzig.

»Richtig. Das Klassenbuch war kurz vor den Ferien nicht aufzufinden«, wusste nun auch der Lehrer zu berichten.

»Das heißt?«

»Alle Kolleg:innen mussten am letzten Tag für Mittwoch und Donnerstag nachtragen. Kann sein, dass dann versäumt worden ist, die fehlenden Schüler:innen einzutragen«, sagte der Lehrer.

»Schön, dass Sie immer gendergerecht sprechen, dafür aber derart locker mit Dokumenten umgehen. Sie sind doch alle verbeamtet oder?«

»Was soll denn das heißen?«, reagierte eine der anderen Lehrerinnen aufgebracht. Sie war ein Strich in der Landschaft, blass und hatte gelocktes schwarzes Haar.

»Wenn die fehlenden Schüler nicht ins Klassenbuch eingetragen werden, lässt sich nicht klären, wo sie waren. Im Falle einer Mordermittlung kommt das einer kleinen Katastrophe gleich. Die Mädchen sind möglicherweise schon zwei Tage früher untergetaucht, als wir bisher angenommen haben.«

Ratlos sahen die vier Lehrkräfte den Hauptkommissar an.

»Wie geht es denn eigentlich unserem Kollegen Dabelstein?«, fragte jetzt der Lehrer, um von dieser Peinlichkeit abzulenken.

»Er ist auf dem Weg der Besserung. Würden Sie sagen, dass er ein besonderes Verhältnis zu seiner Schülerin Esther Klein gehabt hat?«

»Besonderes Verhältnis?«, wiederholte die blasse Lehrerin die Anmerkung des Hauptkommissars abfällig.

»Dabelstein ist ein engagierter Lehrer, der von seinen Schüler:innen geschätzt wird. Wir hoffen, dass er bald in die Schule zurückkehren kann«, stellte daraufhin die Lehrerin im Strickpulli fest und merkte dann noch weiter an, dass sie den Tod von Esther alle sehr bedauerten und inständig hofften, dass wenigstens Tessa unbeschadet zurückkehren möge.

Sauer bedankte sich und wünschte allen einen schönen Tag, bevor er die Lehrerstation verließ. Er hatte den Eindruck, dass es sich an dieser Schule um ein regelrechtes Vergehen zu handeln schien, wenn einmal nicht gegendert werden würde. Alle verhielten sich bis ins Äußerste politisch korrekt.

Dagegen hatte Sauer grundsätzlich nichts einzuwenden, auch wenn ihm diese Sprache zuweilen auf den Senkel ging. Ihn störte etwas anderes. Das Verhalten der Lehrkräfte wirkte verkrampft in dem Bemühen, nach außen ein Bild zu wahren, das irgendwie schief zu hängen schien.

Sauer wunderte sich darüber, dass ihm seine Kollegin Süß auf dem Flur entgegenkam.

»Am Ende dieses Ganges befindet sich das Zimmer der Schulsozialarbeiterinnen. Das weiß ich von den Sekretärinnen. Da würde ich gerne kurz einen Blick hineinwerfen.«

»Gute Idee! Darf ich mitkommen?«

»Ich bitte darum.«

Christine Schmalbuch-Buchheister war eine korpulente Frau von Mitte fünfzig mit schwarzen schulterlangen Haaren, denen das altersbedingte Grau offensichtlich weggefärbt worden war. Die Frau wirkte auf ihre Besucher, als könne sie zupacken und ließe sich auch nicht so schnell die Butter vom Brot nehmen. Sie fertigte gerade zwei Jungen ab, die mit irgendeinem Problem zu ihr gekommen waren. Die Stimme der Frau durchdrang den gesamten Raum, der eine Mischung aus Büro, Sprechzimmer und pädagogischer Spielwiese war.

Nachdem sich die drei miteinander bekannt gemacht hatten, nahmen die Gäste auf einem ramponierten Sofa Platz, das vermutlich sonst den Schülern vorbehalten war. Sie selber hockte sich auf einen großen grünen Sitzball ihnen gegenüber. Ramona Süß hatte sich für ihr Büro auf Anraten des Orthopäden ein ähnliches Utensil zugelegt.

»Sie sind allein hier zuständig?«, eröffnete Sauer das Gespräch.

»Eigentlich sind wir zu zweit. Ich bin von der Stadt angestellt und meine Kollegin vom Land. Aber sie ist seit drei Monaten krankgemeldet. Die Frau ist ein Unterbringungsfall. Alle anderen Schulen wollten sie natürlich loswerden, weil sie weder mit Lehrern noch mit Schülern klarkommt. Irgendwann, wenn es allen zu bunt wurde, hat sie sich monatelang krankgemeldet und ist so zum Wanderpokal der Schulen geworden. Deshalb habe ich die Dame jetzt und muss nun alles alleine machen.«

»Das ist sicherlich sehr unbefriedigend«, entgegnete Ramona Süß daraufhin.

»Wissen Sie etwas über die ermordete Schülerin Esther Klein und ihre Freundin Tessa Lohner?«, wollte Sauer wissen.

»Esther und Tessa haben sich nicht wohlgefühlt in ihrer Klasse. Sie wollten lieber in die parallele 7.3, was die Schulleitung kategorisch abgelehnt hat.«

»Und warum wollten sie das?«, fragte Süß.

»Die Mädchen haben es als Zumutung empfunden, einen Autisten mit Schulbegleitung, einen auf Windeln angewiesenen Jungen, der trotzdem ständig eingenässt ist, und eine Schülerin, die häufig während des Unterrichts einen epileptischen Anfall bekommt, in der Klasse zu haben. Ich wurde dann per Handy in den Klassenraum gerufen, wenn die Schülerin vom Stuhl gefallen war und am Boden zappelte. Ich habe sie während ihres Anfalls mit beiden Händen festgehalten und nach unten gedrückt.«

»Und die übrigen Schüler?«, wunderte sich Sauer.

»Wir haben akute Raumnot. Der Unterricht musste weitergehen.«

»Aber wäre nicht eine medizinische Betreuung angesagt gewesen?«, fragte Süß.

»Inklusion zum Nulltarif. Die Förderschulen werden runtergefahren und geschlossen. Die Förderlehrkräfte unterrichten im Gießkannenprinzip. Schauen Sie sich doch den Krankenstand bei den Lehrkräften an! Und die Schüler schwänzen, wo sie nur können.«

»Aber ist es nicht das pädagogische Ziel einer Inklusionsschule, dass behinderte und nicht behinderte Kinder zusammen leben und lernen?«, wunderte sich Sauer.

»Erstens sind Kinder grausam. Stottert ein Kind und bekommt keinen Ton heraus, lachen sich die meisten halbtot. Und der blinde Junge geht mit seinem weißen Stock immer allein während der Pause den Flur entlang. Wenn es mal Kontakt zu nicht beeinträchtigten Schülern gibt, dann haben diese ihm ein Bein gestellt, sodass er gestürzt ist. Und zweitens nehmen die Kinder mit Beeinträchtigung einen großen Raum ein. Das müssen sie. Aber das geschieht auf Kosten der anderen, die darauf nicht ständig Bock haben. Glauben Sie, ein junger Erwachsener, der gesund ist, heiratet einen Behinderten, nur weil beide in einer Inklusionsklasse gemeinsam gelernt haben? Das alles ist im Grundsatz und im Prinzip gut gemeint. Aber ich erlebe hier in diesem Büro den Frust der Behinderten auf der einen und den der Nichtbehinderten auf der anderen Seite. Und nachmittags den Frust der Lehrkräfte, die sich bei mir ausheulen. Ein Inklusionskind wird doppelt gezählt. Statt dreißig Kindern befinden sich dann nur 29 in einer Klasse. In der 7.3 sind drei Inklusionskinder, also 27 Schüler.«

Es fiel Sauer angenehm auf, dass die Sozialpädagogin nicht genderte und derart offen die Probleme ansprach.

»Jetzt mal zu Lehrer Dabelstein. In welchem Verhältnis stand Esther zu ihm?«, versuchte sich Ramona Süß vorsichtig an diese spezielle Thematik heranzutasten.

»Dabelstein wird viel unsinniges Zeug nachgesagt, weil er im Kollegium nicht wohlgelitten ist. Er lässt es manchmal an der nötigen professionellen Distanz zu seinen Schutzbefohlenen fehlen. Er fühlt sich für sie verantwortlich. Esther war verknallt in ihn. Er hat sie nicht vor den Kopf gestoßen, ihr aber unmissverständlich klargemacht, dass sie sich das aus dem Kopf schlagen müsse.«

»Dabelstein stand in telefonischem Kontakt zu Esther während der Zeit, als sie vermisst wurde«, sagte Sauer daraufhin.

»Sieht ihm ähnlich. Er wollte vermitteln und helfen. So kenne ich ihn. Leider manchmal außerhalb der Legalität. Er hat auch immer versucht, um Verständnis bei den Mädchen für die beeinträchtigten Mitschülerinnen und Mitschüler zu werben.«

»Wohl vergeblich«, stellte Süß klar.

Dieser Mann sollte ein Mörder sein? Das wollte dem Hauptkommissar nicht in den Kopf.

»Was wissen Sie über die Pornoseite im Internet?«, wollte Sauer nun wissen.

»Mädchen dieses Alters wollen manchmal bestätigt bekommen, wie erwachsen sie doch schon sind, wenn die Schambehaarung einsetzt oder die Regel. Das führt nicht selten bei älteren Jungen zu Missverständnissen. Wenn die dann zufassen, stellen die Mädchen plötzlich fest, dass sie eigentlich noch Kinder sind, und möchten am liebsten nur noch ausreißen. Nicht immer gelingt ihnen das. Zur heutigen Zeit gehört es dazu, sich nackt im Internet zu präsentieren, ohne sich im Klaren darüber zu sein, was das für die Betreffenden bedeutet.«

»War der Schüler Enes aus der neunten Klasse dabei?«

»Dem traue ich alles zu, Frau Hauptkommissarin. Aber beweisen fällt schwer. Was glauben Sie, wie lange es gedauert hat, ihm nachzuweisen, dass er viele Schüler dieser Schule regelmäßig mit Gras versorgt hat? Wenn dann hier völlig bekiffte Elfjährige kichernd auf meinem Sofa liegen und deren Eltern gerufen wurden, damit sie die Kinder aus der Schule abholen, müssen Sie sich mal das verständliche Theater anhören, das Erziehungsberechtigte dann veranstalten. Jedes Elternteil muss doch davon ausgehen können, dass sein Kind in der Schule gut und sicher aufgehoben ist.«

»Was offensichtlich auch nur eine Illusion zu sein scheint«, sagte Sauer gedankenversunken und dachte erleichtert daran, dass seine eigenen Kinder die Schulzeit längst hinter sich gelassen hatten.

Beide verabschiedeten sich von der redseligen Dame und kehrten der IGS den Rücken zu. Bevor sie das Schulgrundstück verließen, drehten sie sich noch einmal um und besahen sich das Gelände kritisch.

»Nun stell dir vor, du müsstest hier jeden Tag von morgens bis nachmittags hin und solltest den Kindern noch was beibringen!«, stellte Sauer fest.

»Das möchte ich mir lieber nicht vorstellen. Wer will denn heute noch Lehrer werden? Scheiß auf die Ferien und das Geld sowie den Beamtenstatus!«

***

Familie Atay bewohnte eine Vierzimmerwohnung in einem Mehrparteienhaus. Die Hauptkommissare Süß und Sauer hatten ihren Besuch bei der Familie, aus der der Schüler Enes stammte, gut vorbereitet. Sie wussten aus ihren Polizeiunterlagen, dass das Ehepaar Atay, das seit über zwanzig Jahren in Bad Harzburg lebte, insgesamt fünf Kinder besaß, davon vier Jungen und ein Mädchen.

Die drei älteren Jungen saßen allesamt wegen unterschiedlicher Delikte im Gefängnis. Das Mädchen zählte achtzehn Jahre und öffnete die Wohnungstür, nachdem Süß und Sauer geklingelt hatten. Das jüngste Kind, Sohn Enes, der wegen Drogen vom Schulunterricht ausgeschlossen worden war, hielt sich ebenfalls zusammen mit den Eltern in der Wohnung auf.

Tochter Hatice bat die Besucher herein. Sie trug ein kurzärmeliges Shirt, eine Jeans und lief auf schwarzen Socken. Ihre Haare waren kurz gehalten und pechschwarz. Sie war eine auffallend hübsche junge Frau, die im Gegensatz zu ihrer Mutter kein Kopftuch trug.

Das Ehepaar saß mit seinen beiden Kindern im Wohnzimmer und schaute fern. Es lief ein Programm in türkischer Sprache. Die Eltern blieben in ihren Sesseln sitzen und nahmen ihre Besucher nicht weiter zur Kenntnis. Als die Tochter den beiden auf Türkisch mitteilte, um wen es sich bei ihren Gästen handelte, nickten sie ihnen im Sitzen zu und brammelten Unverständliches.

Hatice erklärte den Beamten, dass ihre Eltern leider kein Deutsch verstünden.

»Wir nehmen aber an, dass Ihr Bruder Enes Deutsch versteht. Seinetwegen sind wir hier«, lächelte Sauer das bildhübsche Mädchen an und fragte sich insgeheim, ob deren Eltern in jungen Jahren einmal ähnlich ausgesehen hatten. Heute wirkten sie alt, unbeweglich und waren ziemlich beleibt. Ihnen schien die nötige Bewegung zu fehlen.

Enes blieb ebenfalls sitzen und Hatice nahm wieder ihren Platz ein, den sie kurzzeitig verlassen hatte. Den Besuchern bot sie nicht an, sich irgendwo zu setzen, weil es in diesem kleinen Wohnzimmer einfach keine weiteren Sitzgelegenheiten gab.

»Enes! Wir möchten mit dir sprechen. Würdest du dich zu diesem Zwecke bitte aus deiner Komfortzone bewegen und aus dem gemütlichen Sessel aufstehen?«, grinste Sauer ihn an.

Ein wenig verlegen, ja regelrecht schüchtern stand der junge Mann mit Pausbacken und dicklichem Leib schließlich auf und stopfte seine Hände in die Tasche seiner Jogginghose.

Die Eltern schauten im Wechsel misstrauisch auf ihren Sohn und die beiden Kriminalbeamten. Das türkische Fernsehprogramm lief weiter.

»Welche Verbindung hast du zu Esther Klein?«, wollte Sauer wissen.

Ramona Süß stand nur schweigend im Raum. Sie hatte vorher mit ihrem Kollegen verabredet, aus taktischen Gründen nur ihn reden zu lassen, falls die Familie aus traditionell-religiösen Gründen ein Problem mit gleichberechtigten Frauen haben sollte.

»Weiß nicht«, zuckte er mit den Achseln.

»Ich nehme an, es wird dir nicht entgangen sein, dass deine Mitschülerin auf noch nicht geklärte Weise zu Tode gekommen ist?«, wurde Sauer deutlich.

»Ja.«

»Vernehmen Sie da meinen Bruder gerade?«, fiel Hatice dem Hauptkommissar ins Wort.

»Kennen Sie sich mit so was durch die unfreiwillige Bekanntschaft Ihrer drei Brüder mit der Polizei aus? Dann müssten Sie wissen, dass ich Ihrem Bruder lediglich ein paar Fragen stelle.«

Die Mutter schien aufgrund der Tonlage und der Mienen von ihrer Tochter und dem Kriminalbeamten mitbekommen zu haben, dass sich der Besuch der beiden Polizeibediensteten irgendwie gegen ihren einzigen Sohn zu richten schien, den sie noch nicht ans Gefängnis verloren hatte. Beunruhigt hob sie ihren Zeigefinger und bewegte ihn in aufrechter Haltung hin und her.

»Leben Sie vom Sozialamt?«, fragte jetzt Ramona Süß entgegen der ursprünglichen Verabredung.

»Sozialamt«, wiederholte die Mutter. Bei diesem Wort war sie regelrecht munter geworden.

»Na und? Sind wir deshalb schlechte Menschen?«, fragte Hatice in aggressiver Art zurück.

»Niemand von Ihnen ist schlecht. Aber wer eine Straftat begeht, muss dafür auch geradestehen.«

»Das tun meine Brüder, wie Sie wohl wissen werden. Und mein kleiner Bruder Enes hat nichts verbrochen.«

»Weshalb, bitteschön, wurde er dann für drei Monate von der Schule beurlaubt?«, donnerte Sauer zurück.

»Schule geht die Polizei gar nichts an.«

»Frau Atay! Schule muss Straftaten anzeigen. Enes ist sechzehn und ist dabei erwischt worden, als er auf dem Schulhof mit Drogen gehandelt hat. Meine Kollegen vom Drogendezernat werden sich schon noch bei Ihnen melden. Wir aber sind hier wegen eines Tötungsdelikts, in dem wir ermitteln«, stellte Sauer klar.

»Mit Mord hat Enes nichts zu tun. Und wenn Sie deswegen hier sind, dann sagt mein Bruder gar nichts mehr. Wir rufen unseren Anwalt an. Wie ist noch einmal Ihr Name?«

»Yannick Sauer. Dann rufen Sie Ihren Anwalt an und wir laden Ihren Bruder vor. Machen wir es eben ganz offiziell. Sie hören von uns. Schönen Tag noch!«

* * *

Das Kommissarenduo fuhr unangemeldet noch einmal zum Ehepaar Klein, den Eltern von Esther. Sie trafen sie zu Hause an. Der Dämmerzustand, in dem sie die beiden bei ihrem letzten Besuch vorgefunden hatten, schien noch nicht abgeebbt. Die Kleins bekundeten, dass es ihnen nach wie vor nicht gut ginge, und fragten, wann sie ihre Tochter endlich sehen dürften. Sauer versprach, in der Gerichtsmedizin nachzuhaken, und stellte die Begegnung für den folgenden Tag in Aussicht.

Der eigentliche Grund, weshalb Süß und Sauer Esthers Eltern nochmals aufgesucht hatten, war ein anderer. Sie wollten bestätigt haben, dass Esther am letzten Schultag vor den Osterferien nicht zu Hause geschlafen hatte, sondern bei ihrer Freundin Tessa.

Die Kleins entschuldigten sich dafür, das nicht gleich richtig und vollständig ausgesagt zu haben. Schon am Mittwoch hatte Esther bei Tessa genächtigt, beschworen sie jetzt.

»Tessas Eltern haben erzählt, sie hätten bei Ihnen geschlafen. Damit steht fest, dass die Mädchen bereits am Mittwoch irgendwann verschwunden sind«, sagte Sauer.

»Aber die Schule muss doch vermerkt haben, wenn sie schon Mittwoch und Donnerstag nicht mehr dort gewesen sind«, stellte Erik Klein klar.

»Das hat sie eben nicht«, seufzte Ramona Süß.

Entgeistert sahen die Eltern die Kriminalbeamten an. Die bedankten sich und fuhren zusammen ins Büro zurück.

Da die Schule am bevorstehenden Wochenende geschlossen blieb, nahmen sich Süß und Sauer für den Samstag vor, den beiden verdächtigen Herren Renner und Isenberg aus Braunschweig ein bisschen auf den Zahn zu fühlen. Ramona Süß wollte deswegen bei den Kollegen aus der Löwenstadt um Amtshilfe ersuchen, bevor sie für heute den Feierabend einläutete. An Wochenende war für die Kriminalisten in Anbetracht einer Mordermittlung nicht zu denken. So dick war die Personaldecke der Polizei in Bad Harzburg nicht. Und mit Mord hatten nur wenige Beamte wirklich Erfahrung sammeln können.

Sauer hingegen beschäftigte noch etwas anderes. Liz und Soe wussten von Esther und Tessa, dass sie eine Höhle gefunden hatten, die sich in Richtung Marienteich-Baude befinden sollte. Am Vorabend war er dort mit Kollegen hingerufen worden, weil Menschen das Irrlicht in den Bergen beobachtet hatten. Er selbst hatte es auch zu Gesicht bekommen. Könnte sich dort Tessa aufhalten und eine Fackel geschwenkt haben? Das Gebiet ließ sich nur schwer eingrenzen. Doch eine Hundertschaft müsste auf Spuren stoßen. Aber wo sollte Sauer so viele Kollegen hernehmen? Jetzt am Wochenende würde es ohnehin schwierig werden. Da er nicht sicher sein konnte, die gesuchte Tessa dort wirklich zu finden, wollte er keinen unnötigen Druck aufbauen und eventuell nur die Pferde scheu machen. Er plante die Suchaktion für Montagabend ein und wollte am nächsten Tag die Vorbereitungen dafür treffen.

***

Für Yannick Sauer sollte der Arbeitstag jedoch noch nicht so schnell zu Ende gehen. Ramona Süß hatte sich gerade von ihm in den Feierabend verabschiedet, da klingelte sein Telefon. Dienstbeflissen wie er war, nahm Sauer den Hörer ab. Er wurde aufgefordert, mit zahlreichen anderen Kollegen auszurücken, da sich Anhänger der *Letzten Generation* auf der B 4 mitten in Bad Harzburg festgeklebt und den gesamten Wochenendverkehr zum Erliegen gebracht hatten. Schnell musste alles großräumig abgesperrt werden. Jede und jeder, die oder der noch einsatzfähig war, wurde gebraucht. So brausten die Dienstfahrzeuge der Polizei mit Blaulicht und Sirene durch die Straßen von Bad Harzburg in Richtung B 4.

Als Sauer mit drei anderen Kollegen sein Dienstfahrzeug verließ, sah er die auf dem Asphalt festgeklebten jungen Leute sowie die Autoschlangen in beide Richtungen. Es gab kein Durchkommen mehr, weder vom noch zum Torfhaus.

Feuerwehrbeamte rückten an, um die jungen Leute vom Asphalt loszubekommen.

Ein uniformierter Polizist kam auf Sauer zu und schnauzte ihn vorwurfsvoll an: »Da vorne sitzt Ihr Sohn mitten auf der Straße.«

Der Hauptkommissar hatte es befürchtet und ging wortlos in die von dem Kollegen gewiesene Richtung, bis er den 25-Jährigen mitten auf der mittleren Fahrspur sitzen sah, seine rechte Hand am Boden festgeklebt.

»Da dürften gar keine Bullen kommen. Sie wollen es nicht anders. Wir geben Gas und rollen einfach über die Arschlöcher drüber weg!«, brüllte ein aufgebrachter Autofahrer.

Sauer stellte sich demonstrativ vor seinen Sohn.

»Und? Musst du mich jetzt festnehmen?«, fragte der ihn in provokanter Weise.

»Die Feuerwehr wird dich losmachen und meine Kollegen werden eine Anzeige wegen Nötigung gegen dich erstatten. Ist es das wert? Mit Vorstrafen ist der berufliche Werdegang durch Steine gepflastert.«

»Was für ein Werdegang, wenn alles zerstört ist!«, konterte sein Sohn.

»Du bist alt genug. Deine Ziele kann ich nachvollziehen. Den Weg dorthin nicht. Ich boxe dich da ganz gewiss nicht raus. Da musst du alleine durch.«

»Keine Angst, Papa. Ich hätte dich auch nicht darum gebeten. Fahr du nur in die Waschstraße, damit dein SUV sauber wird und in der Sonne glänzt.«

Als er sich umdrehte, sah Sauer in die Augen eines anderen Kollegen, der ihn anranzte: »Ich habe gehört, dass es sich bei dem jungen Mann dort um Ihren Sohn handelt. Dann sorgen Sie gefälligst auch dafür, dass er da von der Straße verschwindet.«

»Wie denn, bitteschön? Er klebt ja fest!«

Sauer ging einfach fort, ließ den Kollegen stehen und regelte an anderer Stelle den Verkehr, obwohl es im Stillstand eigentlich nichts zu regeln gab.

Als er dann spätabends völlig erschöpft zu Hause ankam, traf er seinen Nachbarn Berkant Üglür, der mit seiner Frau und den beiden kleinen Töchtern die andere Doppelhälfte des gemeinsamen Hauses bewohnte.

Üglür war hier in Bad Harzburg als siebtes Kind einer Gastarbeiterfamilie geboren. Seine Geschwister und er hatten nirgendwo anders gelebt als irgendwo im Harz verstreut, während die Eltern nach der Verabschiedung des Vaters in den beruflichen Ruhestand vom Heimweh geplagt in die Türkei zurückgekehrt waren.

Berkant Üglür beherrschte die deutsche Sprache besser als die türkische und fühlte sich mehr zu Deutschland hingezogen als in die Türkei, wenngleich er an gewissen Traditionen festhielt, die ihm seine Eltern beigebracht hatten. Dazu gehörte zum Beispiel die Einhaltung des Ramadan und der Verzicht auf den Konsum von Schweinefleisch, obwohl die Familie ansonsten ihrer Religion eher die kalte Schulter zeigte. Von den ehemaligen Kindern trug keine Frau ein Kopftuch, während die Mutter darauf ihr ganzes Leben nicht verzichtet hatte.

Das Verhältnis der Familie Sauer zu den Üglürs gestaltete sich harmonisch und freundschaftlich. Eine bessere Nachbarschaft hätte sich niemand denken können. Die Frauen der beiden Familien tauschten Kochrezepte ihrer jeweiligen Herkunftsländer aus, sodass die Türken nicht selten Typisches von der deutschen Speisekarte kochten und umgekehrt.

Yannick Sauer liebte türkische Speisen und Berkant Üglür Rindergulasch oder Puffer.

Beiden Männern war im Augenblick nicht nach Essen zumute. Sie waren abgespannt von ihrer jeweiligen Arbeit und wollten nur noch in die Waagerechte kommen. Von daher wünschten sich die beiden gegenseitig einen schönen Feierabend und sicherten einander zu, demnächst mal wieder gemeinsam was zu trinken. Üglür liebte deutsches Bier und Sauer türkischen Raki. Doch im Augenblick konnte beide nur noch das Sofa oder besser gleich das Bett überzeugen.

… Vierter Tag …

Ein Kollege der Kriminalpolizei aus Braunschweig hatte die angeforderte Amtshilfe aus Bad Harzburg übernommen und bereits eine telefonische Voranmeldung bei den fraglichen Herren veranlasst.

Gemeinsam hatten sich Süß und Sauer in einem Dienstwagen, den der Hauptkommissar steuerte, auf den Weg in die Löwenstadt begeben.

»Vielleicht komme ich ja heute zu meinem Einkaufsbummel, der neulich nicht stattfinden konnte«, stellte Ramona Süß fest.

»Dann müsstest du aber mit dem Zug zurückfahren«, entgegnete Sauer etwas zähneknirschend.

Seine Kollegin lachte nur laut und ihm war klar, dass sie wohl bloß Spaß gemacht hatte. Aber seine einschlägige Lebenserfahrung sagte ihm, dass man sich da bei Frauen nie so ganz sicher sein konnte.

Es war ein kühler und regnerischer Samstagvormittag, der die zweitgrößte Stadt Niedersachsens mit einem tristen Grau überzog.

Im Polizeipräsidium an der Münzstraße hatte sich Hauptkommissar Boy mit seinen beiden Harzer Kollegen verabredet. Der 35-jährige schlanke Mann mit gewelltem blonden Haar schien erfreut zu sein über den Besuch, mit dem er nun gemeinsam zu einem dienstlichen Ausflug aufbrechen konnte, bei dem lediglich seine Anwesenheit gefragt war.

Hugo Renner bewohnte mit seiner Frau ein Haus im Stadtteil Broitzem. Der Regen hatte aufgehört und ein paar Sonnenstrahlen verirrten sich in der Landschaft, ohne jedoch einen Funken von Wärme zu versprühen. Der 60-jährige Anlageberater war auf den Besuch bereits vorbereitet und wunderte sich über das große Aufgebot der Polizei, das ihm zuteilwurde, da die Herrschaften zu dritt vor seiner Tür standen. Hauptkommissar Boy wies sofort darauf hin, dass er die Kollegen nur begleiten würde.

Sie fanden alle vier in seinem Wohnzimmer um einen ovalen gläsernen Tisch in einer Couchgarnitur Platz. Das große Fenster ermöglichte einen Blick in den Garten, in dem eine mächtige Magnolie in voller Blüte stand. Allerdings präsentierte sich die Hälfte aller Blüten braun, da sie den nächtlichen Frost der letzten Tage nicht verkraftet hatten und traurigerweise erfroren waren.

»Haben Sie den Mörder überführen können?«, erkundigte sich Renner.

»Was genau haben Sie beobachtet?«, fragte Sauer.

»Das Mädchen ist auf das Geländer geklettert. Der Mann, mit dem sie vorher Hand in Hand gegangen ist, war sehr aufgebracht. Beide schrien sich plötzlich an. Er packte sie am Arm. Es gab ein Hin und Her und dann stürzte sie schreiend in die Tiefe.«

»Haben Sie gesehen, dass er sie gestoßen hat?«, rückversicherte sich Süß.

»Es sah für mich so aus. Und weil der Mann so panisch davongelaufen ist, bin ich davon ausgegangen, *dass* er sie gestoßen hat.«

»Das ist etwas anderes, als Sie zuvor ausgesagt haben. Damals haben Sie beschworen, dass er das Mädchen gestoßen hat«, sah Sauer Renner bestimmend an.

»Sie haben sich hin und her bewegt. Beide. Er hatte das Mädchen am Arm. Es ist alles so schnell gegangen. Aber für mich hat er sie gestoßen.«

»Sie haben doch ausgesagt, dass Sie mit einem Ihrer Kunden, einem gewissen Dagobert Isenberg, zusammen nach Bad

Harzburg gefahren sind, den Sie dann aber abgesetzt haben, sodass sich Ihre Wege trennten«, resümierte Süß.

»Das war auch so.«

»Könnten Sie uns dann freundlicherweise erklären, warum sich besagter Dagobert Isenberg unter den zufälligen Zeugen des Mordes am Baumwipfelpfad befunden hat, sich also in unmittelbarer Nähe zu Ihnen aufhielt?«

»Nein, Herr Kommissar. Ich habe ihn dort nicht gesehen. Das muss ein Zufall gewesen sein. Aber nun ist der Baumwipfelpfad ja durchaus ein beliebtes Ziel für Harztouristen. Da wird der Mann dieselbe Idee gehabt haben wie ich.«

»Das wäre eine Erklärung«, sagte Süß mit breiten Zähnen.

»Sagen Sie, was genau wollen Sie eigentlich von mir?«

»Sie sind der entscheidende Zeuge. Durch Ihre Aussage belasten Sie einen Mann, den die wenigsten für einen Mörder halten. Wir müssen uns von so einer wichtigen Person wie Ihnen ein Bild machen. Wie glaubwürdig sind Sie?«, führte Sauer an.

»Was ich gesehen habe, hat sich mir erschlossen, wie ich es ausgesagt habe. Nachdem ich den Mann gejagt und dadurch fast in den Tod getrieben habe, möchte ich ihn jetzt nicht noch ein Leben lang ins Gefängnis bringen. Vielleicht können Sie da ja noch genauer ermitteln.«

»Das werden wir. Haben Sie uns nichts weiter zu sagen? Jetzt könnten Sie es aus freien Stücken tun. Sollten wir Sie mit etwas anderem konfrontieren, das Sie uns verschweigen, wir aber selbst herausgefunden haben, wäre es ein bisschen spät«, riet Sauer dem Anlageberater.

»Womit sollten Sie mich konfrontieren?«

»Ich weiß es nicht. Aber glauben Sie, dass wir Ihre Erklärung, dass Herr Isenberg und Sie sich im Harz getrennt haben, um dann im Angesicht eines Mordes zufällig am selben Ort zu sein, ohne dies zu bemerken, für besonders glaubwürdig halten?«, versuchte Sauer ihm ins Gewissen zu reden.

»Es war, wie ich es gesagt habe.«

»Wenn nicht, Herr Renner, können wir Sie vom Mordverdacht nicht ausnehmen«, beschwor ihn Frau Süß.

»Es sei denn, Sie sagen uns jetzt die Wahrheit.«

»Welche Wahrheit, Herr Kommissar?«, wurde Renner sichtlich erregt.

»Das Mordopfer wurde vor seinem Tod vergewaltigt. Von seinem Lehrer? Hat er das Mädchen deshalb in die Tiefe gestürzt?«, rätselte Süß.

»Vermutlich. Von mir ist die Kleine ganz gewiss nicht vergewaltigt worden. Darauf wollen Sie doch hinaus. Wenn ich als Tatzeuge jetzt zum Beschuldigten in der ganzen Angelegenheit werde, sage ich ohne meinen Anwalt kein einziges Wort mehr.«

»Müssen Sie auch nicht. Sie sind unser Zeuge. Alles andere sind Überlegungen, die wir anstellen müssen. Es gibt keine Indizien, die das belegen würden. Sie brauchen sich keine Gedanken zu machen. Wo ist Ihre Frau? Beim Einkauf?«

»Ja. Sonst begleite ich sie. Aber nun hatte sich ja die Polizei angekündigt.«

Daraufhin brachen die drei Beamten auf und fuhren weiter ins Kanzlerfeld, wo Dagobert Isenberg wohnte.

Ein hagerer Mann von Anfang sechzig öffnete die Tür seines Hauses und bat die ihm angekündigten Gäste herein. Er stellte sich als Dagobert Isenberg vor und präsentierte den drei Kriminalbeamten auch seine Ehefrau, die distanziert grüßend über den Flur an ihnen vorbeihuschte.

An den Wänden des Wohnzimmers hingen Tierköpfe. Laut Aussage von Isenberg waren die Geschöpfe lebendig gewesen, bis er sie eigenhändig erlegt hatte, um sie anschließend ausgestopft hier zu präsentieren.

Ramona Süß mochte es nicht, aus den Augen toter Tiere beäugt zu werden. Sie konnte nicht verstehen, wie man die Wände seines Wohnzimmers damit schmückte. Doch hierbei handelte es sich um eine Geschmackssache und Gott sei Dank waren Geschmäcker verschieden.

So zeigte sich der Braunschweiger Hauptkommissar Boy recht interessiert an diesen Tierköpfen. Er war stehen geblieben und besah sie sich aus der Nähe, während die beiden anderen sich mit dem Hausherrn über die Ereignisse am Baumwipfelpfad unterhielten.

Ihr Interesse galt auch anderen Dingen. So begann Yannick Sauer damit, seine kriminalistischen Fragen zu stellen.

»Herr Isenberg, wir haben Sie als einen der Befragten notiert, die am Baumwipfelpfad zufällig Zeuge des schrecklichen Ereignisses wurden, das sich dort am Mittwoch nach den Osterferien ereignet hat. Sie sind an diesem Tag mit Herrn Renner zusammen in den Harz gefahren. Nach Aussage Ihres Bekannten hat er Sie abgesetzt und Ihre Wege haben sich getrennt. Aber am Ort des Geschehens sind Sie wieder beide gewesen. Können Sie uns das erklären?«

»Herr Renner hat mich da raushalten wollen und nicht ganz die Wahrheit gesagt, um mir Unannehmlichkeiten zu ersparen. Das war gut gemeint von ihm, aber nicht besonders intelligent. Wir haben den Tag gemeinsam im Harz verbracht, wie wir das öfter tun. Plötzlich war da ein Geschrei. Wir sahen einen Herrn und ein junges Mädchen, die beide irgendwie körperlich zusammenhingen, also quasi ineinander verschlungen waren. Sie stießen sich gegenseitig hin und her. Aber das Mädchen befand sich auf dem Geländer. Dann ist sie schreiend hinuntergestürzt. Der Mann kam uns entgegengelaufen. Er war außer sich. Renner packte ihn am Arm. Doch der Mann riss sich los und lief die Rotunde hinunter. Renner ist ihm hinterhergelaufen. Ich bin langsam in Richtung Ausgang gegangen und habe dort gewartet. Einige Zeit später kam die Polizei. Danach ist auch Renner zurückgekommen.«

»Davon haben Sie damals unseren Kollegen nichts erzählt.«

»Wie gesagt, ich wollte keinen unnützen Ärger.«

»Sie sind also ein zweiter Augenzeuge dieses Tötungsdeliktes. Was genau können Sie vor Gericht beeiden? Hat der Mann das Mädchen gestoßen oder wollte er verhindern, dass sie möglicherweise springt, und es war ein Unfall?«, fragte Ramona Süß.

»Ich habe es nicht genau sehen können. Und Renner konnte das auch nicht. Wegen der Flucht des Mannes hat er das unterstellt. Sollte das Mädchen von selbst gesprungen sein, würde ich mir die Frage stellen, warum? Kurz zuvor ist sie mit dem Mann Hand in Hand über den Baumwipfelpfad gegangen.«

»Aber Renner hat anfangs ausgesagt, gesehen haben zu wollen, dass der Mann das Mädchen gestoßen oder geschubst hat«, stellte Sauer klar.

»Ja. Ich weiß. Er war außer sich. Weil der Mann so schnell davongelaufen ist, hat er ihn für einen Mörder gehalten. Ich habe damals schon zu ihm gesagt, dass er unmöglich mehr gesehen haben kann als ich. Und ich habe nichts eindeutig erkannt.«

»Dann können wir den fraglichen Herrn auch nicht länger des Mordes beschuldigen. Hilfreich waren Ihre widersprüchlichen und teilweise gelogenen Aussagen wirklich nicht. Ich werde prüfen, ob das rechtliche Konsequenzen für Sie beide haben könnte. Trotzdem vielen Dank für Ihre ehrliche Aussage jetzt«, sagte Sauer.

Die drei brachen im Kanzlerfeld auf und fuhren noch zusammen in die Innenstadt von Braunschweig. Sie gingen zu Fuß zum Kohlmarkt, nachdem sie das Auto in einem nahegelegenen Parkhaus abgestellt hatten. Ihr Ziel war das Eiscafé. Bei wärmerem Wetter gestaltete es sich schwer, hier einen Platz zu finden. Doch wegen der fortwährenden Kälte konnten sich die Kriminalisten sogar den schönsten aussuchen und wählten einen Platz in der Sonne. Wenn die auch nur sporadisch hinter den Wolken hervorlugte, ließ sie für diese kurzen

Momente erahnen, zu welchen Höchstformen sie auflaufen konnte. Doch davon war das Thermometer in diesen Apriltagen noch weit entfernt und so blieb die Sonne ein strahlender Himmelskörper, ohne dabei viel Wärme zu versprühen.

Trotzdem bestellte sich Ramona Süß einen Eisbecher mit Sahne, während die Herren einen heißen Cappuccino bevorzugten.

»Warum haben die beiden ihre Aussage geändert?«, fragte Ramona Süß mehr sich selbst.

»Renner hat Dabelstein mit einer eindeutigen Aussage des Mordes beschuldigt und ihn fast zu Tode gejagt. Von Isenberg war keine Rede. Jetzt, wo wir ihm nachgewiesen haben, dass er nicht allein am Tatort gewesen ist, relativiert er seine Aussage, um nicht für eine lebenslange Verurteilung Dabelsteins verantwortlich gemacht werden zu können.«

»Vielleicht kann ich als Außenstehender auch etwas dazu sagen«, schlug der Braunschweiger Kollege Boy vor.

»Dann mal los!«, forderte ihn Ramona Süß auf.

»Renner hat den vermeintlichen Mörder fast in den Tod gejagt. Er stand unter Schock. Jetzt hat er sich besonnen und will das Leben des Mannes nicht komplett zerstören.«

»Wer hat Esther ihr Smartphone abgenommen und warum?«, überlegte Sauer laut.

»Und weshalb eskaliert die Lage zwischen ihr und ihrem Lehrer derart, nachdem sie kurz zuvor Hand in Hand über den Baumwipfelpfad geschlendert sein sollen?«, bekam Süß diese Puzzleteile nicht zusammen.

»Eure Arbeit möchte ich jetzt auch nicht machen müssen. Trotz allem ein schönes Wochenende. Oder das, was noch davon übrig bleibt«, lachte Boy.

***

Die Luft im gemeinsamen Büro der Kriminalisten war schlecht. Es roch abgestanden. Ramona Süß stellte gleich nach ihrer Rückankunft zwei Fenster schräg, während Yannick Sauer von dem Kollegen der Spurensicherung eine dienstliche Mail in seinem Computer vorfand. Olaf Richter hatte das Smartphone von Dabelstein bekommen, um es genauer zu untersuchen. Dort war am Morgen eine SMS eingegangen, die er nun an den Hauptkommissar weitergeleitet hatte.

Hallo her Dabelschtein,
warum Meldet sich Esther nicht meer bei mier? sie haben sich doch mit ihr Getrofen. Ich wate ganz allein und bin verzweifelt.
LG Tessa

»Das gibt es ja nicht!«, schrie Sauer freudig erregt auf.

»Was gibt es nicht?«, fragte Süß leicht irritiert.

»Tessa lebt. Sie hat Dabelstein geschrieben, weil sie Esther verständlicherweise nicht erreicht. Das Mädchen ist allein. Die beiden müssen demnach verabredet haben, dass sie sich für kurze Zeit trennen. Esther wollte sich mit dem Lehrer treffen und dann wieder zu Tessa zurück. Aber warum?«

»Dann sind sie also doch beide zusammen untergetaucht.«

»Und haben sich vermutlich ganz hier in der Nähe aufgehalten. Der Kollege Richter soll uns Dabelsteins Smartphone bringen. Wir haben dadurch Kontakt zu Tessa. Mit einem Trick können wir sie aus ihrem Versteck locken. Sie weiß noch nicht, was passiert ist, und darf es vorerst nicht erfahren. Vielleicht kann ich mir somit den Einsatz einer Hundertschaft am Montag ersparen und wir finden Tessa mit Dabelsteins Handy noch an diesem Wochenende.«

»Was hast du vor?«

»Ich schreibe ihr zurück und verabrede mich mit ihr.«

»Als ihr Lehrer?«

»Anders geht es nicht, Ramona. Zu ihm hat sie Vertrauen. Aber das Wichtigste für mich ist, dass Tessa lebt.«

»Wollen wir das ihren Eltern sagen?«

»Nein. Das wäre zu gefährlich. Es muss vorerst unser dienstliches Geheimnis bleiben.«

»Dann soll Richter schnell das Smartphone vorbeibringen. Ich rufe ihn deswegen gleich an«, beschwor Süß.

Sauer hing dem Gedanken nach, was aus Esthers Mobiltelefon wohl geworden war. Wer hatte es aus welchem Grunde an sich genommen und vermutlich verschwinden lassen?

***

Sauer konnte es kaum fassen, die Botschaft von Tessa im Original zu lesen, als er das Handy von Lehrer Dabelstein in den Händen hielt. Völlig aufgelöst las er es immer und immer wieder. Voller innerer Unruhe überlegte er krampfhaft, was er ihr schreiben sollte. Sie durfte auf keinen Fall Verdacht schöpfen. Da er nicht weitere kostbare Zeit verlieren wollte, begann er, seinen Text einzutippen.

Hallo Tessa,
Esther wollte nicht mehr länger fortbleiben und hatte Heimweh nach ihrem Zuhause. Sie hat mir aufgetragen, wenn du dich meldest, dann soll ich dir sagen, dass du auch zurückkehren sollst.
Dein Lehrer

Würde sie darauf anspringen? Yannick Sauer wartete. Sein Herz schlug bis zum Hals. Da ertönte ein Signal auf Dabelsteins Handy. Eine SMS war eingegangen.

Hallo her Dabelschtein,
schön, das sie mier antworten. Warum Meldett siech Esther nich selbs?

In diesem Augenblick wurde Sauer schlagartig klar, warum manche Lehrer das Zählen von Fehlern aufgaben und einfach unter einen Text schrieben: *Einige Wörter sind richtig.* So eine Maßnahme nannte sich positive Verstärkung. Wer es bis Klasse 7 noch nicht besser gelernt hatte, würde wohl sein ganzes Leben massive Probleme mit der Orthographie haben. Aber durch die vielen Fehler schien der Text authentisch. Die Rechtschreibung war derzeit das geringste Problem. Vielleicht nicht nur zurzeit, sondern immer. Es verstand doch jeder, was sie schrieb. Das allein zählte. Sauer musste ihr umgehend antworten und sich etwas einfallen lassen.

Ich habe mich mit Esther am Baumwipfelpfad getroffen. Komm doch bitte auch dorthin. Wie wäre es in einer Stunde?

Er ging aufs Ganze. Die Antwort folgte prompt.

Und warumm Antwortet Esther nich?

Ein falsch geschriebenes Wort wurde nicht einmal immer gleich falsch geschrieben, sondern wie es gerade kam.

Esthers Handy ist in die Radau gefallen. Es ist nicht mehr zu gebrauchen.

Ich kome in einer schtunde

Unten der Eingang an der Rotunde, schrieb Sauer zurück.

Okeh!

Aufgeregt erzählte Sauer von der schriftlichen Kommunikation mit Tessa seiner Kollegin Süß. Ihm fiel auf, dass sie kein Foto von ihr besaßen. Sauer mailte die Kollegen von der

Vermisstenstelle an und bat um sofortige Zusendung eines Fotos von dem verschwundenen Mädchen. Dann orderte er acht Kollegen in Zivil, die das fragliche Gelände absichern sollten, damit Tessa bloß nicht entwischen konnte.

»Falls uns das Mädchen in die Fänge geht, können wir das Wochenende einläuten. Ich rufe unsere Psychologin an, damit sie sich bereithält. Wenn Tessa erfährt, dass ihre Freundin nicht mehr am Leben ist, wird sie professionelle Hilfe benötigen«, war der Hauptkommissar sich sicher.

So trafen Süß und Sauer in Windeseile alle Vorbereitungen und brachen schließlich mit einem flauen Gefühl in der Magengegend zum Baumwipfelpfad auf.

Am Samstagnachmittag hielten sich sehr viele Touristen hier auf. Von daher glaubte Sauer, dass die Idee, das Treffen an diesem Ort zu verabreden, vielleicht nicht die beste war. Nun war es zu spät. Seine Kollegin und er mischten sich unter die Besucher und hielten Ausschau nach dem Mädchen.

Zweifellos! Das war sie. Sie kam den Weg von der B 4 hoch und marschierte arglos auf den Eingang zu. Mutterseelenallein! Ihre Blicke ließ sie zwischen all den Menschen umherschweifen und Tessa hielt Ausschau nach ihrem Lehrer, den sie hier zu treffen glaubte.

Süß und Sauer hefteten sich unmerklich an ihre Fersen. Sie durften den Zugriff nicht vermasseln. Das setzte sie unter Druck.

Tessa schaute auf ihr Handy. Vermutlich checkte sie die Zeit.

Zwei weitere Polizeibeamte in Zivil rahmten das Mädchen ein. Sie wirkten alle wie Touristen. Tessa wiegte sich in völliger Ahnungslosigkeit.

Nun trat Sauer direkt neben die Teenagerin und sprach sie an.

»Hallo! Ich komme in Vertretung für Herrn Dabelstein, der leider verhindert ist.«

Sie riss die Augen weit auf, drehte sich blitzartig um und wollte gerade in der Menge untertauchen und so die Flucht antreten. Da packten zwei andere Beamte das Mädchen an den Armen. Als sie sich daraufhin loszureißen versuchte, nahm der eine Polizist sie in den Kreuzfesselgriff.

Sauer zeigte ihr daraufhin seinen Dienstausweis und sagte: »Du musst keine Angst haben. Wir sind von der Polizei und werden dir helfen.«

Ihr Gesichtsausdruck sprach Bände. In ihrer Welt schienen sich Polizisten auf der anderen Seite zu befinden und zu den Feinden gerechnet werden.

Sie wurde zum Parkplatz neben der Seilbahnstation gebracht und mit einem zivilen Dienstfahrzeug zum Polizeirevier gefahren.

Süß nickte ihrem Kollegen zustimmend zu und hielt den Daumen hoch.

Die Aktion war geglückt. Tessa Lohner war der Polizei unbeschadet in die Fänge gegangen und ihre Odyssee hatte ein Ende gefunden.

***

Hauptkommissarin Süß fiel die Aufgabe zu, Tessas Eltern zu benachrichtigen. Unweigerlich musste sie an die handgreifliche Auseinandersetzung mit dem betrunkenen Vater denken, zu der es bei ihrem gemeinsamen Besuch dort mit dem Kollegen Sauer gekommen war. Als sie die Stimme der Mutter am Telefon vernahm, fiel ihr ein Stein vom Herzen. Mit deren Mann hätte sie ungern gesprochen, weil sie ihn für unberechenbar hielt.

In der Stimme von Frau Lohner lag nichts Selbstbewusstes. Sie klang eingeschüchtert und verängstigt.

Als Süß ihr die freudige Nachricht überbrachte, dass ihre Tochter unbeschadet wiedergefunden worden war, wunderte sie sich über die kühle Sachlichkeit, mit der die Mutter das zur Kenntnis nahm. Kein Ausdruck von Freude war zu vernehmen. Das kurze Gespräch zwischen den Frauen war von einer erschütternden Sterilität bestimmt.

Yannick Sauer fuhr unterdessen ins Krankenhaus. Da sich um Tessa zunächst einmal die Polizeipsychologin kümmerte, konnte er ihr am heutigen Tag ohnehin keine Fragen mehr stellen. So wollte er Dabelstein sein Handy zurückbringen und ihm bei dieser Gelegenheit berichten, dass Tessa unbeschadet wieder aufgetaucht war.

Dabelstein lag allein in seinem Zimmer, vor dem noch immer ein uniformierter Beamter saß und Wache schob. Für Sauer stand längst nicht fest, ob er noch in Gefahr sein mochte und der potenzielle Mörder ihn ins Fadenkreuz nehmen würde. Sollte ein anderer der Täter gewesen sein, könnte er jedenfalls verhindern wollen, dass der Lehrer die Wahrheit sagte, falls es sich um eine andere als die der Herren Renner und Isenberg handeln sollte.

Dabelstein wirkte auf Sauer verzweifelt. Der sollte sogleich den Grund dafür von ihm erfahren.

»Meine Frau will mich verlassen. Sie glaubt, dass ich etwas mit meiner Schülerin gehabt und sie deswegen getötet habe.«

»Aber daran, wie Esther zu Tode gekommen ist, erinnern Sie sich nicht mehr. Oder?«

»Nein. Ich versuche es krampfhaft. Doch da ist nur eine gähnende Leere.«

»Ihre Schülerin Tessa ist wohlbehalten zurück. Sie hat Ihnen eine SMS geschickt. Ich habe mich als Sie ausgegeben und sie in eine Falle gelockt. Die Polizeipsychologin kümmert sich jetzt um das Mädchen. Vielleicht kann sie schon morgen eine Aussage machen und wir erfahren mehr über den möglichen Tathergang.«

»Ich habe wirklich keine Erinnerung. Aber tief in mir drin ist eine Unruhe. Irgendein Schatten liegt auf meiner Seele. Es gibt doch noch das Unterbewusstsein.«

»Quälen Sie sich nicht zu sehr. Es gibt auch andere Spuren. Woran Sie sich erinnern müssen, ist das Folgende: Haben Sie sich jemals Esther Klein unsittlich genähert?«

»Nein. Niemals! Ich wahre manchmal nicht die nötige Distanz zu meinen Schülerinnen. Aber ich weiß immer, wo eine rote Linie ist. Die habe ich nie übertreten.«

»Ihre Schulleiterin spricht auch nicht so gut von Ihnen.«

»Ich habe sie schwach gesehen. Das verzeiht sie mir nicht.«

»Was soll das heißen?«

»Vor einer Reihe von Monaten habe ich ein Auto auf der Straße vom Torhaus nach Oderbrück im Straßengraben liegen sehen. Als ich angehalten habe, um mögliche erste Hilfe zu leisten, habe ich gesehen, dass es das Auto meiner Chefin war. Ich habe sie dann aus dem völlig verbeulten Fahrzeug gezogen und nach Hause gefahren.«

»Warum haben Sie nicht Polizei und Krankenwagen gerufen?«

»Weil sie mich inständig darum gebeten hat.«

»Aber wieso? Es wäre doch in ihrem eigenen Interesse gewesen.«

»Sie war sternhagelvoll. Ich wollte ihr die Schmach ersparen und all die schlimmen Konsequenzen, die das für sie nach sich gezogen hätte. Am nächsten Tag hat sie ihr Auto als gestohlen gemeldet. Da war es schon abgeschleppt und zur Polizei gebracht worden.«

»Frau Messerschmitt-Karmrodt, diese politisch so korrekte Frau, fährt schwer betrunken Auto, landet im Straßengraben und entzieht sich der Strafverfolgung? Interessant.«

»Wir sind alle nur Menschen, Herr Kommissar. Was hätte es gebracht, wenn ich mich anders entschieden hätte?«

»Eine völlig beschissene Situation. Da gebe ich Ihnen recht. Ich hätte meinen Chef auch nicht betrunken aus dem Auto ziehen wollen, mit dem er im Straßengraben gelandet ist.«

»Ich möchte meine Frau nicht verlieren. Ich kann doch nichts dafür, dass mein Erinnerungsvermögen verschwunden ist. Ich habe Esther nicht getötet. Das ist unmöglich.«

»Unmöglich ist es leider nicht. Bitte schreiben Sie Ihrer Schülerin Tessa jetzt nicht, wenn ich Ihnen Ihr Smartphone zurückgebe.«

»Versprochen.«

… Fünfter Tag …

Der Sonntag nach Ostern hieß früher im Volksmund *Weißer Sonntag.* Ihm gehörten die Konfirmationen der evangelischen Kirche. Diese Regel stammte aus jenen Zeiten, als die jugendlichen *Volksschüler* mit vierzehn zu Ostern aus der Schule entlassen wurden. Mit dem Abschlusszeugnis in der Hand und dem Segen Gottes nach der offiziellen Festigung im Glauben zogen die jungen Menschen ins Berufsleben. Das letzte Ostern, an dem ein Schuljahr endete und ein neues begann, war 1966. Seit 1967 fielen die Versetzungen in die nächsthöhere Klasse oder die Schulentlassungen in die erste Hälfte des Sommers. Und die Termine für Konfirmationen gestalteten sich von einer zur anderen Kirchengemeinde seit geraumer Zeit variabel.

Tessa Lohner hatte die letzte Nacht wieder zu Hause in der elterlichen Wohnung geschlafen. Bei dem stundenlangen Gespräch mit der Polizeipsychologin am Vortage hatte sie vom Tod ihrer Freundin Esther erfahren. Die schreckliche Nachricht schien ihr mächtig in den Knochen zu stecken.

Davon hatten Süß und Sauer Kenntnis bekommen, bevor sie an diesem Sonntagvormittag an der Wohnungstür der Familie Lohner klingelten.

Die Eheleute waren bei dem neuerlichen Besuch der Kriminalbeamten anders als bei deren letzten auffallend gut gekleidet. Es schien, als befänden sie sich im Aufbruch zum sonntäglichen Kirchgang, was die Kriminalisten jedoch nicht vermuteten. Offenbar wollten sie ihr Image ein wenig aufpolieren, um vor der Polizei einen besseren Eindruck zu hinterlassen.

So wurde beiden Platz und anschließend Kaffee angeboten. Herr Lohner bat noch einmal ausdrücklich um Entschuldigung für sein aggressives Verhalten beim letzten Besuch. Es war deutlich zu spüren, dass die Eheleute nicht unter dem Einfluss von Alkohol standen. Sie zeigten sich in gespielter Ehrfurcht vor den Beamten dankbar dafür, dass sie ihnen ihre Tochter zurückgebracht hatten.

»Wie geht es ihr denn?«, fragte Ramona Süß.

»Wir haben ihr zwei Schlaftabletten gegeben, damit sie überhaupt einpennen konnte«, sagte Lohner daraufhin fast fürsorglich, wobei die Kriminalisten sich fragten, ob sie jemals auf die Idee gekommen wären, ihren Kindern im Alter von zwölf Jahren gleich zwei Schlaftabletten zu verabreichen, wenn sie nicht in die nächtliche Ruhe hineingefunden hatten.

»Ich wecke sie mal auf und hole sie«, sagte die Mutter, deren Stimme einen durchsetzungsfähigeren Klang aufwies als bei dem Telefonat am Vortage.

Bis sie im Beisein ihrer Tochter ins Wohnzimmer zurückkehrte, sprachen die drei über Belanglosigkeiten, wobei Lohner angestrengt bemüht war, sich gewählt auszudrücken. Es schien ihm nicht leicht zu fallen, aber er war durchaus dazu in der Lage und verkörperte einen angenehmen Gesprächspartner. Allerdings waren die Themen ihrer Unterhaltung im Grunde inhaltlos. Für Sauer stellte es immer wieder eine Faszination dar, wie Menschen stundenlang miteinander reden konnten, ohne eigentlich irgendetwas auszusagen.

Tessa Lohner sah erbärmlich aus. Sie trug einen Jogginganzug und war barfuß. Völlig apathisch ließ sie sich auf das Sofa direkt neben ihren Vater fallen. Ihre dunklen Haare waren zerzaust, das Gesicht blass und die Zähne gelb.

»Warum ist Esther tot?«, eröffnete das Mädchen das Gespräch.

»Das hätten wir gern von dir gewusst«, gab Süß zur Antwort.

»Aber ich war doch gar nicht dabei.«

»Wo wart ihr beiden?«, fragte Sauer.

»In einer Höhle weit hinter der Marienteich-Baude. Wir haben sie als *lost place* im Internet gefunden.«

»Wie seid ihr da hingekommen?«, schob er sofort seine nächste Frage hinterher.

»Mit dem Bus. Von der Haltestelle dann zu Fuß durch das Gestrüpp und das Unterholz.«

»Warum seid ihr untergetaucht?«, wollte Süß nun von ihr wissen.

Wortlos zuckte Tessa mit den Achseln und drehte sich verlegen wirkend eine Locke in ihren fettigen herunterhängenden Haaren.

»Warum habt ihr euch getrennt? Weshalb ist Esther allein fortgegangen?«, fragte Sauer.

»Sie hat immer mit unserm Klassenlehrer Herr Dabelstein telefoniert.«

»Mit Herrn Dabelstein«, korrigierte Süß sie und fragte nach dem Grund.

»Herrn Dabelstein war der Einzige, der uns verstanden hat.«

Nun begriff auch Ramona Süß, wie wenig Sinn es machte, Jugendliche zu korrigieren, wenn ihnen grammatikalische Fehler unterliefen.

»Wobei hat er euch verstanden?«, hakte Sauer nach.

»Wir fanden die Schule so scheiße. Dieser Hosenpisser und dann die Alte, happy, aber eleppy, dieser schreckliche Autist. Das ist eine Doofen-Schule.«

»Das kannst du doch nicht sagen. Sie bemühen sich um jeden«, sagte Lohner fast erschrocken wirkend über die Aussage seiner Tochter, die er vermutlich insgeheim teilte.

»Sie bemühen sich um jeden Krüppel, aber um keinen Gesunden. Das bringt kein Bock.«

»Was habt ihr gedacht, mit eurem Untertauchen zu erreichen?«, wollte Süß wissen.

»Sie sollten uns endlich von der Schule schmeißen.«

»Weißt du etwas über einen gewissen Enes?«, fragte Sauer.

»Der Kanake hat mich gezwungen, Esthers Fotze zu fotografieren und die Bilder ins Internet zu stellen.«

»Während deiner Abwesenheit haben wir uns darauf verständigt, den Begriff *Scheide* zu verwenden«, ergänzte Sauer noch.

»Noch was?«, sah Süß Tessa mit bohrendem Blick an.

»Er hat sie zum Sex gezwungen. Angeblich soll das einen noch besseren Kick bringen als ein Joint. Aber Esther wollte das nicht. Und dann hat Enes ihr noch gesagt, wer Haare an der Fot..., also da unten zwischen den Beinen hat, ist ein Christenschwein. Aber unsere Lehrer und die voll fette Schulleiterin haben immer den Kanaken recht gegeben. Außer Herr Dabelstein.«

»Du weißt, was Kanaken sind?«, fragte Sauer.

»Ja. Da brauchen Sie nur an unsere Schule zu kommen.«

»Mein Kollege meint, Kanaken stammen aus dem polynesischen Raum. Das Wort heißt auf Deutsch so viel wie Mensch. Du meinst sicher Türken«, belehrte sie Ramona Süß.

»Dann eben Kümmeltürken!«, donnerte Tessa vor sich hin.

»Die haben alle kein Benehmen, diese Türken«, stellte nun ausgerechnet Vater Lohner fest.

Den Kriminalisten war klar, dass sich hier eine gewisse ausländerfeindliche Einstellung mit konkreten Erlebnissen vermischte, wo ein türkischer Mitschüler sich offensichtlich herabwürdigend und möglicherweise kriminell gegenüber seinen deutschen Mitschülerinnen verhalten hatte.

»Habt ihr Dabelstein von dieser Vergewaltigung erzählt?«, fragte Sauer.

»Ja. Aber die Messerschmitt-Karmrodt hat das runtergespielt und immer nur gesagt, wir sind eine Schule ohne Rassismus. Ist das nicht auch Rassismus, wenn uns die Türken ficken, nur weil wir deutsche Mädchen sind? Sie machen das nicht wegen Liebe und so. Sie hassen uns, weil wir Mädchen sind und nur dazu geboren wurden, um gefickt zu werden.«

»Hat er deine Freundin wirklich zum Sex gezwungen oder hat sie das vielleicht nicht doch gewollt?«, hakte Sauer nach.

»Wir sind schon erwachsen und können das.«

»Nein, das seid ihr eben nicht. Hat Esther eingewilligt in den Geschlechtsverkehr?«

»Er hat sie ja schon vollgespritzt, da hatte sie noch nicht mal die Hosen aus. Da hat sich Esther so geekelt, dass sie das nicht mehr wollte. Da hat er sie sich mit Gewalt vorgenommen.«

»Hat er ein Kondom benutzt?«, wollte Süß wissen.

»Er hatte doch schon alles verspritzt.«

»Geht auch zweimal oder dreimal hintereinander oder öfter bei jungen Menschen«, sagte Ramona Süß und dachte dabei an die nächtlichen Szenen mit ihrer Tochter.

»Hat er nun ein Kondom benutzt oder nicht?«, hakte Sauer nach.

»Meinen Sie, wir haben Geld, um uns Pariser aus dem Automaten zu ziehen? Die Türken erst recht nicht. Die Leben ja von unserm Geld.«

Wieder so eine Aussage, die einer Zwölfjährigen nur einfiel, wenn sie von irgendwoher die entsprechende Begleitmusik zu hören bekam, dachten Süß und Sauer wohl so oder ähnlich unabhängig voneinander. Sie schauten sich gegenseitig entnervt über dieses Verhalten mit entsprechenden Blicken an.

»Hat das Kanakenschwein dich auch angerührt?«, brüllte ihr Vater sie von der Seite an.

»Natürlich nicht«, gab Tessa zur Antwort.

Süß und Sauer bezweifelten, dass es sich bei dieser Aussage um die Wahrheit handelte.

»Warum hat sich Esther mit eurem Lehrer getroffen und wo?«, fragte Sauer.

»Am Baumwipfelpfad. Er wollte eine neue Schule für uns suchen. Und warum ist Esther da gestorben?«

»Das eben wissen wir noch nicht. Aber wir sind dran«, sagte Sauer und Süß empfahl dem Ehepaar Lohner, ihre Tochter nicht mehr in diese Schule zu schicken, sondern sich nach einer anderen umzusehen.

… Sechster Tag …

Die neue Woche begann. Der April, der bekanntlich macht, was er will, transportierte Luft polaren Ursprungs ins Land. Langsam wünschten sich die meisten Menschen, dass der Winter sich endlich zum Teufel scheren sollte. Doch er hielt sich krampfhaft fest in unseren Breitengraden und machte es dem Frühjahr besonders schwer. Auch die Vegetation schien nicht so recht zu wissen, was sie davon halten sollte, und gab sich zurückhaltend. Manche Blüte blieb deswegen sicherheitshalber geschlossen und fiel nicht auf die kaum wärmenden Sonnenstrahlen am Tage herein, da die Nächte immer noch frostig kalt wurden.

Ramona Süß ließ sich vom Wetter nicht abschrecken und fuhr mit dem Rad zum Dienst. Sie trug eine Pudelmütze, hatte sich einen Schal um den Hals über ihre Winterjacke geschwungen und Handschuhe übergestreift.

Yannick Sauer hingegen gehörte nicht zu den Hartgesottenen, sondern fuhr bequem, aber vor allem durchgewärmt mit dem Auto zum Dienst.

Beide trafen sich im Büro, kamen jedoch kaum zum Luftholen, weil die Pflicht sie sogleich rief. Großalarm war in Bad Harzburg ausgelöst worden. Ein Amoklauf an der Gesamtschule Marie-von-Ebner-Eschenbach wurde gemeldet. Auch wenn sie ihren Ohren zunächst nicht trauten, stürmten sie aus dem Polizeigebäude in ihre Dienstfahrzeuge und brausten los. Horrorszenarien begleiteten sie gedanklich. Bilder aus Amerika oder auch von deutschen Schulen schossen den beiden durch den Kopf. Bilder von Amokläufen in Schulen, die sich fest ins Gedächtnis eingebrannt hatten. Angst machte sich breit und begleitete die Hauptkommissare zu ihrem Einsatzort.

Minuten später trafen gemeinsam mit ihnen zehn weitere Dienstfahrzeuge mit Blaulicht auf dem Schulhof der IGS ein. Süß und Sauer verließen ihr ziviles Dienstfahrzeug und legten sich kugelsichere Westen an. Ihre Dienstwaffen entsicherten sie.

Völlig irritiert zeigten sie sich darüber, dass eine Lehrerin mit ihrer Klasse auf dem Schulhof wie lebende Zielscheiben herumstand und ihr Klassenbuch fest in der Hand hielt. Sauer lief auf die Klasse zu und schnauzte die Lehrerin an, ob sie nicht wisse, wie man sich bei Amokalarm zu verhalten habe.

»Ich dachte, es handelt sich um Feueralarm«, gab sie dem Hauptkommissar total entgeistert zur Antwort, woraufhin der alle aufforderte, so schnell wie möglich das Schulgelände zu verlassen und sich in Sicherheit zu bringen. Dadurch löste er eine Panik aus und die Schüler liefen schreiend vom Hof. Die Lehrerin ging demonstrativ mit ihrem Klassenbuch in der Hand auf das Schulgebäude zu, woraufhin Sauer sie am Arm riss und anschrie: »Vom Schulgelände runter. Das ist hier tödlicher Ernst.«

Die ältere Pädagogin löste ihren Arm aus der Umklammerung und zog ihn ruckartig an sich. Dann marschierte sie im Gleichschritt über den Hof Richtung Ausgang.

Ein Kleinbus fuhr vor. In ihm saßen der Polizeidirektor und der Staatsanwalt sowie Oberkommissarin Lutze, die als Einsatzleiterin vor Ort fungierte.

Süß und Sauer ließen den Spezialisten für derartige Einsätze den Vortritt und hielten sich am Rande des Geschehens ein wenig bedeckt. Von dort beobachteten sie, wie ihre Kolleginnen und Kollegen vorgingen.

Jetzt trafen die Beamten vom SEK ein und positionierten sich in aller Schnelle an sämtlichen Schlüsselpositionen. Hier schien jeder Schritt eingeübt zu sein und nichts dem Zufall überlassen.

Das Handy von Ramona Süß klingelte. Die Lehrerin Schneider meldete sich bei ihr, weil sie sie vermutlich von irgendwo aus dem Gebäude auf dem Schulhof entdeckt haben musste. Die Lehrerin besaß die Handynummer der Hauptkommissarin, weil diese sie angerufen hatte.

»Der Amokläufer ist im Schulleiterinnenzimmer«, brüllte sie panisch ins Telefon.

»Scheiße!«, schlug Ramona Süß mit der einen Faust in die andere Handinnenfläche und flüsterte es Sauer ins Ohr. Der wusste, wo genau sich der fragliche Raum befand. Bevor er seinen Kollegen das erklärt hätte, konnte es zu spät sein. Er hielt die Dienstwaffe hinter seinem Rücken versteckt und stürmte ins Gebäude, womit er alle anderen Sicherheitskräfte irritierte.

Der Flur war wie leergefegt. Totenstille herrschte im gesamten Haus. Sauer hatte die Tür des Schulleitungszimmers erreicht. Er riss sie mit einem Ruck weit auf und sah den jungen Mann mit einem Messer in der Hand vor Frau Messerschmitt-Karmrodt stehen.

»Ganz ruhig«, sprach Sauer ihn an. »Dir passiert nichts.«

»Der versteht kein Deutsch!«, schrie die Rektorin von Panik ergriffen.

Da stürzte der junge Mann brüllend auf Frau Messerschmitt-Karmrodt zu. In diesem Augenblick zielte Sauer auf dessen Bein und schoss. Bevor der Amokläufer die Schulleiterin treffen konnte, stürzte er schreiend zu Boden. Sauer sprang hinter ihm her, warf sich auf ihn, nahm ihm das Messer aus der Hand und legte dem jungen Mann Handschellen an.

»War der allein unterwegs?«, fragte Sauer die vor Entsetzen fast gelähmte Schulleiterin.

»Ja. Ein Ukrainer. Er ist schwer traumatisiert. Die Tabletten, die er in seiner Heimat zur Beruhigung bekommen hat, sind hier verboten. Ohne Medikation rastet er aus. Er versteht kein Deutsch und kann weder lesen noch schreiben«, sagte die Schulleiterin.

Daraufhin rief Sauer seine Kollegin Süß an und gab Entwarnung.

»Hat er irgendjemanden verletzt?«

»Er hat auf seine Klassenlehrerin mindestens einmal mit seinem Messer da eingestochen und ist dann weiter. Es wurde sofort Amokalarm ausgelöst.«

Jetzt kamen SEK-Beamte ins Schulleiterzimmer gestürmt und maßregelten Sauer wegen seines nicht abgesprochenen Alleingangs, womit er alle Beteiligten in Gefahr gebracht hatte.

»Vielleicht. Aber ich habe das hier beenden können, ohne dass Schlimmeres passiert ist. Von einer Kugel im Bein stirbt keiner.«

»Das müssen Sie mit Ihrem Vorgesetzten klären«, gab der SEK-Einsatzleiter wirsch zur Antwort. Dann erschienen auch schon die Sanitäter, die sich um den Verletzten kümmerten.

»Wir brauchen noch medizinische Hilfe in einem der Klassenräume«, sagte Sauer daraufhin.

Die Schulleiterin ergänzte: »Klasse 9.4.«

Sauer lief mit den anderen Beamten dorthin. Sie fanden eine völlig eingeschüchterte Klasse vor, von der die Schülerinnen und Schüler unter ihren Tischen kauerten und die Lehrerin leblos am Boden lag.

Sauer sprach die Frau an. Sie reagierte. Er beruhigte sie und verwies auf die Rettungssanitäter, die gerade eintrafen. Auch die Pädagogin hatte Glück im Unglück und war nicht lebensgefährlich verletzt worden. Aber der Schock saß bei allen tief.

Daraufhin ordnete Sauer an, dass der Amokalarm an der Schule offiziell beendet wurde, damit die Schülerinnen und Schüler aus ihren Verstecken unter den Tischen hervorkriechen konnten und keine Angst mehr zu haben brauchten.

Als Sauer das Gebäude wieder verließ, sah er, wie Sanitäter die Schulleiterin auf einer Trage hinausbrachten in Richtung Krankenwagen. Sie hatte offenbar einen Nervenzusammenbruch erlitten.

Nun strömten alle Schülerinnen und Schüler mit ihren Lehrkräften wieder aus ihren Klassenräumen nach draußen. Das Gebäude füllte sich mit Leben. Journalisten kämpften sich den Weg frei durch die Schülermassen auf den Fluren.

Einer stoppte vor Sauer und hielt ihm ein Mikrofon vor den Mund. »Sie sind der Held von Bad Harzburg. Wie haben Sie den Amokschützen so schnell finden und überwältigen können?«

»Ich bin kein Held. Ich habe meinen Job gemacht. Es hätte auch schiefgehen können. Ich bin froh, dass verhältnismäßig wenig Schaden entstanden ist und auch der Attentäter überlebt hat, wenngleich etwas verletzt, da ich ihm ins Bein schießen musste, damit er nicht zum tödlichen Messerstich gegen die Schulleiterin ausholen konnte. Und jetzt entschuldigen Sie mich bitte!«

***

Kaum war Yannick Sauer mit seiner Kollegin Ramona Süß wieder im Büro eingetroffen, klingelte sein Telefon auf dem Schreibtisch. Er nahm ab und hörte die Stimme einer ihm unbekannten Frau, die sich Schwendowius-Marschhausen nannte. Sie stellte sich ihm als die Beauftragte der Behörde für Rassismusangelegenheiten in Ausübung des Polizeidienstes vor und bat ihn, umgehend in ihr Büro zu kommen.

Achselzuckend ging Sauer aus seinem in das fragliche Amtszimmer eine Etage höher und lernte auf diese Weise besagte Dame nun auch persönlich kennen. Er hatte davon gehört, dass im Polizeiapparat eine solche Stelle ausgeschrieben und besetzt worden war, weil es sich dabei um eine Forderung der Regierung gehandelt hatte.

Diese neue Mitarbeiterin im Polizeidienst war schätzungsweise Ende zwanzig und wirkte wie eine Studentin, die gerade ihren Bachelor gemacht hatte. Die zierliche Person mit blassem Gesicht und kurzen dunkelblonden Haaren hatte auffallend ausgeprägte Tränensäcke, wodurch sie auf Sauer nicht sonderlich attraktiv wirkte.

»Schwendowius-Marschhausen«, stellte sie sich kurz vor, woraufhin Sauer seinen Namen nannte und angestrengt dabei zu lächeln versuchte. Sie schien demnach verheiratet zu sein. Früher hätte er keine Gedanken daran verschwenden brauchen. Heutzutage dachte er sofort darüber nach, ob sie mit einem Mann oder einer Frau verheiratet war. Warum eigentlich? Es spielte überhaupt keine Rolle. Aber er tat es.

»Uns liegt eine Beschwerde der Rechtsanwaltskanzlei Müller und Bergmann gegen Sie vor.«

»Ich höre.«

»Sie haben am Freitag der Familie Atay einen Besuch abgestattet und deren Sohn Enes beschuldigt, in ein Tötungsdelikt verstrickt zu sein, ohne ihn oder seine Familie vorher über ihre Rechte aufgeklärt zu haben.«

»Ich habe ihn nicht beschuldigt, sondern lediglich nach seiner Beziehung zum Mordopfer befragt.«

»Beziehung? Da steckt unterschwellig aber weitaus mehr in Ihrer Absicht als bei einer schlichten Befragung zu einem Sachverhalt. Warum haben Sie Enes Atay überhaupt befragt?«

»Er wurde uns als ein Schüler genannt, der mit der Ermordeten möglicherweise ein sexuelles Verhältnis unterhalten hat.«

»Möglicherweise. Gibt es zwischen dieser Behauptung und den Mordermittlungen irgendeinen Zusammenhang?«

»Das weiß man vorher nie.«

»Wer bitte ist *man*?«

»Polizeiliche Ermittlung ist vergleichbar mit einem Puzzlespiel. Man oder ich kann nie wissen, welches das richtige Teilchen ist, das ich brauche.«

»Schöner Vergleich. Bei einem Puzzle liegen alle Teilchen gleichmäßig über den Tisch verteilt. Das ist mit den Karteikärtchen an der Wand, auf denen Sie die Verdächtigen notiert haben, vermutlich ähnlich. Warum gehen Sie dann zu einer türkischen Familie und verfolgen nicht zunächst die Spuren deutscher Verdächtiger?«

»Aber das tun wir doch.«

»Ist es nicht vielmehr so, dass Enes Atay bereits im Visier der Drogenfahndung ist und Sie nun gleich als Trittbrettfahrer hintendrauf springen und ihm noch einen Mord anhängen wollen? Praktisch. Er ist Türke und seine Brüder sitzen ohnehin alle im Knast.«

»Wegen der Drogen hat bislang nur die Schule reagiert und Anzeige erstattet. Unsere Kollegen waren da noch gar nicht tätig«, stellte Sauer klar.

»Ich habe von dieser Anzeige bereits Kenntnis«, lächelte Schwendowius-Marschhausen Sauer eiskalt an.

»Seine Brüder sitzen nicht im Knast, weil sie Türken sind, sondern weil sie wegen Straftaten rechtskräftig verurteilt wurden. Enes ist von der Schule suspendiert, weil er beim Handel mit Drogen auf dem Schulgelände erwischt worden ist. Und eine Mitschülerin von Esther Klein hat über Enes ausgesagt, dass er mit dem Mordopfer Sex hatte und es gezwungen habe, Bilder von ihrem Geschlechtsteil ins Internet zu stellen.«

»Was zwölfjährigen Pubertierenden so alles einfällt! Notgeile Mädchen, die sich den Ausländern an den Hals schmeißen und in ihrer Panik gegenüber ihren Erziehungsberichtigten aussagen, dass sie gezwungen und vergewaltigt wurden. Und für die ohnehin rassistisch eingestellten Eltern der willkommene Anlass *Ausländer raus!* zu rufen. Haben Sie auch nur im Entferntesten daran gedacht, andere Spuren zu verfolgen? Zum Beispiel die von Menschen ohne Migrationshintergrund?«

»Ja, haben wir.«

»Und warum verdächtigen Sie dann als Erstes türkische Mitbürger und halten es nicht für nötig, sie über ihre Rechte aufzuklären? Stattdessen machen Sie den Ärmsten der Armen noch Vorhaltungen, weil sie Transferempfänger sind!«

»Wir haben diesen Enes nicht vernommen, sondern nur befragt. Und meine Kollegein wollte aus ermittlungstaktischen Gründen wissen, ob die Familie Atay vom Sozialamt lebt.«

»Aus ermittlungstaktischen Gründen? Was hat eine Ermittlung damit zu tun, woher Menschen ihren Lebensunterhalt beziehen?«

»Verehrte Frau Schwendowius-Marschhausen! Geld ist in vielen Fällen das Motiv für ein Verbrechen. Da gehört es schon zu unseren Aufgaben, Erkundigungen über die Höhe von Einkünften einzuholen.«

»Grundsätzlich, Herr Hauptkommissar Sauer, gebe ich Ihnen da recht. In diesem Fall jedoch keineswegs. Es geht um Mord an einer Minderjährigen und, wie Sie sagen, möglicherweise um Sex zwischen einem türkischen Schüler und einem minderjährigen Mädchen.«

»Was an sich schon eine Straftat darstellt. Umso mehr, wenn der Sex nicht einvernehmlich stattgefunden hat.«

»Dieses alles haben Sie bei einer reinen Befragung zur Sache herausgefunden. Sie befragen angeblich einen jungen Mann, den Sie für tatverdächtig halten und klären ihn nicht über sein Recht der Aussageverweigerung auf? Oder haben Sie ihn auf sein Aussageverweigerungsrecht aufmerksam gemacht?«

»Nein!«, seufzte Sauer.

»Wie würden Sie das nennen, einem jungen türkischen Schüler eine Vergewaltigung zu unterstellen und mit einem Mord in Verbindung zu bringen, weil der wegen Drogenhandels Schulverbot bekommen hat?«

»Ermittlung in alle Richtungen. Meine Kollegin und ich waren in der Wohnung der Familie Atay wegen der Aussage einer Mitschülerin der ermordeten Esther, dass es zu sexuellen Handlungen mit ihr und diesem türkischen Jungen gekommen sein soll, nicht wegen der Drogengeschichte.«

»Bei Menschen mit Migrationshintergrund, von denen nicht alle Deutsch verstehen, ohne Anmeldung, ohne Dolmetscher aufzukreuzen und den minderjährigen Sohn ohne Aufklärung über dessen Rechte in einer Mordangelegenheit zu befragen und die Familie damit zu konfrontieren, dass sie Transferleistungsempfänger sind, würde ich als rassistisch motivierten Polizeieinsatz bewerten.«

»Sie unterstellen mir allen Ernstes Rassismus?«

»Meine Aufgabe ist es, Sie mit solchen manchmal unbewusst gefällten Entscheidungen zu konfrontieren, um Ihnen die Dimension Ihres Handelns aufzuzeigen. Was Sie leugnen, hat in Ihrem Unterbewusstsein stattgefunden. Tief verwurzelt sind bei Ihnen Ressentiments gegen Ausländer vorhanden. Wenn so was hochkocht und nach außen dringt, haben Sie ein Problem und die gesamte Polizeibehörde dazu. Damit das nicht geschieht, bin ich jetzt hier, um Prävention zu betreiben. Ich will Sie mit Ihrem Unterbewusstsein konfrontieren.«

»Ich bin Polizist. In meinem Tätigkeitsfeld sind 70 Prozent der Straftäter Ausländer. Da kennt der geschulte Kriminalist seine Schweine am Gang.«

»Wenn Sie Ausländer mit Schweinen gleichsetzen wollen, geben Sie noch mehr rassistische Tendenzen von sich preis, als ich unterstellt hätte. Wenn in Ihrem beruflichen Umfeld 70 Prozent der Kriminellen Menschen mit Migrationshintergrund sind, mag sich der Eindruck bei Ihnen verfestigen, dass die überwiegende Zahl der Kriminellen Ausländer sind. Die gesamtdeutsche Statistik besagt aber etwas ganz anderes. Wenn Sie von Ihrem Umfeld auf das Große und Ganze schließen und zu so einer falschen Einschätzung kommen, dann geschieht das, weil Sie ein Problem mit Ausländern haben.«

»Ich habe kein Problem mit Ausländern. Mein Nachbar ist Türke. Mein Lieblingsrestaurant ist das türkische *Istanbul.*

Wenn aber ein Türke in Deutschland kriminell ist, gilt für mich das Grundgesetz, vor dem alle Menschen gleich sind. Nicht Türke, nicht Deutscher, nicht Afrikaner, Mensch. Und wer als Mensch das Gesetz bricht, gehört strafverfolgt. Ohne Ansehen seiner Person. Und wenn der Täter ein Türke ist, gehört er genauso bestraft wie ein Deutscher, wenn er es ist.«

»Sind in Ihren Augen zu viele Ausländer in Deutschland?«

»Es kommen vielleicht zu viele in zu kurzer Zeit. Es wäre wünschenswert, das in Merkels Sinne zu schaffen, aber wir schaffen es eben nicht immer, weil viel zu viel daran hängt. Und wenn Sie mir deswegen jetzt wieder rassistische Umtriebe vorwerfen, sage ich Ihnen, dass Bundeskanzler Willy Brandt 1973 einen Stopp zum Anwerben ausländischer Arbeitskräfte gefordert hat. Wollen Sie den auch als Rassisten bezeichnen? Ich habe mein Leben lang SPD gewählt. Rassist bin ich nie gewesen.«

»Eine Aussage, die ein halbes Jahrhundert alt ist. Die heutige SPD muss vieles anders sehen, weil sich die Zeiten geändert haben. Auch die CDU Merkels hat mit der Adenauers nur noch herzlich wenig zu tun. Wir haben rechte und reaktionäre Leute im Polizeidienst. Leider. Die gilt es, unschädlich zu machen. Die haben ihren Beamtenstatus zu Unrecht. Zu diesen Leuten zähle ich Sie keinesfalls. Aber Sie müssen auf sich aufpassen. Mit Ihrer Grundeinstellung sind Sie schnell empfänglich für rechte Thesen. Sie wären nicht der erste SPD-Wähler, der plötzlich ganz rechts außen landet. Nur um dieses Bewusstmachen geht es mir. Deshalb die Aussprache, für die ich Ihnen danke.«

»Gerne. Ich habe gerade einen Amoklauf beendet. Ich musste einem Ukrainer ins Bein schießen, um Leben zu retten. Glauben Sie nicht, dass mir das leicht gefallen ist oder ich es gern getan habe.«

»Die Ukrainer sind ja auch bedauernswerte Menschen.«

»Steht so einer mit einem Messer vor einem anderen und springt brüllend auf ihn zu, ist er eine Gefahr, die unschädlich gemacht werden muss, und nicht nur ein bedauernswerter Mensch. Alles zu seiner Zeit. Schönen Tag noch.«

***

Noch etwas angeschlagen von der deutlichen Ansprache der Frau Schwendowius-Marschhausen kehrte Sauer in sein Büro zurück. Doch der Friede sollte nicht lange währen.

Angriffslustig und voller Tatendrang kam der Polizeichef ohne anzuklopfen ins Büro. Sauer spürte, dass er strammzustehen hatte und eine Schelte über sich ergehen lassen musste wegen seines Alleingangs in den frühen Morgenstunden bei dem Amoklauf in der Gesamtschule.

Alles, was der Polizeichef gegen Sauer hervorbrachte, war sehr gut begründet und nicht zu widerlegen. Der Hauptkommissar hatte eigenmächtig ohne Absprache mit dem Einsatzleiter und den Kollegen gehandelt und sich und andere dadurch in Gefahr gebracht. Eigentlich hätten dienstrechtliche Konsequenzen die logische Folge für sein Fehlverhalten sein müssen. Doch hielt ihm sein Vorgesetzter nach deutlicher Ansprache zugute, dass er möglicherweise durch sein unkluges, aber beherztes Handeln das Leben der Schulleiterin und vielleicht weiterer Personen gerettet hatte. Allerdings warnte er Sauer ausdrücklich, dies als Ermunterung zu betrachten, im Wiederholungsfall ähnlich fahrlässig vorzugehen.

Der Hauptkommissar gelobte Besserung und bat ausdrücklich um Entschuldigung. Damit war die Sache für seinen Chef aus der Welt und er verabschiedete sich mit den besten Wünschen für die bevorstehende Woche.

Jetzt hätte er einen Schnaps vertragen können. Doch Dienst war Dienst. Da hatte Alkohol keinen Platz.

Ramona Süß, die sich während des mündlichen Tadels durch den Polizeichef bedeckt im Hintergrund gehalten hatte, kam aus ihrer Nische hervor und versuchte, den so sehr gescholtenen Kollegen etwas aufzumuntern.

»Wir haben das Smartphone von Tessa Lohner ausgewertet«, begann sie vorsichtig, da sie Sauers Reaktion nicht einzuschätzen vermochte. Doch der gab sich versöhnlich und zeigte sich sehr interessiert am Ergebnis.

»Während der rund drei Wochen, in denen die Mädchen verschwunden waren, hat zumindest Tessa außer mit Dabelsteins Handy vor Kurzem zu zwei Teilnehmern telefonischen Kontakt unterhalten. Es handelt sich dabei um die einzigen Nummern, die in ihrem Smartphone in dieser Zeit gespeichert waren.«

»Ich nehme an, dass ihr überprüft habt, zu welchem Teilnehmer die jeweilige Nummer gehört.«

»Selbstverständlich haben wir das. Hugo Renner und Dagobert Isenberg.«

Sauer schlug mit der Faust auf den Tisch.

»Ich hab's doch gewusst! Jetzt werde ich den beiden daraus einen Strick drehen.«

»Darf ich mitdrehen?«

»Selbstverständlich«, lachte er.

***

Die zwei Sekretärinnen von Hugo Renner zeigten sich sehr verwundert darüber, schon wieder in die Gesichter der Kriminalisten zu blicken, und mochten sich ihren Teil denken. Anmerken ließen sie sich nichts und sie wurden von derselben Frau wie beim letzten Mal ins fragliche Zimmer geführt, in dem Hugo Renner hinter seinem Schreibtisch saß und sich wenig erfreut über den unangemeldeten Besuch zeigte.

»Haben wir einen Termin?«, fragte er wirsch.

»Nein, leider nicht. Aber in diesem Fall benötigen wir den auch nicht. Das zweite verschwundene Mädchen ist wieder aufgetaucht. Wir haben ihr Handy ausgewertet und sind dabei auf zwei Nummern gestoßen, die sie in der fraglichen Zeit des

Öfteren kontaktiert hat. Ihre und die von Herrn Isenberg«, sagte Sauer sehr bestimmt.

»Das ist wohl so.«

»Ich habe Ihnen doch bei unserem letzten Besuch gesagt, wenn Sie mir noch etwas mitzuteilen haben, tun Sie es. Sie hätten es beherzigen sollen. Nun haben Sie ein Problem«, donnerte ihm der Hauptkommissar gegen den Kopf.

Daraufhin wies Renner seine Sekretärin über die Sprechanlage an, keine Gespräche durchzustellen und Kunden, die auf der Anmeldeliste standen, wieder fortzuschicken.

Süß und Sauer sahen Renner mit bohrendem Blick an und schwiegen. Nach Kurzem zeigte sich der Anlageberater völlig verunsichert und sagte: »Ich werde Herrn Isenberg dazubitten. Wir werden Ihnen alles sagen, was Sie hören möchten.«

Renner telefonierte kurz. Es würde eine halbe Stunde Zeit in Anspruch nehmen, bis Dagobert Isenberg hier eintreffen könnte. Er bot den Kriminalisten für die Wartezeit einen Kaffee an, den die beiden nicht ablehnten.

Sauer riet dem Anlageberater, einen Rechtsanwalt hinzuzuziehen. Doch das lehnte er ab mit dem Hinweis, weil sich die beiden Herren nichts zu Schulden hätten kommen lassen. Ramona Süß fragte ihn daraufhin, weshalb sie erst in dem Moment ihre Bereitschaft zu einer umfassenden Aussage signalisierten, nachdem ihr Kollege und sie ihnen nachweisen konnten, dass sie zu den vermissten Mädchen in Kontakt gestanden hatten.R enner verwies darauf, dass die ganze Angelegenheit für sie beide äußert prekär war, woraufhin er die Neugier bei den Beamten ins Unermessliche steigerte.

Sie tranken ihren Kaffee und warteten, bis Dagobert Isenberg völlig niedergeschlagen den Raum betrat. Er grüßte mit knappen Worten und sah verlegen und schuldbewusst zur Seite. Auch in den folgenden Minuten mied er den Blickkontakt zu den Kriminalisten.

»Nun erzählen Sie mal!«, forderte Sauer die Herren auf.

Da begann Hugo Renner mit seiner Geschichte.

»Dagobert und ich fahren öfter mal zusammen nach Bad Harzburg. So sind wir in der letzten Woche vor den Osterferien dorthin gefahren und haben uns für drei Nächte in einem Hotel eingemietet. Wenn Schulferien sind, meiden wir touristische Reiseziele, weil sich dann im Regelfall zu viele Menschen dort aufhalten. Wir blieben von Sonntag bis Mittwoch und sind am frühen Abend des Dienstags im Kurpark spazieren gegangen. Da haben zwei junge Mädchen auf einer der Bänke gesessen, die wir aus den Augenwinkeln registriert haben. Plötzlich quatscht die eine von den beiden uns an und stellte uns Fragen, was wir im Harz machen würden. Zuerst haben wir gedacht, die Mädels wollten uns verarschen. Wir haben aber ganz normal auf ihre Fragen geantwortet und geglaubt, dass sie jeden Moment in ein Gelächter ausbrechen und fortlaufen würden. Doch das ist nicht geschehen. Das Gespräch ging weiter. Die beiden konnten gar nicht verstehen, wie man freiwillig nach Bad Harzburg kommen konnte und das auch toll finden würde. Sie wollten wissen, woher wir kamen. Das Wort *Braunschweig*, mit dem wir beide nichts als Langeweile verbanden, weckte in der Fantasie der Mädchen ein ganz besonderes Interesse. Es schien ein Synonym zu sein für die unterschiedlichsten Vorstellungen vom Leben in einer pulsierenden Großstadt, das sich mit einem einzigen Wort umschreiben lässt: Abenteuer. Nun ist Braunschweig eine eher bescheidene Großstadt und das pulsierende Nachtleben mehr ein Vorabendprogramm. Doch die beiden ließen nicht locker. Ich habe begriffen, dass die rund 30 Kilometer entfernte Stadt für Menschen dieses Alters unerreichbar bleibt, da sie nicht einmal über das Geld für ein Zugticket verfügen. Schnell wurde deutlich, dass die eine von beiden alles daran setzte, uns alte Daddys zu überreden, sie mitzunehmen. Wir waren auf einmal so etwas wie eine einmalige Chance. Zwei Männer ohne weibliche Begleitung, die doch noch Platz an ihrer Seite hätten. Da habe ich die beiden auf die Probe gestellt und gefragt, ob sie Lust hätten, uns nach Braunschweig zu begleiten. Dagobert sah mich fragend an und schüttelte mit dem Kopf. Ich versuchte, ihn zu beruhigen, indem ich ihm zuflüsterte, dass ich nur Spaß machte.«

»Aus dem Spaß wurde Ernst«, unterbrach Sauer Renner, der völlig in seinen Erinnerungen an diese seltsame Begegnung versunken war.

Er schaute kurz auf, nickte und fuhr fort: »Das Mädchen sagte plötzlich, um 12.10 Uhr von Gleis 3 fährt ein Zug. Ich habe ihr daraufhin signalisiert, dass die Verabredung steht und wir uns am folgenden Tag zur vereinbarten Zeit am verabredeten Ort treffen würden. Sie sprach die finanzielle Problematik an, woraufhin ich ihr deutlich gemacht habe, dass sich die beiden über Geld keine Gedanken zu machen brauchten.«

»Sie hatten ja jetzt zwei gönnerhafte Partner gefunden«, stellte Ramona Süß fest.

»Ich bin von Anfang an nicht damit einverstanden gewesen«, warf Isenberg zu seiner Verteidigung ein.

»Aber haben Ihren Freund nicht ausgebremst und die Angelegenheit rechtzeitig gestoppt«, machte Sauer ihm diesen Vorwurf.

»Wir hätten doch nicht im Traum damit gerechnet, dass die beiden Mädchen am nächsten Tag tatsächlich am Bahnsteig stehen und auf uns warten würden«, sagte Renner.

»Dann wären Sie nicht zum fraglichen Zeitpunkt auf dem Bahnhof erschienen und hätten in Kauf genommen, die Mädchen zu versetzen. Aber das haben Sie nicht getan. Sie sind mit ihnen gemeinsam mit dem Zug nach Braunschweig gefahren. Stimmt's?«, wurde Sauer deutlich.

»Wir haben die beiden einen Augenblick aus sicherer Distanz beobachtet, wie sie aufgeregt am Bahnsteig hin und her liefen«, beschwor Renner.

Sauer dachte an die Zeugenaussage der beiden alten Damen, der keiner der Beamten Bedeutung beigemessen hatte. Wie recht diese Damen doch mit ihrer Beobachtung gehabt hatten!

»Und dann sind Sie zu Ihnen gegangen, haben Tickets gezogen und gemeinsam den Zug nach Braunschweig bestiegen«, stellte Ramona Süß klar.

Beide nickten wortlos und schauten betreten zur Seite.

»Was ist in Ihren Köpfen vorgegangen, als Sie diese Entscheidung gefällt haben?«, wollte Sauer wissen.

»Ich wollte das nicht. Das war doch lächerlich. Die Mädchen waren doch noch nicht einmal sechzehn«, versuchte sich Isenberg zu rechtfertigen.

»Du hast nicht widersprochen. Dich hat der Gedanke genauso fasziniert wie mich«, entgegnete Renner.

»Welcher Gedanke?«, hakte Sauer nach.

»Zwei blutjunge Mädchen schließen sich zwei alten Säcken an und fahren mit ihnen zusammen irgendwohin. Hinaus in die Welt, selbst wenn die nur Braunschweig heißt. Was treibt die beiden an? Wie weit würden sie gehen? Was wollten sie von uns oder mit uns anstellen? Sie waren uns jetzt irgendwie ausgeliefert. Das musste ihnen doch klar sein.«

»Und? War es ihnen klar? Oder haben Sie es den beiden grausam klargemacht?«, schrie Süß die Herren ein wenig unbeherrscht an.

»Wir sind mit ihnen nach Braunschweig gefahren, haben sie zum Eisessen eingeladen, ihnen die Riddagshäuser Teiche gezeigt und sind abends mit ihnen essen gegangen. Dann haben wir sie in den letzten Zug gesetzt und allein nach Bad Harzburg zurückgeschickt«, sagte Renner.

»Und Sie haben die Mädchen nicht angefasst?«, zeigte sich Süß ungläubig.

»Nein. Sie wollten unbedingt bei uns bleiben. Diese Esther hat mir angeboten, sich auf ihre Weise erkenntlich zu zeigen. Ich bin Anfang sechzig. Da geht man doch nicht mit einer Zwölfjährigen ins Bett!«

»Herr Renner, ich kann Ihnen da leider aus meiner beruflichen Praxis nicht recht geben. Es schlafen durchaus Männer Ihres Alters mit Kindern. Gar nicht mal so selten«, stellte Sauer klar.

»Haben Sie sich vergewissert, ob die Mädchen auch zu Hause angekommen sind?«, wollte Süß wissen.

»Ich habe Esther angerufen und sie hat gesagt, sie seien zu Hause.«

»Wo sie nicht waren, wie wir wissen. Haben Sie den beiden Geld gegeben?«, fragte Sauer.

»Jeder von uns hat einem Mädchen hundert Euro zugesteckt«, gab Isenberg zu.

»Ohne Gegenleistung?«, lachte Süß.

»Warum sind Sie beide drei Wochen später am Baumwipfelpfad und treffen eines der Mädchen dort im Beisein ihres Klassenlehrers wieder und werden angeblich Zeuge ihres Todes?«, versuchte Sauer die Herren festzunageln.

»Das war Zufall. Ich habe sie sofort wiedererkannt. Esther mich aber nicht. Dann ist sie mit diesem Mann in Streit geraten, auf das Geländer geklettert und er hat sie hinuntergestoßen«, bekräftigte Renner seine Aussage.

»Das alles glaubt Ihnen kein Mensch. Esther wurde kurz vor ihrem Tod vergewaltigt. Die zweihundert Euro, die Sie den Mädchen zugesteckt haben, waren Schweigegeld. Am Baumwipfelpfad mögen Sie sich zufällig über den Weg gelaufen sein. Aber Esther hat Sie wiedererkannt und ihrem Lehrer alles gebeichtet. Da haben Sie das Mädchen in den Tod gestürzt und den Lehrer ebenfalls umbringen wollen«, hielt Sauer ihm vor.

»Nein! Das habe ich nicht. Dieser Mann ist es gewesen!«, schrie Renner völlig verzweifelt und außer sich.

»Dann mal zu Ihnen, Herr Isenberg«, sprach Hauptkommissarin Süß den anderen fragwürdigen Herrn an. Der zuckte erschrocken zusammen. Ihm war deutlich anzusehen, dass die ganze Geschichte ihm mächtig zusetzte.

»Das andere Mädchen, das noch am Leben ist, hat Sie und Ihren Freund Renner mit ihrem Smartphone in der Zeit angerufen, als sie vermisst galten. Was wollte diese Tessa von Ihnen?«

»Geld! Wir haben sie beide für verrückt erklärt und ihnen kategorisch klar gemacht, dass wir nichts mit den beiden zu tun haben und sie uns gefälligst in Ruhe lassen sollten.«

»Weshalb werde ich das Gefühl nicht los, dass Sie uns irgendetwas verschweigen?«, fragte Sauer mehr sich selbst.

»Warum sagst du denn nicht, was Esther wirklich von dir wollte?«, beschwor Isenberg seinen Freund.

»Weil mir diese beiden Herrschaften das nicht glauben werden, sondern mich noch stärker verdächtigen. Wir sagen nichts mehr und konsultieren jetzt einen Rechtsanwalt. Ihre Anschuldigungen gegen mich sind haltlos. Haben Sie für die angebliche Vergewaltigung Beweise? Wenn nicht, dann bitte ich Sie jetzt, zu gehen.«

Süß und Sauer war sofort klar, dass sie keine Chance mehr hatten, noch irgendetwas aus den dubiosen Herren herauszubekommen.

Auf der Rückfahrt im Auto zu ihrer Harzburger Dienststelle rekapitulierten die beiden alles, was sie in Erfahrung gebracht hatten.

»Der Renner ist der Vergewaltiger, nicht der Türke zwei Klassen über ihr. Der hat vor Geilheit schon vorher sein Pulver verschossen, wie wir von Tessa erfahren haben. Renner ist natürlich intelligent genug, um ein Präservativ zu benutzen und so keine Spuren zu hinterlassen. Dazu wäre besagter Enes vermutlich zu blöd gewesen«, konstatierte Ramona Süß.

»Ihn nicht zu verdächtigen, entspricht durchaus den Vorstellungen der Rassismusbeauftragten. Den Jungen aber als zu blöd für die Vertuschung einer Straftat zu halten, könnte die forsche Dame auf den Plan rufen. Du solltest vorsichtig damit sein, wie du über Menschen mit Migrationshintergrund sprichst«, riet ihr Sauer freundschaftlich aus eigener schlechter Erfahrung.

»Das hätte ich über jeden Verdächtigen ohne Migrationshintergrund genauso gesagt.«

»Ja. Doch das ist genau der feine, aber entscheidende Unterschied.«

»Na wie gut, dass du nicht der Rassismusbeauftragte bist. Wie wertest du die Tatsache, als über Sechzigjähriger mit einem zwölfjährigen Mädchen zu schlafen?«

»Pervers. Ich kenne einen ekelhaften Männerwitz, der genau so ein perverses Verhalten erklärt.«

»Und der wäre?«

»Es gibt nicht zu jung, sondern nur zu eng.«

»Und genügend testosterongesteuerte Idioten, die darüber noch kräftig lachen«, stellte Ramona Süß angewidert fest.

* * *

Die Polizeipsychologin Frau Doktor Dämmgen erfüllte keins der üblichen Klischees, von denen einige in dieser Berufssparte manchmal anzutreffen waren. Die bildhübsche Frau mit langen, braunen Haaren, die weit über ihre Schultern hinaus nach unten hingen, trug eine Lederjacke, an deren Ärmel sich silberne Knöpfe aneinanderreihten. Sie erinnerte in ihrem Outfit eher einer Motorradfahrerin aus Rockerkreisen. Ihr glattes schmales Gesicht war von Schminke gebräunt und ihre Lippen dunkelrot bemalt. Männer dachten in ihrer Gegenwart vermutlich an alles andere als an Psychologie.

Nachdem sie Sauer einen Platz angeboten hatte und sich selbst ihm gegenüber auf einem Stuhl niederließ, sah er ihre schwarzen Stiefel, die unter der an den Beinen etwas nach oben rutschenden Jeans sichtbar wurden. Wäre seine Tochter, die angehende Lehrerin, so gekleidet in die Schule gegangen, hätte er vermutet, dass dort eine Themenwoche ausgerufen worden war.

»Sie haben sich am Samstag länger mit Tessa Lohner unterhalten«, begann Sauer das Gespräch, ohne seinen Blick von ihr lösen zu können. Er meinte, ein verschmitztes Lächeln in ihrem Gesicht wahrzunehmen, und fragte sich unweigerlich, ob sie sich einen Spaß daraus machte oder es als eine sportliche Aufgabe betrachtete, Männer ein wenig wuschig zu machen. Sauer spürte, wie es ihm schwerfiel, seine Gedanken zu ordnen und völlig normal mit ihr zu sprechen. Er war angetan von ihrem Äußeren und zeigte sich etwas befangen. Obwohl er ein durchaus treuer Ehemann war, schob er die Schuld für die verbotenen Gedanken auf die Evolution, die kein Freund von Monogamie sein konnte, da Erbmerkmale bestmöglich verteilt werden mussten. Doch nun war er bemüht, sich nichts weiter anmerken zu lassen, und versuchte, seine Fassung zurückzuerlangen. Trotzdem stellte er sich insgeheim die Frage, ob diese Frau vielleicht zu haben wäre, unabhängig davon, ob sie gebunden war oder nicht. Um diese Gedanken vollends zu verwerfen, versuchte er sich einzureden, dass sie vermutlich lesbisch war und alle eventuell einzuleitenden Bemühungen am Ende ohnehin umsonst wären. Er begründete seine innere Ausrede vor sich selbst damit, dass die meisten schönen Männer schließlich auch schwul waren. Oder so ähnlich!

»Tessa Lohner ...«, wiederholte sie nun den Namen des Mädchens, um das es in diesem Gespräch gehen sollte, und fuhr dann in kühler Sachlichkeit und sehr distanziert fort, »... hat anfangs so gut wie kein Wort gesagt. Sie war schwer traumatisiert und ist es vielleicht immer noch. Der Tod ihrer Freundin hat sie ziemlich umgehauen. Doch dann ist sie aufgetaut und hat eine ganze Menge von sich preisgegeben. Das Mädchen hat einige Tage in der Höhle weit hinter der Marienteich-Baude in den Bergen allein ausgeharrt und vergeblich auf Esthers Rückkehr gewartet. Die beiden hatten sich einige

Lebensmittel zusammengeklaut und dort verstaut, von denen sie die Tage gelebt haben. Außerdem besaßen sie Fackeln für die Nächte. Tessa fing an, sich Sorgen zu machen, weil ihre Freundin nicht zurückkam, wollte aber nicht aus ihrer Deckung kommen. Immer wieder hat sie versucht, Esther anzurufen, aber sie konnte sie einfach nicht erreichen. Tessa selbst macht auf mich nicht den Eindruck, sehr entscheidungsfreudig zu sein und Führung oder Verantwortung übernehmen zu können. Sie ist eher so eine Art Anhängsel ihrer Freundin gewesen. Vielleicht könnte man sagen, ihr Schatten.«

»Hat sie gesagt, warum Esther sie verlassen hat?«

»Hat sie, Herr Sauer. Es hat eine Verabredung mit dem Klassenlehrer der beiden gegeben, zu der Esther aber allein wollte, weil der Lehrer darauf bestanden hat.«

»Was war der Grund?«

»Er sollte ihr helfen, eine andere Schule zu finden und später auch Tessa dorthin verweisen.«

»Warum hat sie das nicht mit ihren Eltern besprochen?«

»Die haben alles heruntergespielt und nie wirklich Zeit für sie gehabt. Tessas Eltern hingegen sind meistens betrunken und streiten sich, wobei derartige Auseinandersetzungen nicht nur verbal ausfallen. Auch Tessa wird des Öfteren von ihrem Vater geschlagen.«

»So was habe ich mir gedacht. Hat sie etwas über ihren gemeinsamen Ausflug nach Braunschweig im Beisein zweier älterer Herren gesagt?«

»Nein. Hat sie nicht.«

»Ist von den sexuellen Übergriffen des Schülers Enes die Rede gewesen oder von Esthers obskurem Internetauftritt?«

»Dieser Enes mag zwar ein Macho oder Spinner sein, aber die vermeintlichen sexuellen Übergriffe waren möglicherweise von Esther provoziert worden. Beide Mädchen hatten nur ein Ziel: Sie wollten nicht länger Jungfrauen sein. Wenn so ein Vorgang unter rein mechanischen Gesichtspunkten abläuft und nicht mit Lust und Liebe gepaart, kann es als gewaltsam empfunden werden, da es natürlich Schmerzen aufgrund von Verletzungen im Intimbereich hervorruft. Ich will damit auf keinen Fall sagen, dass die Frau an einer Vergewaltigung selber schuld ist. So versuchen Männer, ihr kriminelles Verhalten schönzureden. Und dieser Enes ist bestimmt alles andere als ein sympathischer junger Mann, so wie ihn Tessa geschildert hat. Aber Esther halte ich nicht für ganz unbeteiligt oder auch unschuldig. Sie hatte nur eine andere Vorstellung von dem, was sie da getan hat. Vielleicht auch gar keine Vorstellung. Aber Esther und auch Tessa haben ein klares Feindbild, das sie aus ihrem Elternhaus übernommen haben. Sie hassen alle Ausländer und haben klare rassistische Strukturen. Dieser Enes und seine Familie schauen auf uns Deutsche herab und seine Eltern sind nicht bereit, unsere Sprache zu erlernen. Da finden Sie die gleichen rassistischen Strukturen, nur eben entgegengesetzt. In diesem Fall sind wir Deutschen dann die Kanaken oder welches Wort auch immer dafür herhalten muss. Integration geht anders, setzt aber immer den Willen der gegensätzlichen Parteien voraus, das Trennende überwinden zu wollen anstatt es hochzuhalten.«

»Hat sie etwas über die behinderten Mitschülerinnen und Mitschüler ausgesagt?«

»Sie halten nach Tessas Auffassung den Lernprozess aller anderen auf. Ist Tessa denn so eine leistungsorientierte, lernbewusste und fleißige Schülerin? Nach meiner Einschätzung eher nicht.«

»Die beiden sind aus einem System ausgestiegen. Sie wollten nicht mehr länger mit Ausländern und Behinderten zusammen lernen oder überhaupt zusammen sein«, sagte Sauer und fragte weiter: »Hat sich da in frühen Jahren bereits eine Entwicklung abgezeichnet, die sich später in einem rechten, rassistisch motivierten Weltbild manifestiert?«

»Ein entstehendes Weltbild, das im Elternhaus seinen Nährboden findet! Das mag bei diesem Enes die gleichen

Wurzeln haben. Schule kann nur bedingt Einfluss auf solche Entwicklungen nehmen. Und die viel beschworene Schule ohne Rassismus bleibt bloße Makulatur, wenn die innere Einstellung der Schutzbefohlenen genau in die entgegengesetzte Richtung zielt. Aber im zarten Alter von zwölf Jahren ist noch bei keinem Menschen ein wie auch immer geartetes Weltbild gefestigt. Die plappern oft nach, hören sich gern selbst reden dabei und finden das toll, weil es ihnen das Gefühl vermittelt, ein wenig erwachsener zu wirken.«

Wer war Esther Klein wirklich? Sie schwänzte die Schule, rauchte, klaute und schmiss sich älteren Jungen oder ganz alten Herren an den Hals. Außerdem waren ihr Ausländer und Behinderte zuwider.

Sauer hatte einen Mord aufzuklären. Er war weder Pädagoge noch Psychologe. Doch ihm, der all das nicht studiert hatte, fiel nun die schwere Aufgabe zu, sämtliche Aussagen in die richtige Gewichtung zu bringen und Prioritäten setzen zu müssen, ohne die Kriterien zu beherrschen, nach denen Fachleute das vornahmen. Er fühlte sich schlecht und dachte, dass die hübsche Psychologin es sich vielleicht etwas zu einfach gemacht hatte, was er ihr tunlichst verschwieg. Er blieb höflich und reserviert und zeigte sich weiterhin angetan von ihr. Der Hauptkommissar hinterließ diesen Eindruck, als er sich von ihr verabschiedete, und ging.

Auf dem Flur desselben Gebäudes, in dem sich auch sein Büro befand, schoss ihm plötzlich ein Gedanke durch den Kopf. Die Mädchen waren weggelaufen. Sie hatten sich versteckt. Und immer war Esther die treibende Kraft gewesen und hatte alles in Angriff genommen. Sie wollte aussteigen. Ausländer und Behinderte waren nicht ihre Freunde. Aber war sie wirklich im Begriff, eine Rassistin zu werden oder zeigte sie sich schlichtweg damit überfordert, was ihre Schule alles von einem zwölfjährigen Mädchen erwartete? Wer sollte

Sauer die Fragen beantworten? Es gab ja plausible Erklärungen. Nur stellten sie den Hauptkommissar nicht zufrieden.

***

Ramona Süß las den Bericht der Ärzte über den ukrainischen Schüler, der in der ihm zugewiesenen Schule Amok gelaufen war und von ihrem Kollegen Sauer mithilfe eines Schusses in sein Bein schließlich gestoppt werden konnte.

Der schwer kriegstraumatisierte Junge war noch nicht medikamentös eingestellt worden. Die Beruhigungstabletten, die er in seiner Heimat verabreicht bekommen hatte, waren in Deutschland nicht zugelassen.

Eine Übersetzerin, die von den Ärzten, die den Jungen behandelten, ins Krankenhaus bestellt worden war, brachte ein wenig Klarheit in die rätselhafte Geschichte.

Der Fünfzehnjährige war mit jenem Messer in die Schule gekommen, mit dem er später eine Lehrerin niedergestochen hatte und die Schulleiterin verletzen oder töten wollte.

Als eine Mitschülerin das Messer bei dem Jungen bemerkte und ihrer Lehrerin mitteilte, forderte diese ihn auf, ihr es sofort auszuhändigen. Da sich er sich weigerte, eskalierte die Angelegenheit und er stach auf die Lehrerin ein. Dann verließ er laut fluchend den Raum und drohte in russischer Sprache, er wolle alle töten, was aus Russland stammende Schüler angsterfüllt übersetzten.

Mit diesem Messer hatte er einen russischen Soldaten verletzt, der seine Schwester vergewaltigen wollte. Danach sei die ganze Familie geflüchtet. Die Eltern des Jungen zeigten sich entsetzt über das Verhalten ihres Sohnes. Sie verwiesen darauf, dass er dringend Medikamente benötigt hätte, aber keinen Termin beim Arzt bekommen habe.

Ramona Süß legte das Blatt mit der ausgedruckten E-Mail zur Seite und hielt sich die Hände vors Gesicht.

Dieser Krieg fand nicht nur da draußen fern im Osten statt. Er wurde überall dorthin exportiert, wohin Geflüchtete kamen. Niemand war wirklich vorbereitet auf die Probleme, die das mit sich brachte. Die viel beschworene Willkommenskultur scheiterte an ihren eigenen Ansprüchen und würde am Ende aufgrund derartiger Vorfälle in eine Ablehnungskultur umschlagen. Und in diesem Krieg bewahrheitete sich wieder einmal, was wir aus unserer eigenen Geschichte grausam gelernt haben. Es entsteht die aberwitzige Verbindung zwischen Tätern und Opfern, die die Atmosphäre zwischen Völkern auf Jahrhunderte vergiften konnte. Jeder Mörder blieb untrennbar sein gesamtes Leben mit seinen Opfern verbunden. Und im Alter, wenn er das Ausmaß seiner Untaten erfasste, blieb ihm nur Verdrängung oder Verzweiflung darüber, was der Krieg aus ihm für ein mordendes Monster hatte werden lassen. Als Baby hatte er staunend in die Welt geblickt, die ihm als jungen Erwachsenen die Mörderseele einhauchte. Bei ihren eigenen Urgroßeltern war es nicht anders gewesen. Kampf gegen vergewaltigende Russen und anschließende Flucht aus Ostpreußen. Amok waren sie nicht gelaufen, aber ihre Traumata hatten auch sie ihr ganzes Leben nie bewältigen gelernt. Es gab keinen, der ihnen hätte helfen können. So wird die eigene Not immer auch zur Not der anderen. Wir hatten es in Deutschland nur lange Zeit vergessen.

Die Kugel war aus seinem Bein entfernt worden. Sie stellte vermutlich sein geringstes Problem dar. In seine Schule würde er kaum zurückkehren können. Und würde eine andere ihn jemals aufnehmen wollen? Bei dieser Frage drängte sich Ramona Süß eine andere auf. Es gab die Schulpflicht in Deutschland. Und das war gut so. Aber machte es wirklich Sinn, wegen dieser bestehenden Schulpflicht schwer traumatisierte Jugendliche ohne entsprechende Medikation und ohne jegliche Deutschkenntnisse in eine Regelschule mit einer Klassenstärke von dreißig Schülern zu schicken? Waren wir auch nur ansatzweise vorbereitet auf derartige Situationen?

Was sollten Jugendliche denn dort lernen? He, she, it – das S muss mit?

***

Yannick Sauer traf Berkant Üglür vor dem Haus. Beide hatten Feierabend und der Kommissar fragte ihn, ob sie nicht zusammen eine Flasche Bier trinken wollten. Sein Nachbar hielt das für eine gute Idee. Sauer besaß einen Kühlschrank nur für Getränke, der im hinteren Teil seiner Garage stand. Dort hatte er auch einen Flaschenöffner hingelegt, sodass er mit zwei geöffneten und gut gekühlten Flaschen Bier vors Haus zurückkehrte.

Zunächst berichtete der Nachbar ein wenig aus seinem beruflichen Alltag als Busfahrer. Dann erzählte der Kriminalist ihm die Geschichte mit der Rassismusbeauftragten, weil er eine türkische Familie nicht ganz korrekt behandelt hatte, deren Söhne alle kriminell waren.

»Als ich den Schulbus einmal fahren musste, habe ich russische Kinder angeschnauzt und mit Rauswurf gedroht, weil die gegessen und getrunken haben, die Sitze vollschmierten und ihre Schuhe darauf abstellten. Das hat mir eine Abmahnung eingebracht. In Deutschland darf man keine Kinder zurechtweisen und schon gar nicht mit Rauswurf drohen. Seitdem sehe und höre ich nichts mehr, was sich in meinem Bus abspielt. In der Türkei mag manches nicht ganz richtig sein. Aber ein gewisses Durchsetzungsvermögen ist nicht unbedingt das Schlechteste. Warum kommen so viele Ausländer nach Deutschland, lernen die Sprache nicht, benehmen sich vorbei und denken nicht daran, arbeiten zu gehen?«

»Na, was gibst du als ehemaliger Ausländer und inzwischen Eingebürgerter darauf für eine Antwort?«, sah ihn Sauer eindringlich an.

»Weil Deutschland so blöd ist und jeden durchfüttert. Ich mag dieses Land und euch Deutsche. Egal ob Deutscher,

Türke oder Russe. Ist es zu viel verlangt, Menschen, denen man hilft, eine Gegenleistung abzuverlangen? Es gibt genug Arbeit überall.«

»Und so was darfst du hier im Land noch nicht einmal mehr laut sagen.«

»Das ist einer der Gründe, weshalb die Rechten Hochkonjunktur feiern. Die möchte ich auch nicht haben. Aber warum gibt es bei den anderen Parteien keinen gesunden Menschenverstand mehr?«

»Ich weiß es nicht. Aber eins ist mir klar. Als mein Idol Willy Brandt sagte *Mehr Demokratie wagen,* da hat er etwas Tolles angestoßen. Nur leider haben die Menschen den Begriff *Demokratie* etwas anders ausgelegt. *Demokratie ist, was mir selber nützt.* Egoismus, Verantwortungslosigkeit und Gleichgültigkeit haben in einem Maße um sich gegriffen, dass es nicht mehr tragbar ist. Prost.«

... Siebter Tag ...

Der April fiel in diesem Jahr viel zu kalt und im Vergleich zum Durchschnitt der letzten Jahrzehnte um Längen zu nass aus. So bewegten sich die morgendlichen Temperaturen wieder nahe dem Gefrierpunkt.

Süß und Sauer erschienen eingehüllt in ihre Wintermäntel zum Dienst. Sie hatten zwar alle Hände voll zu tun mit der Bearbeitung ihres Mordfalles, sollten aber zunächst in die Gesamtschule fahren und mit der Schulleiterin Messerschmitt-Karmrodt wegen des Amoklaufs vom Vortage sprechen und ein Protokoll anfertigen. Um möglichst wenig Zeit zu verlieren, begaben sie sich sogleich auf den Weg.

Die Schulleiterin sah mitgenommen aus, als sie die beiden Kriminalisten in ihrem Dienstzimmer willkommen hieß. Trotzdem war sie nur einen Tag nach den schrecklichen Ereignissen pflichtbewusst wieder zum Dienst erschienen und strahlte eine kindliche Freude aus, als sie ihrem Lebensretter gegenüberstand und in die Augen blickte.

»In den letzten Tagen wird mir alles ein bisschen zu viel«, seufzte sie, »die Vermisstenanzeige, der Mord an Esther Klein, der schreckliche Unfall von Herrn Dabelstein und jetzt auch noch der Amoklauf. Der ganz normale Wahnsinn in der Schule geht jeden Tag natürlich weiter.«

»Und trotzdem sind Sie heute schon wieder in die Schule gekommen«, lobte Sauer sie und zauberte ihr ein Lächeln hervor.

Dann sprachen die drei über alles im Zusammenhang mit dem Amoklauf und die Hauptkommissare fertigten daraufhin ihr Protokoll an, das der Vorgesetzte wegen Sauers Alleingang umgehend eingefordert hatte.

Die Schulleiterin wechselte schließlich das Thema und erkundigte sich nach dem Gesundheitszustand von Dabelstein.

Sauer schilderte ihr den Gedächtnisverlust des Lehrers, der mit dafür verantwortlich war, dass seine eigene Frau ihm nicht mehr traute. Außerdem sprachen die drei darüber, dass Dabelstein telefonischen Kontakt zu Esther unterhalten hatte, während diese polizeilich gesucht wurde. Obendrein hatte Esther an ihrem Todestag die Verabredung mit ihrem Lehrer gesucht.

Ramona Süß erkundigte sich, wie es der Lehrerin ging, die von dem Amokläufer niedergestochen worden war. Glücklicherweise war die junge Frau nur leicht verletzt worden. Ihr Schreck schien größer als die Verwundung selbst, allerdings musste sie sich zur Beobachtung noch im Krankenhaus aufhalten.

Die Kriminalisten berichteten Frau Messerschmitt-Karmrodt über das Gespräch mit Tessa Lohner und warfen die Frage auf, warum die Mädchen unbedingt die Schule verlassen wollten.

»Tessa ist eine schlechte Schülerin und Esthers Leistungen gingen immer mehr in den Keller. In solch einem Fall geben Schüler:innen häufig der Schule und ihren Lehrkräften die Schuld.«

»Esther hatte Probleme mit einem Türken aus der Neunten und zeigte kein Verständnis für die beeinträchtigten Mitschülerinnen und Mitschüler«, sagte Sauer.

»Wenn von einer Schule gefrustete Schüler:innen einen Wechsel anstreben, verbrüdern sie sich an der neuen Schule in der ersten großen Pause mit den dortigen Problemfällen und leiden unter denselben Schwierigkeiten«, wusste die Schulleiterin aus beruflicher Erfahrung zu berichten.

»Warum der enge Kontakt zu ihrem Lehrer?«, fragte Süß.

»Das kommt vor. Ein Lehrer muss so etwas unterbinden. Er hätte Sie als Polizei verständigen und einschalten müssen, nachdem die Mädchen verschwunden waren und Esther ihn angerufen hat. Das wird noch ein Nachspiel haben.«

»Warum kam Esther vorigen Mittwoch am Baumwipfelpfad ums Leben? Und wie ist sie gestorben?«, stellte Sauer die alles entscheidende Frage zum Abschluss ihres Gespräches.

»Das herauszufinden ist, so denke ich, Ihre Aufgabe. Ich muss jetzt erst einmal wieder Ordnung in meinen Schulbetrieb bringen. Funk und Fernsehen treten mir die Tür ein und zu Recht besorgte Eltern, die sich nicht trauen, ihre Kinder heute in diese Schule zu schicken.«

Die Vorstellungen der Schulleiterin sowie die der Kriminalbeamten über *Ordnung* mochten verschieden sein. Jedenfalls kamen Süß und Sauer abermals zufällig auf eine brenzlige Situation zu. Sie wollten gerade das Schulgebäude verlassen, als sie Schreie vernahmen. Da es zu keiner Pause geklingelt hatte und der Unterrichtsbetrieb im vollen Gange war, schauten sich die beiden verwundert an und eilten durch den menschenleeren Flur in jene Richtung, aus der sie die Hilferufe vernahmen.

Vor den Toilettentüren kamen sie zum Stehen. Die Schreie schienen aus der Toilette zu kommen, an deren Tür ein Piktogramm mit zwei Kloschüsseln angebracht war. An der Tür daneben befand sich eines mit Kloschüssel und Urinal.

»Ich nehme an, das Bild ohne Pinkelbecken symbolisiert das, was früher einmal Mädchentoilette hieß«, sagte Sauer recht aufgeregt.

Die Schreie von dort wollten nicht verstummen. Geistesgegenwärtig stürmte Ramona Süß durch diese Tür hinein. Sauer blieb zunächst davor stehen, weil er noch jener Generation angehörte, die nicht auf Damentoiletten gingen, wenn sie ein Mann waren oder sich als solcher verstanden.

Hatte es sich vorher nur um das Gekreische einer hohen Stimme gehandelt, vermischte es sich jetzt mit einer anderen weiblichen und männlich tiefen Stimmen. Einen der Hilferufe ordnete Yannick Sauer seiner Kollegin zu, was ihn dazu veranlasste, nun doch in die Mädchentoilette zu laufen.

Ein großer junger Mann stieß den Hauptkommissar zur Seite und floh auf den Flur. Sauer eilte ihm hinterher, holte ihn wenige Meter darauf ein, stieß den Flüchtenden zu Boden und legte ihm Handschellen an. Dann half er ihm auf und kehrte mit ihm zur Mädchentoilette zurück, wo seine Kollegin einen anderen Jungen mit einer Hand am Spülkasten festgekettet hatte. Sie selbst kümmerte sich um das halbnackte Mädchen, das weinend und schluchzend auf dem Boden lag und stark blutete.

»Einen Krankenwagen und vielleicht mal irgendeine Lehrkraft«, schrie Süß.

Ein Rettungsfahrzeug der Feuerwehr anrufend eilte Sauer zum Schulleitungszimmer zurück und rief Frau Messerschmitt-Karmrodt zu, sie möge schnell kommen, da es sich um einen Notfall handele.

Zwei der Sekretärinnen kamen mit zu den Mädchentoiletten geeilt und kümmerten sich um die Verletzte.

Die Schulleiterin sagte Sauer, dass es sich um die Schüler Enes und Hasan handele, die er ja bereits kannte. Das Mädchen war die Achtklässlerin Dana.

Als Frau Messerschmitt-Karmrodt die beiden türkischen Jungen mit in ihr Büro nehmen wollte, hielt Sauer ihr entgegen, dass er Kollegen von sich herbeirufen würde, die sie direkt aufs Polizeirevier bringen würden.

»Aber das ist doch eine Angelegenheit der Schule«, widersprach sie.

»Für mich sieht das nach schwerer Körperverletzung aus oder sogar nach versuchter Tötung. Wenn wir nicht zufällig vorbeigekommen wären, wer weiß, was alles hätte passieren können?«, wurde Sauer wütend.

»Das ist keine schulische Angelegenheit mehr, sondern ein Offizialdelikt«, interpretierte Ramona Süß den Vorfall. »Hat Enes nicht gerade Hausverbot? Und Hasans Hausverbot wurde nach einem Einspruch der Eltern außer Kraft gesetzt?«

Frau Messerschmitt-Karmrodt vergrub das Gesicht in ihren Händen und schüttelte verzweifelt mit dem Kopf. Ihre Schule geriet zu einem lebensgefährlichen Ort für alle Mitglieder. Ihr musste schlagartig klar sein, dass sie krachend gescheitert war und nichts mehr beschönigen oder unter den Teppich kehren konnte. Die Frau war schlichtweg keine Führungspersönlichkeit.

Nun erschienen die Rettungssanitäter und wenig später die Kollegen der Polizei, die die Festgenommenen abführten.

Inzwischen war die Klassenlehrerin des Mädchens informiert worden und vor Ort erschienen. Sie bestätigte, dass ihre Schülerin mit ihrer Erlaubnis den Unterricht verlassen hatte, um die Toilette aufzusuchen.

Da sich die Presse wegen des Amoklaufs vom Vortage gerade im Anmarsch befand, war das aktuelle Geschehen für sie ein gefundenes Fressen. Sauer ahnte schon, wie das Bild dieser Schule in der Luft zerrissen werden würde. Bevor er den Journalisten vors Mikrofon lief, suchte er eine Möglichkeit, mit seiner Kollegin zusammen unbemerkt zu entkommen, was ihm gelang.

»Da prallen Welten aufeinander!«, schrie Ramona Süß im Dienstfahrzeug, das Sauer zu ihrer gemeinsamen Dienststelle zurücksteuerte.

»Du kannst bestimmte Leute nicht mit Samthandschuhen anfassen. Deshalb muss man nicht zum politisch Rechten werden oder nach dem starken Mann rufen. Bestehende Gesetze müssen endlich einmal angewandt werden und nicht immer nur Du, Du und dann eine Bewährungsstrafe nach der anderen.«

»Die hätten doch das Mädchen glattweg totgeschlagen, wenn wir sie nicht zufällig hätten um Hilfe schreien hören.

Und keiner hätte gewusst, wer es gewesen ist. Vormittags während des laufenden Unterrichtsbetriebs in einer vollbesetzten Schule auf einer Toilette. Und das in Bad Harzburg. Vermisste Schülerinnen, ein Mord am Baumwipfelpfad, ein verunglückter Lehrer, der sich an nichts erinnert, ein Amoklauf und nun ein Mordversuch auf dem Mädchenklo. Was kommt denn als Nächstes?«, steigerte sich Ramona Süß in die ganze Angelegenheit hinein und fand ihren inneren Ruhepunkt nicht mehr wieder.

Sauer sagte nur völlig desillusioniert: »Ich weiß es nicht. Keine Ahnung.«

Im Büro versuchten Süß und Sauer, sich nichts anmerken zu lassen, und teilten die Aufgaben untereinander auf. Sie verhörte Hasan und er jenen Enes, dem er nachgestellt und ihn schließlich festgenommen hatte.

Obwohl beide Täter sich nicht abgesprochen haben konnten, gaben sie bei ihren anschließenden Aussagen dasselbe zum Besten. Das Mädchen habe um Hilfe geschrien und sie seien deshalb auf die eine der beiden Unisextoiletten gegangen, um zu helfen. Auf die Frage, warum Enes trotz Schulverbot das Gebäude betreten hatte, gab er frech und abgebrüht zur Antwort, dass er Hasan ein Schulbuch gebracht hatte, damit der besser lernen könnte.

Sauer seufzte tief in sich hinein. Er hätte kotzen können.

»Der Islam gehört zu Deutschland! Wussten Sie das noch nicht?«, feixte dieser Enes.

»Und Jesus zum Koran. Wusstest du das noch nicht?«

Enes wurde sehr ernst in diesem Moment. »Euer Jesus kann mich am lecken.«

»Jesus ist in 15 Suren und über 200 Versen im Koran erwähnt. Christen und Muslime glauben an denselben Gott. Juden übrigens auch. Mit ein wenig gegenseitiger Wertschätzung würde es uns allen besser gehen.«

Enes schwieg.

»Soll ich den Schriftgelehrten hierherholen, damit er dir das mal erklärt und dir dann sagt, was Mohammed davon hält, wenn jemand so lügt wie du?«

»Du musst mir Anwalt rufen.«

»Erstens sagst du nicht länger Du zu mir. Und zweitens musst du deinen Anwalt schon selbst anrufen. Wir sind die Polizei und kein Serviceunternehmen«, donnerte ihm Sauer entgegen.

Enes zuckte mit den Schultern.

»Ich nehme an, du besitzt ein Handy. Die Telefonnummer eines Anwalts kann man googeln. Die Bedeutung von Jesus im Koran übrigens auch. Bis dein Anwalt hier ist, wanderst du erst einmal in unsere hauseigene Zelle. Und tschüss!«

Ramona Süß hatte ihre Befragung von Hasan ebenfalls beendet. Auch dieser Junge wurde abgeführt und kam in eine andere Einzelzelle.

»Hasan ist vierzehn, also überalt für Klasse sechs«, merkte Süß an.

»Enes ist fünfzehn. Das passt zu Klasse neun. Auf jeden Fall sind beide strafmündig.«

Kurz darauf kam Kommissarin Wiegand, eine Frau von 30 Jahren mit kurzen braunen Haaren in das Büro der beiden. Sie hatte im Beisein der Polizeipsychologin das so geschundene Mädchen vernommen.

»Dana hat die Lehrerin gefragt, ob sie während der Stunde zur Toilette gehen dürfe. Sie hat ihre Regel. Natürlich hat die Lehrerin sie ohne Nachfrage gehen lassen. In der Toilette ist sie zwei muslimischen Mädchen begegnet. Die haben sie angepöbelt, dass sie den Gebetsraum entweihen würde, wenn sie da jetzt den Tampon wechseln wollte.«

»Wieso Gebetsraum?«, zeigte sich Ramona Süß irritiert.

»Einige muslimische Schülerinnen haben von der Schulleitung die Einrichtung eines Gebetsraumes gefordert. Das hat diese abgelehnt mit dem Verweis, dass staatliche Schulen säkularisiert seinen und keine Religionsausübung gestatten.

Seitdem benutzen einige Mädchen das Klo als Gebetsraum, das sie während der Stunde unter Vorgabe anderer Gründe aufsuchen. Dort lassen sie keine Störung zu«, wusste die Kollegin Wiegand zu berichten.

»Heißt das, *die* haben Dana so zugerichtet?«, fragte Sauer.

»Genau. Die beiden sind weggelaufen und dann kamen die Jungen.«

»Um Dana zu helfen? Mir kommen die Tränen«, sagte Süß.

»Etwas anderes wird schwer zu beweisen sein«, entgegnete die Kollegin.

»Heute Nachmittag sind die Jungen wieder frei und morgen womöglich zurück in der Schule. Das Mädchen aber bleibt traumatisiert und in Zukunft kann keiner mehr ohne Angst austreten gehen«, konstatierte Ramona Süß.

Betreten sahen die drei einander an. Sauer dankte für die Übermittlung der Informationen und Kollegin Wiegand verließ das Büro, um sich ihren weiteren Aufgaben zu widmen.

Nur Minuten später tauchte Rechtsanwalt Weniger auf, den die beiden nur flüchtig kannten. Nachdem er sich kurz vorgestellt hatte, begleitete Sauer ihn unaufgefordert zu seinem Mandanten.

Auf dem Weg zur Gefängniszelle im Keller des Hauses erklärte der 45-jährige schlanke Mann mit Jeans, geöffnetem schwarzen Sakko und weißen Hemd ohne Krawatte dem Hauptkommissar, dass er der Anwalt der Familie Atay sei und auch die Brüder von Enes schon verteidigt hatte.

Sauer konnte sich daraufhin die Frage nicht verkneifen: »Wer bezahlt Sie eigentlich?«

»Ich denke kaum, dass Sie das etwas angeht. Finden Sie es nicht auch komisch, dass ich Enes jetzt aus dem Gefängnis holen muss, nachdem Sie ihn erst vor wenigen Tagen grundlos beschuldigt haben, in Drogenhandel und Mord verwickelt zu sein?«

»Finden Sie es nicht komisch, dass derselbe Junge, den ich keineswegs beschuldigt, sondern zum Tötungsdelikt befragt habe, heute von mir in der Schule angetroffen wurde, die er auf Grund eines Konferenzbeschlusses überhaupt nicht hätte betreten dürfen?«

»Mit Hausfriedensbruch werden wir leben müssen. Ansonsten hat mein Mandant einem Mädchen zu Hilfe eilen wollen, das nach dieser gerufen hat.«

»Ach, das wissen Sie schon, obwohl Sie mit Ihrem Mandanten noch gar nicht gesprochen haben?«

»Das habe ich doch. Er hat mich angerufen und es mir erzählt.«

»Na schön. Dann soll sich die Schule um die Mädchen kümmern, von denen angeblich die Gewalt gegen Dana ausgegangen ist. Können Sie mir einen Gefallen tun?«

»Kommt darauf an, welchen?«

»Nehmen Sie seinen Freund Hasan auch gleich mit. Dann muss ich nicht zweimal in den Keller laufen.«

»Er ist zwar nicht mein Mandant, aber wenn Sie das schon so in Großzügigkeit anbieten, will ich Ihnen diesen Wunsch nicht abschlagen. Die Aussperrung von Enes aus der Schule wird morgen vom Gericht für ungültig erklärt werden. Die Beweislage reicht nicht aus.«

Feixend gingen beide Jungen in Begleitung des Rechtsanwalts wieder nach Hause, als wäre nie etwas gewesen.

Sauer versuchte, sich nichts anmerken zu lassen, und winkte ihnen freundlich hinterher. Ihm war klar, dass er diesem Enes eine mögliche Vergewaltigung von Esther auf keinen Fall nachweisen können würde. Vielleicht war er es ja auch nicht. Niemals durfte ein Ermittler sich von Emotionen oder Antipathien leiten lassen. Außerdem galt es, Jugendliche im Sinne der Pädagogik zu erziehen und nicht zu bestrafen. Aber es handelte sich ebenfalls um eine wichtige Regel, wehrlose Schülerinnen und Schüler vor gewaltbereiten zu schützen. Durch welche psychische Hölle musste Dana jetzt wandern?

***

Ramona Süß verdrängte ihren angestauten Frust, der sich bei derartigen Erlebnissen aufbaute. Sie versuchte abermals die Lehrerin Machlowitz anzurufen, die sie schon kurz während einer Kunststunde kennengelernt hatte, in die sie zusammen mit ihrem Kollegen hineingeplatzt war. Sie leitete gemeinsam mit Dabelstein die Klasse 7.2, in die Esther und Tessa gingen.

Obwohl es Vormittag war, nahm Frau Machlowitz das Gespräch entgegen. Die Frage von Ramona Süß, ob sie einen Augenblick Zeit für sie hätte, bejahte die Lehrerin mit der Begründung, zu Hause zu sein, da sie sich krankgemeldet hatte.

Zunächst berichtete ihr die Hauptkommissarin von dem Vorfall in der Mädchentoilette am Morgen, woraufhin Frau Machlowitz bekundete, dass sie froh war, nicht in der Schule gewesen zu sein. Ihrer Aussage zufolge wurde das Schulklima immer schlechter.

»Es gibt nicht mehr den rechten Zusammenhalt«, beklagte sie. Doch das war ein Totschlagargument, eine nebulöse Aussage ohne jeden Wert. Sie drückte die subjektive Gefühlslage der Lehrkraft aus.

»Frau Machlowitz, Sie leiten gemeinsam mit Ihrem Kollegen Dabelstein die Klasse 7.2. Was können Sie mir über Ihren Kollegen sagen und seine Beziehung zu den Schülerinnen, insbesondere Esther?«, fragte Süß sehr direkt.

»Das sind mehrere Fragen auf einmal. Christian Dabelstein ist kein Teamplayer und von daher eine völlige Fehlbesetzung an einer IGS. Ich weiß nicht, warum die Schulleitung ihn hält. Aber er macht sein Ding und lässt sich nicht in die Karten schauen. Mit den Mädchen unserer Klasse spricht er über seine Eheprobleme. Wohl gemerkt über die, die im Bett auftreten. Zu Esther hat er immer schon ein ganz besonderes Verhältnis gehabt. Er hat sie ständig falsch beurteilt, bewertet und zensiert. Das Mädchen war nicht dumm, aber sie brachte keine guten Leistungen.«

»Warum hat er das anders gesehen?«

»Weil er einen Narren an ihr gefressen hatte. Er hat einmal zu mir gesagt, dass er Esther für hochbegabt halte. Ich habe ihn ausgelacht.«

»Wie haben Sie Esther gesehen?«

»Wie sie war. Vorlaut, unerzogen, verwegen und abgebrüht. Und Dabelstein ist dabei gewesen, als sie starb?«

»Er kann sich an nichts erinnern.«

»Ich hoffe, dass er nicht in die Schule zurückkehrt und ich einen neuen Teamkollegen bekomme. Aber natürlich wünsche ich ihm, dass er gesund wird.«

»Sind Sie traurig, dass Esther nicht mehr lebt?«

»Natürlich stimmt es mich traurig, dass so ein junger Mensch sterben musste. Aber sie hat eben auch nicht in diese Schule gepasst. Ihre Eltern wollten unbedingt, dass sie bei uns bleibt. Zeitgleich haben sie gesagt, dass sie rechts wählen, weil Deutschland eine starke Hand braucht, damit auch an unserer Schule mal richtig mit den Ausländern aufgeräumt wird. Wie wollen Sie mit Nazis und Rassisten eine *Schule ohne Rassismus* aufbauen?«

»Aber es gibt an Ihrer Schule einige mit Migrationshintergrund, die sich kriminell verhalten.«

»Das tun viele Ausländer, weil sie spüren, überall abgelehnt zu werden. Und wenn der rechte Mob immer stärker wird, möchte ich in diesem Land vielleicht nicht mehr leben.«

»Da gebe ich Ihnen recht. Enes aus dem neunten Jahrgang soll Esther vergewaltigt haben.«

»Soll! Die deutschen Mädchen behaupten das einfach, um ihren ausländischen Mitschülern zu schaden.«

»Ja. Und diese Mädchen rufen die ausländischen Schüler um Hilfe, weil sie von selbst kopfüber in die Kloschüssel gefallen sind.«

»Sie glauben ja nicht, was das teilweise für Früchtchen sind. Esther ganz besonders.«

»Ich danke Ihnen fürs Gespräch. Auf Wiederhören.«

Ramona Süß versuchte zu verstehen, was sie dort gerade gehört hatte. Frau Machlowitz war selbst eine Frau und nahm die aggressiven und frauenfeindlichen ausländischen Jungen in Schutz und verurteilte die deutschen Mädchen, die an ihrem Unglück in den Augen der Lehrerin selbst schuld waren. Dabelstein schätzte sie nicht, weil er mit ihr die Zusammenarbeit verweigerte. Sie hielt Esther für leistungsschwach und er das Mädchen für hochbegabt. Dazwischen lagen Welten, die unvereinbar einander gegenüberstanden. Dabelstein und Esther passten nicht an diese Schule und kamen doch nicht los von ihr. Das mochte sie zusammengeschweißt haben. Aber wie weit ging ihre Beziehung zueinander, die von einem gemeinsamen Interesse, aber auch von gegenseitiger Sympathie geprägt war? Und was geschah am Baumwipfelpfad wirklich?

Ramona Süß berichtete Yannick Sauer von dem Gespräch mit der Kunstlehrerin. Als der Kollege von ihr hörte, dass Dabelstein Esther für hochbegabt gehalten hatte, kam ihm die Idee, sich einmal genauer in ihrem Elternhaus umzusehen, ohne im Grunde zu wissen, was sie dort finden könnten.

Sauer sicherte allerdings zu, zunächst ins Krankenhaus zu fahren, um mit Dabelstein selbst noch einmal zu sprechen. Laut Aussage der Ärzte ging es ihm besser, aber er erinnerte sich weiterhin an nichts.

* * *

Noch immer wurde der Lehrer 24 Stunden lang am Tag von einem uniformierten Kollegen der Polizei bewacht. Obwohl sich nichts Verdächtiges ereignet hatte, was die Theorie von Sauer erhärten würde, ein anderer könnte der Mörder von Esther sein und Dabelstein als unfreiwilligen Zeugen aus dem Weg räumen wollen, traute er sich nicht, den Personenschützer abzuziehen.

Der Patient befand sich augenscheinlich auf dem Weg der Besserung. Er konnte das Bett inzwischen verlassen und wirkte nicht mehr so bedrückt. An die Ereignisse vom Baumwipfelpfad hatte er weiterhin keinerlei Erinnerungen. Er quälte sich nicht mehr damit, krampfhaft in seinem Gedächtnis zu graben, und begann seine Amnesie zu akzeptieren.

Sauer setzte sich auf einen Stuhl neben das Krankenbett und unterrichtete Dabelstein über den Stand der Ermittlungen. Dann begann er gezielte Fragen zu stellen.

»Warum war Ihre Beziehung zu Esther eine besondere?«

»Weil das Mädchen ein ganz besonderes war.«

»Inwiefern?«

»Esther hasste diese Welt, so wie sie sie vorfand, und suchte eine andere. Die blieb ihr jedoch verborgen. Das machte sie krank.«

»Ist sie deshalb weggelaufen?«

»Sie hat mit ihren zwölf Jahren von dem Leben des Wolfsmenschen geträumt und geglaubt, sie könne wie ein Steinzeitmensch in einer Höhle leben. Esther stand über den Dingen und hatte mit allem um sie herum bereits abgeschlossen. Ich wollte es ihr gönnen, mal für eine Zeit in völliger Abgeschiedenheit zu leben. Ich habe geglaubt, sie würde dann freiwillig zurückkommen.«

»Das wollte sie aber nicht.«

»Ich weiß es nicht. Sie hat mich in der Schule angerufen. Doch an mehr kann ich mich nicht erinnern.«

»Welche Rolle spielt Tessa in Esthers Leben?«

»Tessa ist nicht halb so schlau wie Esther. Deswegen konnte sie ihre Freundin so stark beeinflussen. Sie war somit nicht allein und sah eine Art Wasserholer in ihr. Tessa schien das mitbekommen zu haben, dass ihre Freundschaft zu Esther völlig asymmetrisch war.«

»Esther hat sie verlassen und sich mit Ihnen allein am Baumwipfelpfad getroffen. Warum?«

»Ich weiß es doch nicht mehr.«

»Ist da wirklich nicht mal ein Fetzen in Ihrer Erinnerung?«

»Nein, Herr Kommissar. Ein riesengroßes schwarzes Loch.«

»Und Sie halten Esther für hochbegabt?«

»Ja. Sie hätte auf eine andere Schule gemusst und gemäß ihrer ungewöhnlichen Begabung ganz anders gefordert und gefördert werden müssen. Niemand hat Esther gesehen, wie sie wirklich war. Gesehen wird an dieser Schule nur, wer einen weißen Stock hat, im Rollstuhl sitzt oder umfällt und am Boden zappelt. In dieser Lernatmosphäre kann sich nicht zwangsläufig jedes Kind entwickeln. Inklusion und bewegte Schule können eines nicht gewährleisten: Ruhe zum Lernen, die Voraussetzung für Konzentration bedeutet. Eine Schule für alle ist das gewollte politische Konzept. Ich bevorzuge eine Schulvielfalt, da auch nicht jedes Medikament bei jedem Menschen auf die gleiche Weise wirkt. Bei manchen gibt es Nebenwirkungen. Dann ist das Medikament falsch und nicht der Patient ein Problemfall.«

»Inklusion hat also Ihrer Auffassung nach Esther nicht eingeschlossen.«

»Nein. Die Integrierte Gesamtschule war nicht in der Lage, dieses Mädchen sachgemäß zu integrieren. Man hätte sie lieber abgeschoben und mich gleich mit.«

»Warum sind Sie nicht gegangen?«

»Esthers Eltern wollten die IGS für ihre Tochter um jeden Preis. Ich wurde das Gefühl nicht los, dass ich das Mädchen nicht allein lassen konnte.«

»Sie sollen am Baumwipfelpfad laut mit ihr gestritten haben.«

»Ich spüre diesen Schatten in mir, der etwas überdeckt. Aber was?«

»Will Ihre Frau sich noch von Ihnen trennen?«

»Nein. Ich habe ihr glaubhaft versichern können, niemals ein sexuelles Interesse an Esther gehabt zu haben.«

»Und Esther?«

»Einige Mädchen dieser Klasse wollten unbedingt entjungfert werden. Auch Esther. Als ich ihr klargemacht habe, dass ich das niemals tun werde, weil ich es nicht darf, es völlig absurd ist und meine Frau liebe, hat sie sich an diesen Enes herangemacht.«

»Hat der sie vergewaltigt?«

»Vielleicht. Aber das hätte Esther niemals zugegeben. Ich habe sie ja davor gewarnt und ihr geraten, dass sie sich Zeit damit lassen sollte. Doch ich werde das Gefühl nicht los, dass Esther es immer mit allem eilig hatte. Alles musste stets sofort sein, als wenn sie keine Zeit gehabt hätte.«

»Gemessen an ihrem frühen Tod hatte sie das ja offensichtlich auch nicht.«

»Ja. Als wenn sie es geahnt hätte!«, sagte Dabelstein gedankenversunken und irgendwie entrückt.

***

In der Zwischenzeit hatte Ramona Süß telefonisch einen erneuten Termin für den folgenden Tag mit Hugo Renner in Braunschweig verabredet und ihm geraten, seinen Anwalt hinzuzuziehen. Danach rief sie die Kleins an, um sie zu fragen, ob sie mit ihrem Kollegen in der nächsten Stunde noch einmal vorbeikommen könne.

Sauer erschien nach seinem Krankenhausbesuch nur kurz im Büro, um seine Kollegin abzuholen, mit der er gemeinsam das Ehepaar Klein aufsuchte.

Sie teilten den trauernden Eltern mit, dass die Staatsanwaltschaft die Leiche des Mädchens freigegeben hatte und sie sich nun um die Bestattungsformalitäten kümmern könnten. Es schien ihnen ein Stein vom Herzen zu fallen. Bei aller Tragik konnten die Eltern nun einen Schlussstrich ziehen und ihr Kind begraben. Das war wichtig für sie.

Süß und Sauer fragten sich, warum sie nicht schon viel früher das Kinderzimmer von Esther in Augenschein genommen hatten. Jetzt staunten auch sie darüber, was die Zwölfjährige alles über Höhlen und das steinzeitliche Leben zusammengetragen hatte. Sauer konnte nicht abschätzen, inwiefern hier eine Hochbegabung vorlag, aber eine Inselbegabung konnte er dem Mädchen durchaus attestieren.

Die Kriminalisten blickten sich verwundert um. Es gab überhaupt nichts Pornografisches in Esthers Zimmer zu finden. Überall war davon geredet worden, dass sie frühreif gewesen war, sich älteren Jungen und Männern an den Hals geschmissen hatte und unbedingt entjungfert werden wollte. In ihrem Zimmer, in ihrer Intimzone, wo Süß und Sauer hätten wetten können, alles Mögliche zu finden, wenn es nur versaut genug war, trafen sie auf ein Kinderzimmer. Höhlen, ein Leben wie in der Steinzeit. Allerdings kein Sex! Doch was sagte das über ihr trauriges Ende am Baumwipfelpfad aus? Oder vielmehr über sie selbst, ihr ganzes Leben? War alles nur gespielt?

Dankbar verabschiedeten sich die beiden vom Ehepaar Klein. Ihnen war in diesem Kinderzimmer ein völlig anderes Mädchen begegnet, als sie es bislang zu kennen glaubten.

Bevor die Kriminalisten nach Braunschweig aufbrachen, fuhren sie noch einmal zur Schule von Esther, wo sie herzlich von der Schulleiterin empfangen wurden.

»Wie geht es Dana?«, wollte Sauer als Erstes wissen.

»Sie ist bis auf weiteres krank. Körperlich scheint es ihr schon besser zu gehen, aber seelisch wohl nicht. Die Eltern möchten nicht, dass sie in diese Schule zurückkehrt. Der ukrainische Amokläufer wurde in die geschlossene Psychiatrie überwiesen. Und ich frage mich, ob ich die richtige Person bin, um eine solche Schule noch leiten zu können. Für den Ruhestand bin ich zu jung. Aber das alles werde ich nicht mehr lange durchstehen. Wie geht es Dabelstein? Ich würde ihn gern einmal besuchen.«

»Tun Sie das. Es geht ihm besser«, wusste Sauer aus eigener Erfahrung zu berichten.

»Erinnert er sich wirklich an nichts?«

Sauer schüttelte mit dem Kopf.

»Kommen Sie mit Ihren Ermittlungen voran?«

»Nicht wirklich. Dabelstein halten wir für unschuldig. Aber wie soll es gewesen sein?«, überlegte Sauer laut.

»Können Sie uns irgendetwas über die Beziehung zwischen Tessa und Esther sagen?«, wollte Ramona Süß wissen.

»Tessa ist ein Früchtchen. Warum die so dicke mit Esther war, weiß ich nicht. Richtige Freundinnen waren das eigentlich nicht.«

»Würden Sie das Verhältnis der beiden Mädchen als Hassliebe bezeichnen?«

»Dazu kenne ich sie nicht gut genug. Aber die Kollegin Machlowitz hat mir gegenüber mal geäußert, dass Tessa Esther nicht den Dreck unter dem Fingernagel gönnt. Ist das für Sie von Bedeutung?«

»Immerhin haben sich die Wege der beiden getrennt. Esther ist allein aus der Versenkung zurückgekehrt. Vielleicht war sie vor Tessa auf der Flucht und die ist ihr nachgegangen«, rätselte Süß.

»Aber sie wurde doch von niemandem am Baumwipfelpfad gesehen?«, stellte Messerschnitt-Karmrodt fest.

»Sie hat Dabelstein eine SMS geschickt und nichts von Esthers Verbleib, also auch nichts von ihrem Tod gewusst«, gab Sauer zur Antwort und machte sich mit seiner Kollegin wieder auf den Weg.

Es hatte inzwischen zur Pause geläutet und der Schulhof füllte sich mit Schülern. Ein großer schlanker Junge kam auf die beiden zu. Er schien deutscher Herkunft zu sein und sprach die Kriminalisten an.

»Seid ihr nicht die Bullen, die den Tod unserer Mitschülerin untersuchen?«

»Hat man dir an dieser Schule nicht beigebracht, dass du deine Frage etwas anders hättest formulieren müssen?«, sah Sauer den Jungen ermahnend an.

»Wie denn, Alter?«

»Sind Sie nicht die Polizeibeamten, die den Tod von Esther Klein untersuchen? So hätte das etwas besser geklungen. Und anstatt *Alter* hättest du vielleicht besser *mein Herr* sagen sollen«, lächelte ihn Süß mit verzerrtem Gesicht an.

»So redet meine Uroma. Aber doch nicht ich.«

»Mit einem solchen Benehmen bist du kein gutes Aushängeschild für die Eschenbach-Schule«, konstatierte Sauer.

»Was weiß ich, wer diese Marie Eschenbach war?«

»Solltest du aber vielleicht, wenn du Schüler dieser Schule bist.«

»Was geht mich diese alte Fotze an? Außerdem ist die schon tot!«

Süß und Sauer ließen den Jungen einfach stehen und verließen angewidert das Schulgrundstück.

Sie holten sich Fast Food vom Chinesen und fuhren anschließend zur Dienststelle zurück. Auf dem Weg dorthin fragte Ramona Yannick, ob er wisse, wer diese Marie von Ebner-Eschenbach war. Ihr war die Dame auch nicht geläufig. Sie war allerdings auch keine Schülerin an der nach ihr benannten Schule.

»*Wir können nicht jedem helfen, sagen viele und helfen niemandem.* Ein Ausspruch von ihr. Und sie hat *Krambambuli* geschrieben. Es ist die Geschichte von einem Hund, der seinen Namen nach einem Schnaps bekommen hat. Ein Förster kauft ihm seinen Besitzer für eine Flasche von diesem Schnaps ab. Das erste Herrchen aber ist ein Krimineller. Als der Förster ihn stellt, ruft der den Hund zu sich. Der dreht sich im Kreis und weiß nicht, welchem Ruf er folgen soll. Dem des ersten Herrchens oder dem des aktuellen Besitzers?«

»Und wohin geht er?«

»Zu seinem ersten Herrchen. Daraufhin verteufelt der Förster den Hund und findet ihn am nächsten Tag erfroren vor seiner Haustür liegen.«

»Er ist also doch zu seinem neuen Herrchen zurückgekehrt und sogar dafür gestorben.«

»Wir haben das in der Schule gelesen. Damals bin ich so alt gewesen wie Esther, als sie starb. Hugo Renner wollte uns bei unserem letzten Besuch etwas sagen und hat es nicht getan. Was hat er verschwiegen?«

»Dass Tessa auch dort gewesen ist?«

»Und wenn ja, warum?«

»Weil die Männer noch etwas gut hatten bei den Mädchen?«

»Du meinst, weil sie Sex mit ihnen hatten oder sie sogar vergewaltigt haben?«

»Wäre das völlig abwegig?«, fragte Süß.

»Keineswegs. Sie haben sie doch mit nach Braunschweig genommen. Zwei Sechzigjährige und zwei Zwölfjährige!«, klopfte Sauer aufs Lenkrad.

»Wie gendert man das eigentlich?«

»Die Zwölfjährigenden? Vergiss es einfach!«

… Achter Tag …

Yannick Sauer hatte die ganze Nacht kaum geschlafen, weil er ununterbrochen über die tragischen Ereignisse am Baumwipfelpfad eine Woche zuvor denken musste. Er wollte sich einfach nicht damit abfinden, dass er den Fall im Grunde nicht aufklären konnte und so viele Fragen offenblieben, wodurch Menschen, die womöglich Schuld auf sich geladen hatten, ungestraft davonkamen.

Sein Bett war völlig zerwühlt, als er durch den Alarmton in seinem Smartphone aus seinem Halbschlaf geweckt wurde. Die heiße Dusche tat ihm gut und ließ seine Lebensgeister neu erwachen. Eigentlich hätte ihm eine kalte Dusche besser getan, doch die schreckte ihn zu sehr ab.

Seine Frau hatte das Haus schon verlassen, da ihr Dienst recht früh begann. In den Augen ihres Mannes rückte sie mitten in der Nacht aus, um ihre Arbeit als Krankenpflegerin in der Reha-Klinik zu verrichten, wenn sie nicht gerade Spätdienst hatte.

Die Tochter studierte in Braunschweig, aber wohnte weiterhin im Hotel Mama im heimischen Bad Harzburg. Ihren Vorlesungsplan schien sie sich selbst ihren Schlafgewohnheiten gemäß zusammengepuzzelt zu haben. Jedenfalls schlief sie meistens recht lange in den Tag hinein.

Nach kurzem Frühstück und einem flüchtigen Blick in die Zeitung brach der Hauptkommissar zu seiner Dienststelle auf, wo er eine völlig übermüdete Ramona Süß antraf.

Ihr hatte nicht der komplizierte Fall den Schlaf geraubt, sondern ihre Tochter, die ganz offensichtlich die gesamte Nacht mit ihrer Freundin sexuell beschäftigt gewesen war. Bis zum fünften Male hatte die Mutter noch mitgezählt, dann musste ihr der Schlaf die Sinne geraubt haben.

Yannick Sauer konnte sich das Lachen nicht verkneifen und verwies darauf, dass man nur einmal jung im Leben sei und Menschen in Phasen der Verliebtheit so gut wie nichts anderes mehr spüren wollten als die pure Lust.

Doch seine geschätzte Kollegin gab sich untröstlich.

»Sechs, sieben oder acht Mal unmittelbar nacheinander! Das haut doch den stärksten Mann um.«

»Ja, den schon. Aber die Frau offensichtlich nicht.«

»Ich bin eine Frau und kann mich an solche Orgien in meiner Jugend nicht erinnern.«

»Du warst ja auch mit Männern zusammen«, frotzelte Yannick.

»Was soll das denn jetzt heißen?«

Ihr war nicht nach scherzen zumute. Deshalb bevorzugte er, das Thema nicht weiter zu vertiefen. Ihm war schließlich auch nicht klar, ob sein Sohn gerade wieder auf irgendeiner Straße klebte, was ihm ebenfalls nicht recht war. *Kinder sind zuweilen Fremde,* dachte er so bei sich.

Sie wollten noch einmal nach Braunschweig fahren und Renner danach befragen, was er ihnen bei ihrem letzten Besuch verschwiegen hatte. Ramona Süß hatte ja schon um einen Termin gebeten, den Renner und Isenberg besser in Gegenwart ihrer Anwälte wahrnehmen sollten.

***

Es handelte sich um einen jener Tage, an denen nur schlechte Laune aufkommen und sich breitmachen konnte. Süß und Sauer waren nach schlafloser Nacht zum Dienst erschienen und wurden von einer Pechsträhne verfolgt. Der Dienstwagen sprang nicht an und mangels eines anderen Fahrzeugs bestiegen beide das Privatauto von Yannick Sauer, mit dem er dann in eine Radarfalle schlitterte, was ihm später neben einer satten Geldstrafe einen Punkt in Flensburg einbringen sollte.

Als sie Renners Wohnung betraten, setzten beide eine gespielte Freundlichkeit auf, worauf Renner und Isenberg verzichteten. Beide versuchten sich durch eine Unnahbarkeit, die sie ausstrahlten, eine gewisse Distanz zu verschaffen. Isenberg war ohne Rechtsbeistand zu dem Treffen erschienen. Sein Anwalt musste kurzfristig absagen. Er signalisierte aber seine Bereitschaft, trotzdem auszusagen, damit die Angelegenheit endlich auch aus der Welt geschafft werden könnte.

So saßen die beiden Kriminalisten neben Renner und Isenberg nur einem Juristen gegenüber. Der stellte sich sogleich mit seinem Namen Rietmüller vor und verweigerte den Händedruck wegen angeblicher Ansteckungsgefahr. Der dickbäuchige kleingewachsene Mann hatte graues Haar und einen weißen Vollbart, an dem er fortwährend mit dem Daumen und dem Zeigefinger seiner linken Hand herumspielte.

Hugo Renner schenkte seinen Gästen Wasser in ein Glas, das vor dem Platz eines jeden auf dem Tisch stand. Er selbst schluckte eine Tablette, bevor er ansetzte, sein Wasser zu trinken. Um was für ein Medikament es sich handelte, offenbarte er niemandem. Nur der kritische Blick seines Freundes Isenberg ließ die anderen vermuten, dass die Einnahme des Medikaments Rückschlüsse auf eine mögliche Verschlechterung seines Gesundheitszustandes schließen ließe.

»Bei unserem letzten Besuch wollten Sie uns irgendetwas nicht sagen oder besser nur in Gegenwart Ihres Anwaltes, weil Sie fürchteten, dass wir es Ihnen ohnehin nicht glauben würden. Nun ist Ihr Anwalt dabei. Mögen Sie uns jetzt verraten, was Sie uns seinerzeit verschwiegen haben?«, versuchte sich Sauer langsam vorzutasten.

Rietmüller nickte seinem Mandanten zu. Der holte tief Luft, nachdem er sah, dass sein Anwalt ihm grünes Licht gegeben hatte.

»Ein älterer Schüler von Esthers Schule, ein Türke, hatte sie sexuell belästigt. Esther hatte das zwar provoziert, aber nicht wirklich gewollt. Doch dieser Junge hat sich nicht dafür interessiert, was das Mädchen gefühlt hat. Als er bemerkte, dass sie sich ihm verweigerte, hat er sich wohl einfach an ihr befriedigt, ohne sie in das Spiel einzubinden.«

»Warum hat sie ihn zum Sex provoziert, wenn sie es eigentlich nicht wollte?«, zeigte sich Sauer interessiert.

»Sie wollte unbedingt, dass dieser Türke bestraft wird für etwas, was er nicht durfte, weil sie Ausländer hasste.«

»Sie hat ihn also gewissermaßen in eine Falle gelockt. Einen Hinterhalt«, stellte Ramona Süß klar.

Renner nickte wortlos.

»Und dann?«, bohrte Sauer nach.

»Es geschah vonseiten der Schule nichts. Esther hat mich gefragt, ob wir ihr nicht behilflich sein könnten, es dem Kanaken heimzuzahlen. *Sie* hat dieses Wort benutzt. Auf meine Frage, wie sie sich das vorstelle, hat das Mädchen nur gesagt, wir seien doch erwachsen und keine Pauker. Die müssen ja immer pädagogisch denken und dürfen niemanden bestrafen. Außerdem sei ihre Schule ein Hort von Krüppeln und Kanaken. So was sei früher vergast worden. Sie könne darin keinen Fehler erkennen. Man muss ihn ja nicht gleich vergasen, aber eine ordentliche Abreibung hätte er ja wohl verdient.«

»Das also war es, was sich Esther davon versprochen hat, sich zwei Sechzigjährigen anzubiedern«, konstatierte die Hauptkommissarin.

»Mein Mandant und sein Freund haben den beiden Mädchen daraufhin jedem einen Hunderter in die Hand gedrückt und sie mit dem nächsten Zug nach Bad Harzburg zurückgeschickt. Es handelt sich um keine Weltreise und zwei Zwölfjährige sind sehr wohl in der Lage, diese kurze Strecke mit dem Zug allein zurückzulegen. Sie wollten sie nur noch loswerden, da die beiden älteren Herren ihre Dummheit begriffen haben. Eine Dummheit wohl, aber keine Straftat«, sagte Rietmüller in ruhigem Tonfall und ausgelassener Stimmung.

»Dann haben wir keine weiteren Fragen mehr«, blies Süß zum Aufbruch. Sauer folgte ihr wortlos, aber nicht, ohne den Herrschaften für die Gastfreundlichkeit und ihre Unterstützung zu danken.

In diesem Augenblick bat Isenberg die Kommissare, noch eine Sekunde zu warten. Er holte etwas aus der Gesäßtasche seiner Jeans. Es handelte sich um ein Smartphone.

Entgeistert blickte Sauer den Mann an. Auch Süß zeigte sich völlig überrascht.

»Als mir klar wurde, wer da vor unseren Augen in den Tod gestürzt war, dachte ich mir, es wäre besser, wenn die Polizei das Handy der Toten niemals findet. Ich habe es mir erst heute Morgen näher angesehen und die Sprachnachrichten abgehört, die darauf zu finden sind. Das hätte ich viel früher tun sollen. Am besten hören Sie es sich selbst an. Schönen Tag noch.«

Wortlos nahm Sauer das Mobiltelefon von Esther an sich.

***

Auf ihrer Heimfahrt hörten sie die Sprachnachrichten ab.

»Du richtest jetzt diesen Enes übel zu. Sonst mache ich dich fertig.«

»Das kannst du doch nicht von mir verlangen, Esther.«

»Nachdem du mich festgehalten hast, um mich in der Höhle zu ficken? Das war eine Vergewaltigung. Damit kann ich dich fertig machen. Ich habe dich in der Hand, Dabelstein, Christian.«

Nun hatten die Kriminalisten die Stimme des Mädchens gehört und wussten über alles Bescheid. So versuchten die beiden, eine Bewertung der gehörten Aussagen vorzunehmen. Sauer steuerte das Dienstfahrzeug gen Süden Richtung Harz. Linker Hand ragte majestätisch der Brocken in den blauen Frühlingshimmel und begleitete sie während ihrer ganzen

Reise, wenn er nicht gerade von bewaldeten Hügeln des Harzvorlandes verdeckt wurde.

»Was haben wir alles gehört?«, fragte Sauer seine Kollegin.

»Enes wollte mit Esther schlafen, weil sie sich an ihn herangeschmissen hat. Beide verachten sich aber gegenseitig. Der türkische Junge hat schon einen Samenerguss gekriegt, bevor es zum Sex gekommen ist. Ein Kondom passt in diese Geschichte nicht hinein. Das alles sieht nach pubertärem Verhalten aus.«

»Unsere Zeugen, was immer man von denen auch halten mag, dachten garantiert auch, sich mit den beiden jungen Dingern vergnügen zu können. Aber Esther wollte gar keinen Sex. Nachdem klar war, was sie wollten, haben die älteren Herren beide mit je einem Hunderter in den nächsten Zug gesetzt und in den Harz zurückgeschickt, wo sie sich dann in der Höhle versteckt haben.«

»Esther war in Dabelstein verknallt. Auch das war nur gespielt. Aber während Enes sich quasi selbst in Esthers Gegenwart befriedigt und die älteren Herren sie nur wieder loswerden wollten, fährt ihr Lehrer ihr hinterher und hat Kondome oder wenigstens eins dabei. Er schläft mit ihr, aber gegen ihren Willen, was er unterschätzt hat«, konstatierte Süß.

»Und jetzt hat sie ihn in ihrer Hand«, sagte Sauer.

»Wir haben von den Lehrkräften und der Schulleiterin gehört, dass Esther sich an ältere Jungen herangeschmissen hat. Dann die Geschichte mit ihrer Vagina im Internet. Ihre Sehnsucht nach Entjungferung. Jeder musste denken, sollte denken, dass sie frühreif war. Doch genau das war sie nicht. Sie hat von einem Weglaufen geträumt und davon, dass ihr jemand hilft, den von ihr so gehassten Ausländern eins auszuwischen. Sie wollte erwachsen wirken. Deshalb ihre rechten Sprüche, die sie vermutlich aus dem Elternhaus hatte. Esther war in der Pubertät. Da kannste fast jede und jeden gelegentlich an die Wand klatschen. Das wissen alle Eltern. Nur

Dabelstein hat in ihr eine Erwachsene gesehen«, zählte Süß alle Fakten auf.

»Aber wenn er sie vorher vergewaltigt hat, warum geht sie dann mit ihm Hand in Hand spazieren?«, wunderte sich Sauer.

»Weil sie ihm damit demonstrieren will, dass sie ihn nicht nur an der Hand, sondern in der Hand hat. Sie lässt ihn jetzt nicht mehr los«, war Süß sich sicher.

»Sie hat ihn in der Schule angerufen, aber er hat den Ort ihres Zusammentreffens bestimmt. Dabelstein hat sie zum Baumwipfelpfad bestellt, Diesmal hat er ihr was vorgespielt. Dabelstein hat ihr signalisiert, auf ihre Forderungen einzugehen. In Wahrheit musste er sie loswerden. Von dort konnte er sie in die Tiefe hinabstürzen«, dachte Sauer laut und seine Kollegin konnte ihm dabei gut folgen.

»Aber er hätte doch wissen müssen, dass es Zeugen geben wird«, gab Süß jetzt zu bedenken.

»Das war ihm egal. Er wollte sie töten und anschließend sich selbst. Ein erweiterter Doppelselbstmord vielleicht. Ihm musste doch klar sein, dass seine Tätigkeit als Lehrer beendet war, vielleicht das Gefängnis winkte und die Scheidung von seiner Frau. Er war am Ende und wird zum Mörder an seiner Lieblingsschülerin.«

»Er begeht einen Mord, an den er sich nun nicht mehr erinnert.«

»Aber an die Vergewaltigung von Esther muss er sich zweifelsohne erinnern«, sagte Sauer mit Überzeugung.

»Wenn der uns mal nicht von Anfang an was vorgespielt hat.«

Das Smartphone von Ramona Süß klingelte. Die Klinik rief an. Dabelstein bedrohe dort alle mit einer Schusswaffe, die er dem Polizeibeamten entwendet hatte, der noch immer vor seinem Zimmer postiert war.

Sauer drehte daraufhin mit quietschenden Reifen das Auto, während Süß das Blaulicht aus dem Beifahrerfenster aufs Dach setzte.

Das Sirenengeheul fand ein ohrenbetäubendes Echo zwischen den Häusern, die die Straßen säumten, durch die die Kriminalbeamten hindurchbrausten.

Nachdem sie am Krankenhaus angekommen waren, stürmten sie in das Gebäude hinein und entsicherten ihre Dienstwaffen. Kurz darauf betraten sie den fraglichen Flur und verschafften sich in Windeseile einen Überblick von der Situation, die sie vorfanden.

Dabelstein bedrohte drei Krankenpflegerinnen und den Stationsarzt mit der Schusswaffe des Polizeibeamten, den er mit dessen Handschellen an den Stuhl gefesselt hatte.

»Keinen Schritt näher kommen!«, rief er, als seine Augen Süß und Sauer erblickten.

»Er hat vergessen, die Waffe zu entsichern«, schrie der Polizeibeamte, woraufhin Dabelstein sich irritiert die Schusswaffe besah. Geistesgegenwärtig rannte Sauer auf ihn zu, warf sich gegen ihn und stürzte den Lehrer zu Boden.

»Wollten Sie sich selbst umbringen wie schon am Baumwipfelpfad? Ist wohl wieder schiefgegangen, Herr Dabelstein?«, sagte Sauer mit Ironie in der Stimme und legte ihm Handschellen an, während Ramona Süß den Polizeibeamten von dessen Stuhl loskettete.

»Ich nehme Sie vorläufig fest unter dem dringenden Verdacht, Esther Klein getötet zu haben«, hielt der Kriminalkommissar ihm vor und half ihm anschließend beim Aufstehen.

***

Dabelstein saß wie ein Häufchen Unglück auf dem Stuhl im Vernehmungszimmer der Polizei. Sauer hatte ihm die Handschellen abgenommen und Süß brachte ihm ein Glas Wasser, das er mit zitternder Hand zu seinen Lippen führte und teilnahmslos wirkend daran nippte.

Verloren starrte der Mörder auf den Boden. Dann begann er zu reden. Doch er sprach irgendwie zu sich selbst. Es glich einem Monolog, einer inneren Rechtfertigung, einer Erklärung für sein Verhalten. Möglicherweise steckte eine Entschuldigung in seinen langatmigen Ausführungen.

»Ich habe sie geliebt wie nichts sonst auf der Welt. Was ich zu spät bemerkt habe, war die Tatsache, dass Esther mir ihre Verliebtheit nur vorgespielt hatte. Alles, was sie machte, sagte, vorhatte, hielt ich für genial. Ich habe Dinge in das Mädchen hineininterpretiert, die überhaupt nicht auf sie zutrafen. Ich habe für ihre Idee geschwärmt, in dieser Höhle unterzutauchen. Ich habe ihre Kritik an der Schule geteilt. Zu viele Ausländer, zu viele Behinderte. Imponieren wollte ich dem Mädchen und habe sie in der Höhle aufgesucht.

Tessa verspürte nach Aussage von Esther nur wenig Interesse an meiner Anwesenheit. Sie hatte sie unter einem Vorwand fortgeschickt. Nun war ich ganz allein mit ihr. Ich dachte, sie hätte das immer gewollt. In Wahrheit hat sie ältere Männer für ihre perfiden Pläne einspannen wollen, ihr dabei zu helfen, ausländische Schüler fertigzumachen. Esther fing an rumzuzicken. Ich habe es nicht verstanden. Sie wollte überhaupt keinen Sex.«

»Da haben Sie sie vergewaltigt und natürlich in weiser Voraussicht ein Kondom benutzt«, schleuderte ihm Ramona Süß an den Kopf.

»Ich dachte, ich habe ein Anrecht auf sie.«

»Ein Anrecht auf Ihre minderjährige Schutzbefohlene?«, entfuhr es Sauer mit verkippten Augen.

»Sie war nichts anderes als eine dumme Pute.«

»Haben Sie sie nach der Vergewaltigung in der Höhle allein zurückgelassen?«, wollte Ramona Süß nun wissen.

»Tessa kam ja zurück. Sie sollte mich nicht sehen. Esther hatte versprochen, ihrer Freundin nichts zu erzählen. Aber dafür sollte ich ihr helfen, diesen Enes umzubringen. Sie war völlig verrückt.«

»Nun hatte Sie das Mädchen in der Hand. Als Esther Sie am ersten Schultag auf Ihrem Smartphone in der Schule angerufen hat, wollte sie Sie daran erinnern, was Sie von Ihnen erwartet. Das hatte sie ja zwischendurch in ihren Sprachnachrichten schon. Wir sind jetzt im Besitz ihres Handys. Sie haben daraufhin als Ort des Treffens den Baumwipfelpfad vorgeschlagen. Dort hat Esther Sie wie Ihre Geliebte an die Hand genommen. Wie zwei Erwachsene. Da musste Ihnen schlagartig klar sein, dass Sie sie nun in der Hand hatte. Und weil Sie das schon vorher gewusst haben, wählten Sie als Ort des Treffens den Baumwipfelpfad, da in Ihnen längst der Entschluss gereift war, das Mädchen für immer loszuwerden«, sagte ihm Sauer auf den Kopf zu.

»Ich wollte dieses Miststück bestrafen. Sie hat mit allen gespielt, alle gequält.«

»Von ihr gequält gefühlt haben nur Sie sich. Sie haben sich auf ein verbotenes Spiel eingelassen, aus dem jetzt blutiger Ernst geworden war. Nun saßen Sie fest«, sagte Ramona Süß.

»Ja. Aber was dort auf dem Baumwipfelpfad geschehen ist, daran habe ich wirklich keine Erinnerung mehr. Ich habe mich die ganzen Tage mit der Frage gequält, was genau in den letzten Sekunden ihres Lebens passiert ist, wie ich sie umgebracht habe. Mein Gedächtnis hat es ausgelöscht.«

»Aber ein Zeuge hat es genau beobachtet. Esther ist auf das Geländer dort geklettert. Sie haben mit ihr lautstark gestritten und sie dann in die Tiefe hinabgestürzt«, warf Sauer ihm vor.

»Sie ist von selbst auf das Geländer geklettert?«, versuchte sich Dabelstein krampfhaft zu erinnern.

»So sagt der Zeuge«, bestätigte es Sauer.

»Ich weiß, dass ich sie töten wollte. Wir haben uns angeschrien. Da ist sie auf das Geländer geklettert und ...«

»Was und?«, beschwor ihn Ramona Süß, als sie sah, dass die Erinnerung in seinen Kopf zurückkehrte.

»Dann bring mich doch um! So wie du dich in der Höhle an mir bedient hast. Gib mir doch einfach einen Stoß!«

»Da ist sie abgerutscht. Ich wollte sie noch am Arm packen, aber konnte sie nicht mehr halten. Jetzt sehe ich es wieder vor mir. Ganz deutlich. Ich wollte sie umbringen. Aber ich habe sie nicht gestoßen. Sie ist von selbst gefallen. Dann bin ich gelaufen. Irgendjemand hat mich festgehalten. Ich habe mich losgerissen und bin nach unten gerannt. Einfach auf die Straße.«

»Genau in einen Bus«, sagte Sauer.

Wortlos nickte Dabelstein. Dann räusperte er sich und flüsterte leise, fast unhörbar in sich hinein: »Ich habe Esther nicht vom Geländer hinabgestoßen.«

Er sah das Mädchen vor sich über dem Geländer schweben. Aus ihren Armen wurden Flügel und sie flog elegant vom Baumwipfelpfad hinunter. Federleicht sprang sie unten auf den Boden auf und rief ihm zu: »Komm doch auch endlich. Dann sind wir beide frei!«

Schweißperlen bildeten sich auf Dabelsteins Stirn. Er begann am ganzen Körper zu zittern. Die tödlichen Sekunden waren in sein Gedächtnis zurückgekehrt. Er erhob sich von seinem Stuhl, konnte kaum stehen und fuchtelte haltlos mit den Händen in der Luft herum.

»Gestoßen habe ich sie nicht. Aber ohne mich wäre es alles nie so weit gekommen. *Ich* habe sie getötet.«

* * *

Christian Dabelstein wurde zur Staatsanwaltschaft nach Braunschweig überstellt. Die Gerichte würden eine nicht ganz einfache Entscheidung zu treffen haben. Doch das konnte Süß und Sauer gleichgültig sein. Die beiden hatten ihre Arbeit versehen und den spektakulären Fall aufgeklärt.

»Wollen wir darauf heute Abend mal einen trinken gehen?«, schlug Sauer vor.

»Vielleicht schlafen wir dann besser«, lachte Süß.

»Und mit meiner Tochter muss ich noch einmal ein ernstes Wörtchen reden, ob es wirklich so eine gute Idee von ihr ist, Lehrerin zu werden.«

»Wäre die Entscheidung richtig, einen anderen Beruf zu wählen als den, zu dem man sich berufen fühlt? Was soll aus der nächsten Generation werden, wenn alle vor der Schule kapitulieren und keiner mehr Lehrer werden will?«

»Du hast recht. Ich sollte mit meinem Sohn sprechen, dass er nicht so vermessen sein soll, zu glauben, er und seine Altersgenossen seien die letzte Generation.«

»Ich habe meiner Tochter gesagt, dass ich es okay finde, wenn sie eine Frau liebt.«

»Wie hat sie reagiert?«

»Bevor sie sich endgültig festlegt, will sie es auch noch mit Männern probieren.«

»Diese Jugend von heute«, lachte Sauer.

Die beiden machten Feierabend und fuhren zusammen in die Kneipe.

– E N D E –

... Ein paar Worte hinterher ...

Die geschilderten Ereignisse an der erfundenen Gesamtschule sind zwar freie Erfindung von mir als Autor, aber ähnliche Probleme gehören selbst an Schulen, die nicht zu den sogenannten Brennpunktschulen zählen, längst zum Alltag dazu. Dadurch, dass Lehrkräfte mit der Umsetzung politischer Beschlüsse durch mangelndes Geld sowie einer zu dünnen Personaldecke häufig überfordert sind, finden sie kaum noch Zeit für spielerisches Lernen. Das aber ist aus pädagogischen Gründen sehr wichtig. Es setzt jedoch eine regulär verlaufende Unterrichtsstunde voraus, von denen es leider nur noch wenige gibt, da alle anderen durch massives Stören verhaltensauffälliger Schülerinnen und Schüler gesprengt werden. So mag die im Roman geschilderte Kunststunde den Lesenden etwas befremdlich anmuten. Doch solche Abwechslungen im Unterrichtsformat beleben die Motivation. Es können nicht nur Formeln und Vokabeln vermittelt und gepaukt werden. Doch Lehrkräften fehlt es häufig an Zeit, weil natürlich Eltern verständlicherweise einen gewissen Druck auf sie ausüben, damit ihre Kinder keine Anschlüsse im schulischen Leben verpassen.

Die Idee zu der Geschichte mit den beiden älteren Herren, die von den 12-jährigen Mädchen angequatscht wurden, kam mir, weil ich so etwas selbst erlebt habe. Mit einem Freund, ebenfalls unter anderem ein Autor, hielt ich mich Anfang Oktober ein paar Tage in Schleswig auf. Wir spazierten bei schönstem Herbstwetter durch den Lornsen-Park, wo an dem dortigen Teich zwei junge Mädchen auf einer Bank saßen und sich zu langweilen schienen. Sie waren höchstens vierzehn, wenn überhaupt. Plötzlich sprach uns über Sechzigjährige die eine von beiden an. Ich habe ihr freundlich auf ihre Fragen geantwortet, obwohl ich zunächst glaubte, dass sie uns verklapsen wollten und einfach feixend davonlaufen würden. Doch das Gegenteil war der Fall. Das Mädchen stellte immer weiter Fragen über unsere Herkunft und was wir in Schleswig machen würden. Langsam und äußerst vorsichtig arbeitete sie sich durch einen Fragenkatalog, der immer persönlicher und schließlich intimer wurde. Ihre Freundin schwieg, hörte aber aufmerksam zu und beobachtete uns sehr genau. Wir haben uns dann höflich verabschiedet und sind weitergegangen. Ich war mir sicher, dass diese Mädchen mit uns mitgegangen wären in der Erwartung, dass alles, was ihnen widerfahren würde, spannender wäre als das Verweilen im Lornsen-Park. Eine mögliche Gefahr schienen sie nicht zu wittern. Sie gaben sich völlig arglos und ohne jede Scheu.

Was ihnen hätte geschehen können, wenn sie an die Falschen geraten wären, möchte ich mir nicht ausmalen. Irgendwann wären sie als Tote die Hauptpersonen eines Films von XY gewesen, wo die Polizei fieberhaft nach ihren Mördern gesucht hätte. Denn ohne eine Verbindung zwischen Täter und Opfer kann nur Kommissar Zufall ein Verbrechen aufklären.

Vermutlich ist es auch dem Internet zu verdanken, dass so junge Menschen sich ohne jede Furcht in etwas völlig Abstruses stürzen. Das ist der Stoff, aus dem die Krimis sind. Aber niemand möchte den Ernst einer solchen Lage erleben, wenn der Mord zur erschreckenden Realität wird.

... Über den Autor ...

Dirk Rühmann wurde 1960 in Braunschweig geboren und lebt dort bis heute. Bis zu seinem Ruhestand war er als Lehrer in verschiedenen Schulformen tätig. Rühmann war Ratsherr und Bezirksbürgermeister, hält seit über vierzig Jahren ehrenamtlich Gottesdienste und schreibt leidenschaftlich gern Krimis. Viele davon hat er zwischen 2002 und 2017 auf abendlichen Floßfahrten innerhalb der Kultreihe ›Mord auf der Oker‹ vorgelesen.

… Mehr von Dirk Rühmann …

Der geteilte Mord

1. Aufl. 01/2020, 224 Seiten
Taschenbuch (125 x 190 mm), € 9,95 (inkl. 7% MwSt.)
ISBN 978-3-947167-77-7, auch als eBook erhältlich

Im beschaulichen Kurort Bad Harzburg verschwindet eine junge Frau spurlos. Hauptkommissar Benneis erinnert sich sofort an einen ähnlichen, inzwischen dreißig Jahre zurückliegenden Fall, der jedoch nie geklärt werden konnte. Während Polizeianwärterin Janina Benneis, die Enkelin des Hauptkommissars, sich mit großer Motivation in den aktuellen Fall stürzt, ermuntert sie ihren Großvater, die Ermittlungen der alten Geschichte von damals wieder aufzunehmen. Dabei stößt Benneis auf ein weiteres mysteriöses Verbrechen der Vergangenheit, das sich zur gleichen Zeit im benachbarten Wernigerode ereignete, also in der DDR. Eine heiße Spur führt zurück in die Zeit der unseligen deutschen Teilung. Ganz allmählich begreift der kurz vor seiner Pensionierung stehende Hauptkommissar, dass es eine Verbindung zwischen den damaligen Fällen und den gegenwärtigen Ereignissen geben muss, während seine Enkelin blind in die Falle eines gefährlichen Stalkers tappt.

Die kälteste Stunde

1. Aufl. 03/2021, 188 Seiten
Taschenbuch (125 x 190 mm), € 9,95 (inkl. 7% MwSt.)
ISBN 978-3-96901-012-9, auch als eBook erhältlich

Im beschaulichen Harzdorf Leuterspring ereignen sich kurz hintereinander zwei sonderbare Todesfälle: Ein Obdachloser erfriert in bitterkalter Nacht vor der Kirche und eine 92-jährige Frau wird in ihrem Haus Opfer eines Brandes. Da es keine erkennbaren

Anzeichen von Gewaltanwendung gibt und sich auf den ersten Blick kein Zusammenhang zwischen den Verstorbenen herstellen lässt, sehen die Behörden von weiteren Ermittlungen ab. Einzig Gemeindepfarrer Jörg Ebeling glaubt, dass beide Personen ermordet wurden. Durch seine Beharrlichkeit geraten er und seine Freundin, die zuständige Staatsanwältin aus Goslar, in einen Dauerstreit. Denn auch die deutlich jüngere Frau sieht keinen Handlungsbedarf. Die Liebesaffäre der beiden steht ohnehin unter keinem guten Stern. Ebeling geht bislang einem klärenden Gespräch mit seiner Ehefrau aus dem Weg und legt sich darüber hinaus mit dem Kirchenvorstand an. Da ihm die Todesfälle keine Ruhe lassen, stellt der Pfarrer auf eigene Faust Ermittlungen an.

Immer im September

1. Aufl. 08/2022, 196 Seiten
Taschenbuch (125 x 190 mm), € 9,95 (inkl. 7% MwSt.)
ISBN 978-3-96901-047-1, auch als eBook erhältlich

Weil ihm zuhause die Decke auf den Kopf fällt, übernimmt der pensionierte Hauptkommissar Rolf Benneis eine Nebentätigkeit bei seinem früheren Arbeitgeber, der Polizei in Bad Harzburg, und untersucht ungeklärte Mordfälle aus der Vergangenheit. Zeitgleich beschäftigt ein aktueller Mordfall Hauptkommissar Leon Färber und dessen neue Kollegin Jessica Herbst. Ein Mann, der zu Besuch im Harz ist, sitzt erschossen auf einer Bank im Kurpark.
Die junge Gemeindehelferin Anastasia Recke, eine passionierte Barfußgeherin, arbeitet in der kirchlichen Behindertenwerkstatt. Zwei der dort tätigen beeinträchtigten Menschen sind im Besitz vom Smartphone des Mordopfers. Warum?
Staatsanwältin Cora Dennigsen muss ihre Freundin trösten, weil deren Mann, der Gemeindedirektor, sich überraschend das Leben nimmt. Bei ihm wird die Mordwaffe sichergestellt. Doch welche Verbindung hat er zu den schrecklichen Ereignissen?
Benneis vermutet, dass die ungeklärten Kriminalfälle der Vergangenheit mit dem gegenwärtigen Verbrechen zusammenhängen. Doch er hat zunächst Mühe, die anderen Ermittelnden davon zu überzeugen.

N-Stoff – Tödliches Erbe
1. Aufl. 06/2023, 176 Seiten
Taschenbuch (125 x 190 mm), € 9,95 (inkl. 7% MwSt.)
ISBN 978-3-96901-073-0, auch als eBook erhältlich

In der Nähe des Oderteiches verschwindet ein kleiner Junge spurlos. Der Heimatpfleger von Bad Harzburg hat Luftaufnahmen der Briten vom Ende des Zweiten Weltkriegs erhalten, auf denen Lüftungsschächte und eine vergessene Bahnlinie zu sehen sind. Er überredet den pensionierten Hauptkommissar Rolf Benneis, gemeinsam mit ihm das Gebiet abzusuchen, da er den Verdacht hegt, dass der Junge in einen solchen Lüftungsschacht gefallen sein könnte. Wenig später wird der Heimatpfleger ermordet, die Luftaufnahmen entwendet. Benneis begibt sich auf Spurensuche und trägt immer mehr Puzzlesteine zusammen, die als Ganzes ein Bild des Grauens ergeben. Nördlich des Oderteiches muss sich ein gigantischer Nazi-Stollen befunden haben, in dem die SS in den letzten Kriegswochen eine schreckliche Chemiewaffe eingelagert hat: N-Stoff. Für den interessieren sich scheinbar ausländische Investoren eines Staates mit einer als sehr zweifelhaft geltenden Regierung. Aber Benneis kämpft auf verlorenem Posten, da ihm niemand glaubt.

... Eine kleine Bitte ...

Wenn es mir gelungen ist, Sie wenigstens für ein paar Stunden aus dem Alltag zu entführen, dann habe ich mein Ziel erreicht. Für eine(n) Autor(in) gibt es keine schönere Bestätigung als Leserinnen und Leser, die mit einem Lächeln das Buch zuklappen oder den Reader ausstellen. Natürlich würde es mich freuen, wenn Sie dieses Buch weiterempfehlen oder sogar die Zeit für eine kurze Rezension finden. Herzlichen Dank! Ansonsten habe ich für Fragen, Anregungen oder Rückmeldungen rund um meine Bücher stets ein offenes Ohr. Auf harzkrimis.de finden Sie u.a. das gesamte Buchprogramm, Veranstaltungstermine, YouTube-Videos, Neuigkeiten uvm. Vielleicht lernen wir uns ja auch auf einer Lesung kennen. Meine Autorenkolleginnen und -kollegen und ich würden uns freuen.

Harzliche Grüße

Dirk Rühmann